# Patch Words

## a la carte

Kurzgeschichten zum Genießen

# Britta Bendixen

# Patch Words

## a la carte

Kurzgeschichten zum Genießen

Impressum:
Die Deutsche Nationalbibliothek verzeichnet diese Publikation in der Deutschen Nationalbibliografie; detaillierte bibliografische Daten sind im Internet über dnb.dnb.de abrufbar.
© 2017 Herstellung und Verlag: BoD – Books on Demand, Norderstedt.
ISBN: 9783746009957
Britta Bendixen
Alter Kirchenweg 66
24983 Handewitt
www.brittabendixen.de

# Vorwort

*Schriftsteller und Köche haben vieles gemeinsam.*

*Beide arbeiten mit Leidenschaft, Geschmäckern und Intuition. Sie probieren sich immer wieder neu aus, lieben es, Phantasievolles zu kreieren und freuen sich, wenn das, was sie geschaffen haben, positive Reaktionen hervorruft. Sie wünschen sich, dass derjenige, der in den Genuss ihrer Kreationen kommt, hinterher zufrieden ist und im besten Falle mehr verlangt.*

*Auch das Lesen und das Essen haben viele Gemeinsamkeiten. Beides spricht die Sinne an und ist perfekt für zwischendurch. Wenn es schmeckt, möchte man am liebsten gar nicht mehr aufhören und hinterher fühlt man sich so richtig behaglich.*

*Bei derart vielen Parallelen dachte ich mir, wäre es doch eine schöne Idee, meinem neuesten PatchWords-Band eine kulinarische Note zu geben. Also machen Sie es sich gemütlich – vielleicht mit einem guten Glas Wein – und lassen Sie es sich schmecken. A la carte!*

*Ihre*

*Britta Bendixen*

# Menü-Auswahl

# Amuse-Gueule

Liest man in einem Restaurant die Karte,
so ist die goldene Regel:
Wenn man es nicht aussprechen kann,
kann man es sich auch nicht leisten.

**Frank Muir**

# Glückskeks-Günni

Mitternacht. Bereits während der letzten Stunden konnten einige Ungeduldige es nicht abwarten und so knallte, zischte und donnerte es immer wieder mal im Laufe des Abends. Jetzt aber zieht es alle nach draußen und das Getöse erreicht seinen Höhepunkt.

Ich bleibe allein drinnen. Hier ist es weniger laut und stinkig, dafür warm und gemütlich. Die bunten Explosionen am Himmel sehe ich durchs Fenster, das reicht mir. Im Fernsehen läuft eine dieser Silvester-Shows.

Ich zappe ein bisschen und lande zuerst bei der x-ten Wiederholung von ›Dinner for one‹, um wenig später zum dritten Mal an diesem Abend Ekel Alfred zuzusehen, der lautstark »*Das ist Punsch, du dusselige Kuh! Punsch! Punsch! Punsch!*« brüllt.

Amüsiert nehme ich einen der chinesischen Glückskekse vom Esstisch, entferne die Plastikverpackung und knacke ihn auf. Während ich mir ein Stückchen Keks in den Mund schiebe, falte ich den kleinen Zettel auseinander, der im Keks verborgen war. Jedes Mal erwarte ich den bekannten Spruch »*Hilfe, ich werde in einer Glückskeksfabrik gefangen gehalten!*«.

Wieder nix. Scheinbar wird niemand gezwungen, Zettel in Kekse zu stopfen. Die machen das gerne.

Ich nippe an dem Sekt, mit dem wir gerade auf das Neue Jahr angestoßen haben und lese: ›*Nach einer nötigen Trennung beginnt faszinierendes Neues*‹.

11

Hm, ich soll mich also trennen. Von meinem Mann etwa? Um frei zu sein für einen anderen? Du liebe Güte! So eine Entscheidung von einem Keks abhängig zu machen, erscheint mir doch etwas zu krass.

Ich lege den Zettel auf den Tisch und zünde eine Tischbombe an einer Kerze an, während der von seinem selbstgebrauten Punsch benebelte Alfred im Fernsehen mit seinem Schwiegersohn anstößt.

Es knistert leise, die Lunte sprüht kleine Funken.

BUMM!

Der Knall ist viel lauter als sonst, es pufft und kracht, Rauch nebelt mich ein und Konfetti rieselt auf mich herab wie bunter Papierschnee. Dann höre ich zu meinen Füßen ein heiseres Husten.

Verdattert schaue ich nach unten und sehe einen Hund in der Größe eines Hamsters. Er hat braunes Fell, Schlappohren, eine putzige Schweinsnase und ein Ringelschwänzchen.

»Ach du dickes Ei!«, rufe ich und hebe ihn vom Boden auf. Er passt bequem in meine Hand. »Was bist denn du für ein Scherz der Schöpfung?«

»Ich bin Günni«, sagt er.

Die Stimme kommt mir bekannt vor.

»Dein innerer Schweinehund«, fügt er noch hinzu.

Verdattert starre ich das Wesen an, denn er spricht mit der deutschen Synchronstimme von George Clooney. Kein Wunder, dass ich ihm nie widerstehen konnte!

»Na los«, fordert er mich mit einem charmanten Lächeln auf. »Trink noch einen Schluck. Und die Chips sehen so lecker aus. Greif ruhig zu. Es ist schließlich Silvester.«

»Ich habe mir dich immer größer vorgestellt«, sage ich.

»Oh, das bin ich auch! Aber um in die Tischbombe zu passen musste ich schrumpfen. Setz mich doch mal ab.«

Ich tue ihm den Gefallen und schaue mit offenem Mund zu, wie er immer weiter und weiter wächst, bis die Schweinsnase größer ist als eine Steckdose.

Mein Mann kommt zur Tür herein, mit roter Nase von der Kälte und Schneeflocken in den Haaren.

»Haben wir noch irgendwo ein Feuerzeug?«, will er wissen. »Meins ist kaputt.«

»Oberste Küchenschublade«, sage ich automatisch und zeige mit dem Finger auf Günni. »Guck mal.«

Er wendet seinen Blick in Richtung meines inneren Schweinehundes, der jetzt offenbar mein äußerer Schweinehund ist, und schaut dann verwirrt zu mir.

»Was meinst du?«

»Na, den Schweinehund. Siehst du ihn nicht?«

Er grunzt leise, was ich irgendwie passend finde.

»Du hattest wohl zu viel Sekt«, vermutet er und geht kopfschüttelnd Richtung Küche.

»Er sieht mich nicht«, sagt der Schweinehund mit der sexy Stimme. »Niemand außer dir sieht mich.«

»Und was willst du von mir?«

»Gar nichts. Du sollst einfach so weitermachen wie bisher. Bei jeder Gelegenheit faulenzen, naschen und fünfe gerade sein lassen.«

»Aber genau das will ich doch nicht mehr!«, rufe ich. »Das sind doch meine Vorsätze für das neue Jahr.«

Er winkt ab, was ausgesprochen lustig aussieht.

»Papperlapapp. Fitness und gesunde Ernährung werden ebenso überbewertet wie übertriebener

Ehrgeiz und Fleiß. Du lebst viel länger, wenn du es gemütlich an-gehst.

»Ja, genau«, sage ich sarkastisch. »Meine Knochen werden dann immer steifer, mein Bauch immer runder und in Nullkommanix bin ich Diabetikerin mit Arthritis in den Fingern und kann nicht mehr schreiben. Nee, nee, dann lieber ein kürzeres Leben ohne gesundheitliche Einschränkungen.«

Günni geht zum Naschteller meiner Jüngsten und fischt mit seiner rüsselartigen Schnauze eine in Stanniol verpackte Engelsfigur aus Nougat heraus. Damit kommt er zu mir und wedelt mit dem Ringelschwanz. Ich nehme den Engel und lege ihn auf den Tisch. »Nein, danke«, sage ich kühl.

»Ach, komm schon! Du weißt, wie sehr du Nougat liebst. Na los, leg die Füße hoch und genieße den sahnig-schokoladigen Geschmack auf der Zunge.«

Diese schmeichelnde Clooney-Stimme macht mich beinahe schwach.

Doch dann rufe ich mir ins Gedächtnis, wem die Stimme tatsächlich gehört, und zwar Detlef Bier-staedt, dem Synchronsprecher. Er ist gewiss ein sympathischer Mann, aber optisch kann er mit Clooney nicht mithalten. Zum einen trägt er Glatze und zum anderen - passend zu seinem Namen - einen Bierbauch.

Wenn ich an ihn und nicht an George denke, überle-ge ich, kann ich vielleicht in Zukunft meinem Schweinehund widerstehen.

Mein Blick fällt auf den Zettel aus dem Glückskeks. Trennung, denke ich und überlege.

Dann stehe ich auf und packe Günni an einem seiner Schlappohren. »Komm mal mit«, sage ich freundlich und ziehe ihn zur Terrassentür.

Er mustert mich misstrauisch. »Was hast du vor?«

»Gassi gehen«, erwidere ich knapp, öffne die Tür und schubse ihn nach draußen. Dann knalle ich die Tür wieder zu.

»So, im Neuen Jahr werde ich ohne dich klarkommen, kapiert? Mach's gut, Günni!«

\*\*\*

# Straße des Schreckens

Norbert fröstelte hinterm Steuer.

Draußen setzte Nieselregen ein, der rasch stärker wurde. Er war noch nie hier gewesen, kannte sich nicht aus.

»Vielleicht hätten wir doch aussteigen sollen, als wir noch die Möglichkeit hatten«, meinte er mit unheilschwangerer Stimme.

»Hast du etwa Angst?«, spottete Melissa.

»Naja, Angst ...«, wiegelte er ab und bemühte sich, mutig zu wirken.

Der Regen wurde stärker. Wenig später prasselte das Wasser auf das Dach seines Wagens, trommelte dröhnend gegen die Windschutzscheibe - es schien von allen Seiten zu kommen.

Norbert stierte nach draußen, seine Augen wurden schmal. Was zum Teufel war das dort vorne? Etwas Großes, Breites kam immer näher. Auf beiden Seiten des Weges.

»Siehst du das auch?«, fragte er verzagt und verriegelte hektisch die Türen. Melissa sagte nichts. Schon geriet der Wagen mitten zwischen die bei-den baumlangen Riesen, die gegen die Seitenscheiben donnerten, aufgebracht und aggressiv.

Sie schäumten regelrecht vor Wut.

Melissa stieß einen spitzen Schrei aus.

Norbert zuckte zusammen, umklammerte fest das Lenkrad und atmete auf, als sein Wagen die zwei passiert hatte.

Zu früh gefreut, die nächste Bedrohung kam von oben.

»Was zum Teufel ...?«, keuchte er, hörte Melissa kreischen und zog den Kopf ein, als das seltsame Etwas auf dem Autodach landete. Hoffentlich hielt es dem unverhofften Angriff stand.

Im nächsten Moment rutschte es vom Dach herunter und verschwand schließlich hinter ihm in der Dunkelheit. Norbert sah in den Rückspiegel. Das Monster war nicht zu sehen.

»Oh Gott, was ist das?«, rief Melissa plötzlich.

Etwas bespuckte und besprühte sie von beiden Seiten. Norbert brach der Schweiß aus.

»Wenn das eine ätzende Säure ist, sind wir geliefert«, presste er hervor. Melissa wimmerte.

Glücklicherweise wurde der Regen stärker, so dass die Säure abgespült wurde. Norbert wischte sich über die feuchte Stirn.

Vor ihnen lag noch immer ein ungewisses Stück Weg. Bisher hatten sie jede Attacke überstanden, doch würde das auch so bleiben?

Er hatte den Gedanken kaum zu Ende gedacht, als dutzende lange Arme nach dem Wagen zu greifen schienen. Nun geriet Norbert wirklich in Panik.

»Aaaahhh!!«, brüllte er und presste sich in seinen Sitz.

Wohin er auch sah, überall waren diese Arme. Melissas Hilfeschreie gellten durchs Auto.

Wind frischte auf, er brauste laut und heftig und fegte die Arme beiseite.

Norbert fühlte sich schwach vor Erleichterung. Vorn wurde es endlich heller, sie hatten offenbar das Ende dieser Horrorstrecke erreicht.

Sein Herzschlag beruhigte sich. Er ließ den Wagen ausrollen und entriegelte die Türen.

Ein Fehler, denn in der nächsten Sekunde wurde die Fahrertür aufgerissen. Mit weiten Augen starrte Norbert den Eindringling an.

Der brüllte gegen den Lärm an.

»So, Premium-Wäsche, wie jewünscht. Mit dem Zettel hier jeh'nse bitte zur Kasse.«

Vom Rücksitz krähte Norberts achtjährige Tochter Melissa: »Nochmal, Papa, das war echt lustig!«

\*\*\*

# Erwischt!

Sie kommt herein, atemberaubend schön. Kellner und Gäste sehen ihr verstohlen hinterher. Nach einem kurzen Rundblick bemerkt sie mich und kommt strahlend auf mich zu. Ich bin schon ein wenig stolz darauf, wie neidisch mich die anderen Männer mustern.

»Entschuldige, dass ich zu spät bin, meine Mutter hat noch angerufen, sie war mit ihrem Hund beim Tierarzt, doch der kann nicht herausfinden, was ihm fehlt, und obendrein hat ihre Schwester nächste Woche runden Geburtstag und Mama hat noch kein Geschenk und wollte ausgerechnet von mir wissen, was sie ihr schenken soll, dabei kenne ich die Frau kaum.«

Während Janine so vor sich hin plappert, zieht sie sich die elegante Jacke aus, hängt sie über den Stuhl, setzt sich mir gegenüber hin und beginnt, in der Speisekarte zu blättern.

»Was nimmst du? Ich glaube, ich bestelle nur einen Salat. Heute Mittag war ich mit einer Kollegin beim Italiener um die Ecke, Spaghetti mit Pesto, die waren superlecker. Wie auch immer, jedenfalls habe ich deshalb gar nicht so viel Appetit.«

Der Kellner kommt und nimmt unsere Getränkewünsche auf.

Als er weg ist, greife ich über den Tisch nach Janines Hand und sehe ihr verliebt in die Augen.

»Also, ich habe einen Bärenhunger. Kein Wunder, der Sex letzte Nacht war unglaublich.«

19

Sie kichert. Mein Blick fällt über ihre Schulter zur sich öffnenden Eingangstür. Rasch ziehe ich meine Hand zurück. »Oh mein Gott.«

Janine sieht mich irritiert an. »Was ist?«

»Darling«, sage ich eindringlich, »was auch immer gleich geschieht, bitte vergiss nicht, dass ich dich anbete.«

Ihre blauen Augen blicken mich verständnislos an. Dann steht Sarah auch schon an unserem Tisch.

»Deine Sekretärin sagte mir, wo du bist«, faucht sie. »Du solltest ein bisschen vorsichtiger sein, wenn du beim Betrügen nicht erwischt werden willst.«

»Michael, wer ist diese Frau?«, fragt Janine und mustert mich wachsam.

»Janine, das ist Sarah.« Ich stocke kurz. »Sie ist ... Äh, nun ja, ich meine, wir sind ...«

Sarah schnaubt. »Na los, sag es, du jämmerlicher Feigling!« Sie wendet sich an Janine und hält ihr die rechte Hand entgegen. An ihrem Ringfinger glänzt ein schmaler Goldreif mit Diamant. »Damit Sie es wissen, ich bin seine Frau und zu Hause warten unsere beiden Kinder auf ihn. Übrigens sind Sie nicht die Erste, der er erzählt hat, er wäre Single.«

Janines Augen werden noch um einiges größer. »Michael, stimmt das?«

Ich winde mich unbehaglich. »Naja, also ...«

»Ich fasse es nicht. Du bist genauso ein Arsch wie alle anderen. Auf Nimmerwiedersehen, du elender Mistkerl!« Janine steht auf, schnappt sich vor Wut bebend Jacke und Handtasche und rauscht aus dem Restaurant. Wir sehen ihr schweigend nach, genau wie die Gäste und die Kellner. Als sie verschwunden ist, setzt Sarah sich seelenruhig auf ihren Platz und zieht den funkelnden Ring von ihrem Finger.

»Danke, dass du gekommen bist, ehe die Getränke gebracht wurden«, sage ich.

Sie lacht und lässt den Ring in ihr Täschchen fallen.

»Ja, ich erinnere mich noch an den Zwischenfall mit der heißen Tomatensuppe. Wie du siehst, habe ich daraus gelernt.«

»Das hat ganz schön weh getan.« Ich verziehe in Erinnerung an diesen unschönen Vorfall das Gesicht. Sie schmunzelt und verschränkt die Unterarme auf dem Tisch. »Warum wolltest du sie eigentlich loswerden? Sie ist doch ganz dein Typ.«

Der Kellner bringt die Getränke und stellt sie vor uns ab. Seine Augenbraue ist indigniert nach oben gezogen, doch er sagt kein Wort über die Szene von eben oder darüber, dass nun eine andere Frau bei mir am Tisch sitzt. Kellner sind bekanntlich allerhand gewohnt. Als er wieder verschwunden ist, beantworte ich Sarahs Frage. »Sie ist eine tolle Frau, rein optisch gesehen. Doch sie redet wie ein Wasserfall. Sogar im Bett. Das kann ich auf Dauer einfach nicht ertragen.«

Sarah lacht, nickt aber verständnisvoll. »Dann ist sie das komplette Gegenteil von Paul. Der spricht gefühlt höchstens zehn Wörter am Tag.« Sie nimmt das Weinglas und hält es mir entgegen. »Morgen treffe ich mich mit ihm, um halb acht im ›Indigo‹. Dann bist du dran.«

»Versprochen«, erwidere ich und stoße mein Weinglas gegen ihres. »Dafür hat man schließlich gute Freunde, oder?«

***

# Leichte Vorspeise

*In der Literatur ist leichte Kost weit mehr gefragt als kräftige Nahrung.*

**Aleksander Swietochowski**

# Antonia will Samba tanzen

Wie an jedem normalen Wochentag herrschte auch an diesem Morgen Chaos im Hause Schäfer.

»Mama, kannst du meine neue Jeans waschen?«

Das war Antonias Teenie-Tochter.

»Heute will ich kein Salamibrot«, quengelte Sohnemann Nr. 1. »Machst du mir ein Käsebrot?«

»Ich kann keine Schleife«, jammerte der Jüngste.

»Hilfst du mir, Mama?«

»Mein Anti-Schuppen-Shampoo ist alle, Schatz«, bemerkte wenig später Antonias Mann. »Besorgst du mir Neues?«

Antonia nickte, schmierte Brote, schrieb die Einkaufsliste, band Schleifen und schlug erleichtert drei Kreuze, als die ganze Bande aus dem Haus war.

Dann ließ sie sich mit einem Stoßseufzer im Wohnzimmer auf die Couch fallen.

Endlich Ruhe!

Doch nach zwei Minuten rappelte sie sich wieder hoch. Sie musste Wäsche waschen, Betten machen, aufräumen, bügeln und einkaufen.

Sie hatte das Zimmer beinahe verlassen, als sie hinter sich ein lautes »Plopp« hörte.

Verwundert drehte sie sich um - und erstarrte zur Salzsäure.

Auf dem Lieblingssessel ihres Mannes saß eine Frau mit haselnussbraunen kurzen Haaren und zahlreichen Sommersprossen. Sie schnalzte mit der Zunge und schüttelte den Kopf.

»Wer ... wer sind Sie?«, fragte Antonia perplex. »Was tun Sie in meinem Wohnzimmer?«

»Ich konnte es nicht mehr ertragen«, sagte die Frau aufgebracht. »Du brauchst ganz offensichtlich meine Hilfe.« Sie stand auf und lächelte Antonia zu. »Ich bin Nelly, dein Schutzengel.«

Antonias Hand suchte Halt an der Kommode neben der Tür. »Mein .... Mein Schutzengel«, wiederholte sie mechanisch und kniff sich unauffällig in den Arm.

Nelly nickte. »Weißt du noch, letzte Woche? Als dich beinahe ein herabfallendes Stück Mauerwerk erwischt hätte? Ich hab ihm einen kleinen Schubs gegeben, damit es dich nicht trifft.«

Antonia nickte langsam. »Ich erinnere mich daran. Der Stein zerquetschte eine Taube.«

Nelly hob bedauernd die Schultern. »Das war ein bedauerlicher Kollateralschaden. Aber dich hab ich beschützt.«

»Danke«, sagte Antonia ehrlich.

»Gern geschehen. Und nun zu dem, was mir wirklich Sorgen macht. Schätzchen, du musst dich mal wehren! Ich höre dich immerzu ›Ja‹ sagen. Du springst für alle, das ist auf Dauer einfach nicht gesund.«

Sie machte eine kurze Pause und sah Antonia mit ernster Miene an. »Ich spreche aus Erfahrung.«

»Sie meinen, Sie sind ...«

»Herzinfarkt«, nickte Nelly. »Ich habe mich auch mein Leben lang für Familie und Freunde aufgeopfert. Bis die verflixte Pumpe irgendwann gestreikt hat.«

»Das tut mir leid«, murmelte Antonia.

Nelly winkte ab. »Schon gut. Jetzt ist es wichtig, dass wir uns um dich kümmern, denn du kommst ständig zu kurz, ich beobachte das schon lange genug. Was hast du für Hobbys?«

»Hobbys?« Antonia dachte nach. »Ich stricke gern.«

»Ja ja, Pullover und Mützen für die Familie, ich weiß. Was noch?«

Diesmal dauerte das Nachdenken länger. Sie liebte es, zu backen, doch auch das war meist für die Familie. Zum Lesen kam sie kaum noch, abends fielen ihr immer die Augen zu, sobald sie sich in ein Buch vertiefen wollte. Und sonst ...?

»Was hast du gern gemacht, bevor du geheiratet hast?«, fragte Nelly ungeduldig.

»Getanzt«, antwortete Antonia. »Am liebsten Samba und Rumba.«

»Prächtig!« Nelly klatschte in die Hände, ihre Augen funkelten vergnügt. »Lass uns einen Kurs suchen und dich anmelden. Und sobald das erledigt ist, bringe ich dir bei, wie man ›Nein‹ sagt.«

»Das weiß ich längst«, erwiderte Antonia spitz, holte tief Luft und demonstrierte es. »Nein.«

»Ein guter Anfang«, nickte Nelly zufrieden. »Als nächstes lernst du, wann man es anwendet.«

Antonia wusste nicht wieso, doch instinktiv vertraute sie ihrem Schutzengel. Also meldete sie sich online für einen Samba-Kurs an, ließ die Jeans ihrer Tochter, die sie in dem Chaos in ihrem Zimmer nicht finden konnte, schmutzig dort zurück und machte sich dann mit Nelly an ihrer Seite auf zum Einkaufen.

»Wenn mich jemand fragt, wer Sie sind, was sage ich dann?«, fragte sie. »Ich kann kaum sagen, Sie wären mein Schutzengel.«

»Es wird niemand fragen«, antwortete Nelly gelassen. »Außer dir kann mich keiner sehen.«

Es stimmte. Die Verkäuferin an der Käsetheke nahm Nelly ebenso wenig zur Kenntnis wie Frau Schneider, die Antonia an der Kasse traf.

»Ach, Frau Schäfer, wie gut, dass ich Sie treffe! Ich organisiere eine Tombola für die Freiwillige Feuerwehr und könnte gut Unterstützung gebrauchen. Sie sind doch immer so engagiert. Würden Sie mir dabei helfen?«

»Eine Tombola?« Antonia hatte schon oft bei so etwas mitgemacht und wusste, dass es ein Haufen Arbeit war. »Mal sehen, also ich denke schon, dass ich...«

»Sag ›Nein‹«, raunte Nelly ihr zu.

Antonia zögerte und sah Frau Schneider an, die ihr optimistisch zulächelte. Sie fühlte sich plötzlich unbehaglich.

»Sag ›Nein‹«, wiederholte Nelly energisch.

Antonia holte tief Luft. »Es tut mir leid, Frau Schneider, aber ... nein.«

»Oh.« Frau Schneiders Lächeln verschwand und machte einer verschnupften Miene Platz. »Ich verstehe.«

Antonia schwankte.

»Du brauchst dich nicht zu rechtfertigen«, sagte Nelly. »Wir beide wissen genau, dass die alte Schachtel dir die meiste Arbeit aufdrücken und anschließend die Lorbeeren einheimsen würde. Sie ist Rentnerin und hat massig Zeit. Bleib hart, Antonia!«

»Dreiundzwanzigachtundvierzig«, mischte sich die gelangweilte Kassiererin ein. »Wollen Sie Ihre Sammelpunkte haben?«

»Sag ›Nein‹«, soufflierte Nelly.

»Nein, danke.« Antonia räumte ihre Einkäufe in die Tasche, zahlte und floh aus dem Supermarkt.

»Eigentlich sammle ich die Punkte«, zischte sie Nelly zu. »Da kann man nämlich Salatschüsseln gewinnen.«

»Das war eine Übung«, sagte Nelly versöhnlich. »Nächstes Mal nimmst du die Punkte wieder. Obwohl du eigentlich mehr als genug Schüsseln hast, meine Liebe.«

Mit der Zeit gewöhnte sich Antonia an ihren neinsagenden Schatten und es fiel ihr immer leichter, die zahlreichen Bitten der Familie und ihrer Bekannten abzulehnen. Aber wohl fühlte sie sich damit nicht.

»Jeder reagiert beleidigt oder wütend«, klagte sie Nelly ihr Leid. »Bald kann mich niemand mehr leiden. Ich glaube, ich möchte lieber wieder die alte Antonia sein.«

»Natürlich sind sie erst einmal nicht begeistert«, gab Nelly zu. »Das ist doch klar. Du ziehst neue Grenzen und das gefällt nur wenigen.«

»Niemandem«, berichtigte Antonia.

»Schön, keiner mag das. Aber warte es noch ein Weilchen ab, dann haben sich alle daran gewöhnt, dass sie dich nicht mehr herumkommandieren können, und machen dir ein Geschenk.«

»Ach tatsächlich! Und was für ein Geschenk soll das sein?«

»Hab Geduld«, mahnte Nelly. »Dann wirst du es sehen.«

»Mama, ich hab meine schmutzigen Klamotten in den Waschkeller gebracht«, sagte Antonias Tochter am übernächsten Morgen. »Wäscht du heute noch?«

Sie hatte ihre Wäsche selbst zusammen gesammelt? Antonia war angenehm überrascht. »Ja, ich denke schon.«

Das brachte ihr einen Kuss auf die Wange ein. »Danke, du bist die Beste! Meine neue Bluse wäre perfekt für die Party morgen Abend.«

In der Küche war ihr Sohn dabei, sich etwas ungelenk ein Käsebrot zu schmieren.

»Das ist ja lieb von dir«, lobte Antonia. »Mach bitte eins mehr, das kann dann dein Bruder mit in die Schule nehmen.«

Er seufzte, nickte dann aber. »Okay.«

Ihr Mann räumte den Frühstückstisch ab. »Fängt dieser Samba-Kurs heute an?«, fragte er.

»Ja, ich freue mich schon drauf.« Antonia, beobachtete verdutzt, wie er die schmutzigen Teller in den Geschirrspüler räumte. Ihr Blick fiel auf Nelly, die ihr gegenübersaß und Antonia verschmitzt zuzwinkerte.

Beim Einkaufen lief sie erst Frau Schneider über den Weg, die sie kühl grüßte.

»Wie läuft es mit der Tombola?«, erkundigte sich Antonia freundlich.

»Es ist viel Arbeit«, kam es knapp zurück. »Meine Schwiegertochter unterstützt mich glücklicherweise.«

»Hat sie doch noch eine Dumme gefunden«, flüsterte Nelly gehässig.

»Das freut mich für Sie, Frau Schneider«, sagte Antonia. »Auf Wiedersehen.«

Bei den Milchprodukten traf sie auf ihre Nachbarin.

»Antonia, hallo! Sag mal, hättest du vielleicht heute

Nachmittag zwei Stunden Zeit? Ich muss dringend zum Friseur und habe keinen, der auf Luca-Joel aufpasst.«

»Tut mir leid, heute beginnt mein Samba-Kurs«, bedauerte Antonia. »Mach's gut.«

»Danke, du auch. Und viel Spaß beim Samba!«

»Ich habe etwas für dich«, verkündete ihr Mann lächelnd, als er nach Hause kam und überreichte ihr ein flaches, quadratisches Geschenk.

Es war eine CD mit lateinamerikanischen Songs. Antonias Kinn zitterte vor Rührung. Sie wusste gar nicht, wie lange es her war, dass ihr Mann ihr spontan ein Geschenk gemacht hatte.

Sie gab ihm einen dankbaren Kuss und beschloss, die Musik im Auto auf dem Weg zum Kurs zu hören.

Während der Fahrt saß Nelly neben ihr und summte zufrieden mit. »Ich hab doch gesagt, dass du ein Geschenk bekommst«, meinte sie. »Allerdings habe ich dabei nicht an die CD gedacht.«

Antonia lächelte. »Ich weiß was du meinst. Das eigentliche Geschenk heißt Respekt, richtig?«

»Du hast es erfasst, Schätzchen.«

Auf dem Parkplatz blieb Nelly neben dem Auto stehen und folgte Antonia nicht zur Tür des Kursgebäudes. Die drehte sich irritiert um. »Was ist? Kommst du nicht mit?«

Nelly schüttelte den Kopf. »Du brauchst mich nicht mehr. Heute im Supermarkt musste ich dir nicht vorsagen, deine Familie weiß deine Arbeit zu schätzen ... Du kannst deinen Weg auch ohne mich weitergehen.«

Ihre Worte machten Antonia stolz - aber auch traurig. Sie hatte sich an Nelly gewöhnt.

»Du bleibst aber trotzdem in meiner Nähe, oder? Auch, wenn ich dich nicht mehr sehen kann?«

»Logisch! Und wenn du zurückfallen solltest in die Rolle der Ja-Sagerin, dann kneife ich dir fest in den Arm, einverstanden?«

Antonia lachte und drängte die Tränen zurück. »Danke, Nelly. Für alles.«

»Gerne. Und jetzt lauf, sonst fängt die Tanzerei ohne dich an. Ciao!«

Es ploppte vernehmlich, und schon war ihr Schutzengel verschwunden.

Antonia schluckte. »Ciao, Nelly«, flüsterte sie. Dann straffte sie die Schultern und machte sich lächelnd auf den Weg zu ihrem Sambakurs.

\*\*\*

# Wenn die Planken schwanken

Steuert ein Handelsschiff einen Hafen an oder verlässt ihn, kommt der Schiffsmakler zum Einsatz.. Er kümmert sich um die Abfertigung der Schiffe gegenüber den Behörden und um einiges mehr.

Während der frühen Achtziger Jahre hatten in einer norddeutschen Hafenstadt die Lehrlinge der Maklerfirma Schäfer & Dietrich die ehrenvolle Aufgabe, abwechselnd am heiligen Sonntag die Papiere der ankommenden Schiffe zu kontrollieren.

Die jungen Stifte selbst sahen diese Tätigkeit jedoch eher als Strafe denn als Ehre an.

Ein so zeitiges Aufstehen am freien Tag grenzte an Folter, vor allem, wenn man am Abend zuvor lange beim Tanzen gewesen war.

Eines frostigen Sonntagmorgens war Kai-Uwe zum ersten Mal dran. Als er sich anzog, dachte er an das, was ein älterer Kollege ihm am Freitag kurz vor Feierabend erzählt hatte.

»Ach, das ist eigentlich ganz entspannt. Rauf auf die Dampfer, Papiere fertig machen und wieder runter. In einer halben Stunde bist du fertig und kannst nach Hause.«

Die Augen des Kollegen funkelten vergnügt, doch das schob Kai-Uwe auf die Freude über das nahe Wochenende.

Guter Dinge schwang er sich also früh um sechs auf sein Fahrrad und radelte hinunter zum Hafen.

Als er ankam und seinen Drahtesel abstellte, war seine Nase rot von der Kälte und die Finger trotz der Handschuhe steifgefroren. Dennoch bestrebt, seinen Auftrag anständig zu erfüllen, erkletterte er das erste von mehreren Handelsschiffen, die am vergangenen Abend eingelaufen waren.

Der Käpt'n nahm den Siebzehnjährigen auf burschikose Weise in Empfang. »Moin Moin, mien Jung. Dich kenn ich noch gar nich.«

»Moin«, grüßte Kai-Uwe schüchtern. »Ich bin Lehrling bei der Schiffsmaklerfirma Schäfer & Dietrich. Würden Sie mir bitte die Papiere zeigen?«

»Dascha kein Problem nich!«, sagte der Käpt'n zu Kai-Uwes Erleichterung. »Denn komma mit, mien Jung.«

Durch eine niedrige und schmale Tür ging es eine enge Treppe hinab. Kai-Uwe beobachtete, wie das Wasser der Förde gegen die Bullaugen klatschte.

Wenig später saßen er und der Käpt'n, ein recht korpulenter Mann mit weißem Vollbart, sich in der Kapitänskajüte gegenüber.

Über den schlichten und mit allerlei Zeugs vollgestellten Schreibtisch schob der Käpt'n nun die Papiere, die Kai-Uwe sogleich überprüfte, so, wie er es gelernt hatte.

Als das Geschäftliche erledigt war, stand der Käpt'n auf. Kai-Uwe erhob sich ebenfalls, froh, dass alles so unkompliziert abgelaufen war. Nun konnte er sich das nächste Schiff vornehmen.

Er wollte sich gerade höflich verabschieden, als der Käpt'n um den Schreibtisch herumkam, dem Lehrling seinen Arm um die Schultern legte und leutselig verkündete: »So, denn soll'n wir ma ein' ham.«

Kai-Uwe warf einen Blick auf seine Armbanduhr, wagte jedoch trotz der frühen Stunde nicht zu widersprechen, obwohl ihm wahrlich noch nicht der Sinn nach Hochprozentigem stand.

Der Käpt'n zwinkerte ihm zu und fischte eine halbvolle Flasche aus einer Schublade. Korn, registrierte Kai-Uwe mit Unbehagen. Nicht einmal bei einer Feier trank er gerne Korn. Aber etwas anderes stand wohl nicht zur Auswahl; die wasserhelle Flüssigkeit fand gluckernd den Weg in zwei mäßig saubere Gläser.

»Na, denn man Prost!«, rief der Käpt'n und hob das Glas. Kai-Uwe tat es ihm nach und stürzte den Inhalt todesmutig seine Kehle hinunter. Der Korn schien sich bis in seine Eingeweide zu brennen.

»Aaah!«, freute sich der Käpt'n und schmatzte genießerisch. Kai-Uwe dagegen zog eine Grimasse und bemühte sich, trotz des heißen Kratzens in seinem Hals nicht zu husten.

»Ich ... ich muss denn mal weiter«, krächzte er und legte die Hand auf die Türklinke. »Danke für den Schnaps und so. Tschüss!«

Der Käpt'n grinste breit. »Tschüss, mien Jung!«

Aufatmend verließ Kai-Uwe das Schiff und steuerte das nächste an.

Dort wartete der Käpt'n bereits am Bug.

Argwöhnisch betrachtete Kai-Uwe den großgewachsenen, kräftigen Kerl, der seine Pranke gut gelaunt auf die schmale Lehrlingsschulter krachen ließ.

Kai-Uwe sagte sein Sprüchlein auf, der Käpt'n reichte ihm die Papiere und als er sich wenig später erleichtert verabschieden wollte, dröhnte der Ältere:

»Man nich so eilig, mien Jung. Woll'n wir zwei nich ein' haben zur Feier des Tages?«

Nach einem Blick in die übermütig funkelnden und dennoch Autorität ausstrahlenden kleinen Augen wusste Kai-Uwe, dass es sich hierbei um keine Frage, sondern um ein Angebot handelte, dass er nicht ausschlagen durfte.

Also nickte er schweigend und unterdrückte einen tiefen Seufzer, als ihm erneut ein Schnapsglas in die Hand gedrückt wurde. Der Inhalt war diesmal goldbraun.

»Nich lang schnacken, Kopp in‹ Nacken«, befahl der Käpt'n mit tiefer Stimme, und ging sogleich mit gutem Beispiel voran.

Kai-Uwe schloss die Augen, setzte mit leichtem Unbehagen das Glas an seine Lippen und kippte das Zeug hinunter. Gleich darauf schnappte er keuchend nach Luft.

Das Gebräu war noch schlimmer als Korn!

Der Käpt'n lachte vergnügt. »Der macht wach, was?«

Kai-Uwe nickte, lächelte schwach und reichte das Glas mit einem heiseren »Danke« zurück.

Mit Schaudern dachte er an die Schiffe, die er noch abklappern musste.

Aber wie hieß es so schön? Dienst ist Dienst und Schnaps ist Schnaps. Hier fiel nun beides zusammen. Warum aber hatte sein Kollege dieses Trinkgelage mit keiner Silbe erwähnt?

Nach dem vierten Schiff respektive Schnaps war Kai-Uwes Gang bereits etwas unsicher, als er die Gangway zu Käpt'n Nr. 5 hinaufstieg, eine Hand am Geländer, das aus einem dicken, nachgiebigen Seil bestand.

»Moin«, grüßte er, als er glücklich an Bord angekommen war, und verkniff sich einen Rülpser.

»Ich ... hier, von der Makelei, äh, Malkerei Schäfer &
Dings. Wo sind die ...« Er schlug sich gegen die Stirn.
»Na! Die Pa ... die Papa ... die Papiere?«
Die Überprüfung endete mit einem Schnaps und der
Feststellung des Kapitäns, dass man so jung nie
wieder zusammenkäme. Einen weiteren begründete
er mit der Behauptung, dass man auf einem Bein
schließlich nicht stehen könne.
Auch mit zwei Beinen fiel Kai-Uwe das Stehen
mittlerweile etwas schwer. Doch bei Schiff Nr. 6
wollte er sich selbst beweisen, dass er noch Herr
seiner Sinne war.
»Moin! Ich bin der Wai-Kuwe und komm von Däfer
un Schittich ...« Er stutzte kurz und kicherte dann
albern. »Na, Sie wissen schon - die Fischmakler.«
Der Kapitän, diesmal ein kleiner drahtiger mit
großem, blondem Schnauzer und vielen Fältchen um
die Augen, lachte.
»Na, du bist mir ja 'n Bagalut. Grüß mir man den
Herrn Schäfer, das is'n alter Kumpel von mir.«
»Klar grüß ich den Dings ..., äh, na, Sie wissen
schon.« Kai-Uwe grinste. Ein Kumpel vom Chef
würde ihn sicher nicht zum Trinken verführen.
Beruhigt lehnte er sich an die Reling. Von nun an
kein Schnaps mehr, er hatte endgültig genug.
»Wenn ich denn nu die Papiere ...«, bat er und
bemühte sich, seine Augen, die immer wieder
zufallen wollten, offen zu halten.
Als der Kaptein ihm nach getaner Arbeit zu-
zwinkerte und heiter ankündigte, nun wolle man
aber einen haben, hob Kai-Uwe abwehrend die
Hand. »Ich ... nein, danke. Nicht für mich.«
Die gerade noch so fröhlich funkelnden Augen des
Seemannes wurden schmal. »Watt?«, knurrte er.

»Ich hatte schon ein paar ... *Hicks!* Und nun ...« Kai-Uwe brach ab und hielt sich eine Hand vor den Mund. Mit der anderen klammerte er sich an der Reling fest, um nicht umzukippen. Der Boden unter ihm schwankte bedrohlich. Dabei war die See ganz ruhig, wie er mit einem prüfenden Blick über das Schiffsgeländer feststellte. Das Wasser plätscherte sacht und beinahe gemütlich gegen die Bordwand. Merkwürdig.

Der Käpt'n hob das Kinn und verschränkte die Arme vor der Brust. Seine Stirn war faltig wie ein Schifferklavier.

»Dascha interessant«, brummte er verschnupft und wies mit dem Kinn zu dem Nachbarschiff hinüber, von wo Kai-Uwe gekommen war. »Mit dem trinkst du - und mit mir nicht.«

Ungläubig starrte der junge Lehrling den Käpt'n an. Den Kumpel des Chefs. Und er hatte doch gehofft ...

Nichts Gutes ahnend warf er einen Blick hinüber zu den Schiffen, auf denen er gewesen war und dann zu den beiden, die noch auf ihn warteten. Auf jedem Deck stand der zuständige Kapitän.

Alle beobachteten aufmerksam, was auf Schiff Numero sechs vorging. Dabei grinsten sie zufrieden.

Nun ergaben die funkelnden Augen von Kai-Uwes Kollegen einen Sinn. Die schwielige Hand des Käpt'n reichte ihm ein Schnapsglas. »Du bist doch wohl 'n richtiger Kerl, oder etwa nicht?«, fragte er und hob sein Glas. »Prost!«

Dem jungen Lehrling wurde schwindelig.


Als Kai-Uwe am nächsten Freitag von einem jüngeren Stift gefragt wurde, wie das am Sonntag sei, diesmal sei er ja dran, antwortete der ältere Lehrling freundlich: »Ach, mach dir keinen Kopp. Das geht ganz fix. Rauf aufs Schiff, Papiere fertig machen und wieder runter. Nach einer halben Stunde bist du fertig.«

Er sah die Erleichterung im Gesicht des Jüngeren, zwinkerte ihm zu und fuhr fröhlich pfeifend in sein freies Wochenende.

\*\*\*

# Wettbewerb mit Nebenwirkungen

Sie sahen sich an.

»Also abgemacht?«, fragte Iris.

Tanya nickte. »Ich bin dabei!«

»Na schön«, seufzte Natascha. »Ich fasse noch einmal zusammen: Jeden Mittwochmorgen um halb neun, egal bei welchem Wetter. Und wer am Ende des Sommers...«

»Für das Protokoll: Am dreißigsten September«, warf Iris dazwischen.

»Stimmt«, nickte Natascha. »Wer an dem Tag das meiste Gewicht verloren hat, gewinnt.«

Die drei Freundinnen hatten sich wie jeden Donnerstagabend bei Tanya getroffen, da sie alleinerziehen war und so keinen Babysitter für ihre siebenjährige Tochter organisieren musste.

Nun stand sie auf und holte aus ihrem Wohnzimmerschrank ein pinkfarbenes Plastikschwein mit einem Schlitz im Rücken.

»Hier, das habe ich besorgt. Jeder von uns steckt donnerstags fünf Euro hinein. Das ist sozusagen der Pokal für die Gewinnerin.«

Iris überschlug mit zur Decke gerichteten Augen die Summe, die dabei herauskommen würde.

»Das nenne ich doch mal einen Anreiz«, nickte sie, ohne zu verraten, ob bei ihren Rechenkünsten etwas herausgekommen war.

»Also los, auf die Waage«, rief Tanya unternehmungslustig und stand auf.

»Jetzt!?«, fragte Natascha entsetzt. »Ich hatte Pizza heute Mittag.«

»Egal«, winkte Iris ab. »Na los, steh auf.«

Nachdem Tanya das Gewicht von jeder einzelnen notiert hatte, prosteten sie sich mit Weißwein zu.

»Wo treffen wir uns?«, fragte Natascha.

»Bei der Schule«, schlug Tanya vor und stellte ihr Glas ab. »Von da kommen wir schnell in den Wald und auch die Umgebung ist gut zum Laufen.«

Am nächsten Mittwoch trafen sie sich pünktlich und begannen mit leichtem Walking bis sie den Wald erreicht hatten. Dort machten sie unter Tanyas Anleitung ein paar Dehnübungen. Schließlich liefen sie in gemächlichem Tempo los.

»Gott sei Dank ist es trocken«, sagte Natascha. »Bei Regen hätte ich keine Lust gehabt.«

»Du kennst die Abmachung.« Iris keuchte schon ein wenig. »Bei jedem Wetter.«

»Ich weiß. Aber bei schönem Wetter ist es angenehmer.«

»Das stimmt«, nickte Tanya, als sie eine Weggabelung ansteuerten. »Hier nach links?«, fragte sie.

Iris nickte.

Ein einzelner Läufer kam ihnen entgegen und lief freundlich grüßend an ihnen vorbei. Tanya sah ihm nach. »Lecker«, grinste sie und ihre Freundinnen lachten.

»Ich kann nicht mehr!«, stöhnte Natascha zehn Minuten später.

»Und ich habe Seitenstiche«, keuchte Iris.

»Lasst uns ein paar Minuten gehen«, schlug Tanya vor und wischte sich den Schweiß von der Oberlippe.

Trotz anfänglicher Schwierigkeiten trafen sie sich hartnäckig weiterhin einmal in der Woche und stellten nach einem Monat fest, dass es ihnen bereits viel leichter fiel, die Strecke durchzuhalten. Sie konnten sich mühelos unterhalten und nutzten so die Stunde, um sich den Alltagsfrust von der Seele zu reden.

Jedes Mal kam ihnen irgendwann der Läufer vom ersten Mal entgegen und Tanya begrüßte ihn stets mit einem strahlenden Lächeln, während ihre Freundinnen sie grinsend beobachteten.

»Na, der gefällt dir wirklich, was?«, stellte Iris eines Morgens fest, als der Jogger sie passiert hatte.

Tanya wurde rot. »Er macht einen netten Eindruck«, wiegelte sie ab.


»Mein Mann hat eine andere«, sagte Natascha eines Morgens im Juli, als sie etwa einen Kilometer gelaufen waren. Bis dahin hatte sie kaum ein Wort gesagt, doch nun platzte die Neuigkeit aus ihr heraus. Abrupt blieben die beiden anderen stehen.

»Waaas?« Iris riss entsetzt die Augen auf. Tanya nahm Natascha in den Arm, die prompt zu weinen begann.

»Du Arme«, murmelte Tanya. Sie hatte dasselbe auch schon erlebt und konnte sich daher gut vorstellen, wie die Freundin sich fühlte.

»Seit wann weißt du das?«, fragte Iris, während sie Natascha sanft über den bebenden Rücken strich.

»Gestern Abend«, schniefte Natascha, »da hat er es mir gesagt. Er wird zu ihr ziehen. Es ist eine Kollegin von ihm.« Mit roten Augen sah sie ihre Freundinnen an. »Seit einem halben Jahr betrügt mich dieser Scheißkerl schon.«

»Und du hast nichts gemerkt?«

Natascha schüttelte den Kopf. »Ganz schon naiv, hm?«

Tanya zuckte mit den Achseln. »Er war vermutlich einfach nur sehr geschickt.«

»So ein Arschloch!«, fauchte Iris, um gleich darauf tröstend hinzuzufügen. »Kleines, das tut mir so leid.«

»Ist alles in Ordnung?«, ertönte auf einmal eine dunkle Stimme neben ihnen. Überrascht sahen sie auf und erblickten den Jogger, der sie besorgt musterte. Tanya lächelte verlegen. »Ach, wissen Sie, es ist nur...«

»...dass wir gerade festgestellt haben, dass die meisten Männer hochgradige Schweinebacken sind«, vollendete Iris säuerlich den Satz.

»Anwesende sind natürlich ausgenommen«, sagte Tanya schnell und stieß Iris unauffällig den Ellenbogen in die Seite.

»Aua!«

Der Jogger grinste und reichte Tanya seine Hand. »Thomas.«

»Tanya. Mit Ypsilon«, strahlte sie.

»Also, Tanya mit Ypsilon«, lächelte er amüsiert. »Kann ich euch irgendwie helfen?«

Nun meldete sich Natascha zu Wort. »Nein, vielen Dank. Es ist alles in Ordnung.«

Iris schnaubte.

»Laufen Sie jeden Tag hier lang?«, fragte Tanya.

»Wenn es nicht gerade junge Hunde regnet, schon«, antwortete Thomas.

»Können wir bitte weiter?«, bat Natascha.

»Ja, klar. Tanya?« Iris sah ihre Freundin abwartend an.

Tanya hob die Hand zum Abschied. »Bis bald, Thomas.«

Er nickte ihr zu. »Ja, bis bald. Tanya mit Ypsilon.«

Nataschas Mann hielt Wort und zog zu seiner Freundin. Iris und Tanya standen ihrer Freundin in dieser schweren Zeit zur Seite und halfen ihr, wo sie konnten. So gingen die Wochen ins Land, und schließlich war der Tag gekommen, an dem die Siegerin ihres Lauf- und Abnehmwettbewerbs gekürt werden sollte. Iris stieg zuerst auf die Waage.

»Vier Kilo weniger«, nickte Tanya zufrieden. »Super, Süße.«

Strahlend strich Iris sich über den flacher gewordenen Bauch. »Immerhin«, freute sie sich.

Dann war Natascha dran.

»Wow!«, rief Iris. »Fast sieben Kilo! Das ist ja irre.«

Natascha zuckte mit den Schultern. »Ich habe ja auch kaum was gegessen in der letzten Zeit. Die Appetitlosigkeit habe ich meinem treulosen Ehemann zu verdanken.«

Tanya warf ihr einen mitleidigen Blick zu. »Sieh es positiv. Bis auf deinen traurigen Blick siehst du viel besser aus als vorher.«

»Okay!« Iris klatschte in die Hände. »Tanya, du bist dran. Jetzt werden wir es erfahren: Wer kriegt das Schwein?«

Natascha versuchte sich in Galgenhumor. »Ich hatte schon eins. Kein Bedarf.«

Tanya stieg auf die Waage und die anderen beiden richteten ihren Blick auf die Digital-Anzeige.

Schließlich blieben die Zahlen stehen.

»Siebeneinhalb Kilo«, hauchte Iris. »Das ist der absolute Hammer.«

Natascha holte das Schwein aus dem Regal, wo es jede Woche gefüttert worden war und überreichte es feierlich der Siegerin. »Hier, dein Schwein.«

Tanya hielt es im Arm. »Von dem Inhalt werden wir am Wochenende einen schönen Wellness-Ausflug machen. Okay?«

»Oh ja, gern!«, seufzte Natascha.

»Super Idee!«, lobte Iris. »Danke!«

»Wie hast du das gemacht?«, wollte Natascha wissen. »Wieso hast du mehr abgenommen als ich?«

Tanya sah sie verlegen an. »Ich muss euch etwas gestehen. Ich bin nicht nur mittwochs mit euch gelaufen. Ich bin in den letzten drei Wochen fast jeden Tag durch den Wald gerannt.«

»Ganz alleine?«, fragte Iris überrascht.

Tanya schüttelte den Kopf. »Mit Thomas.«

»Ach nee!« Iris grinste. »Seid ihr etwa *nur* gelaufen?«

Schüchtern antwortete Tanya: »Am Morgen schon, abends haben wir was anderes gemacht.« Mit leuchtenden Augen fügte sie hinzu: »Er ist ein toller Mann.«

Als sie die offenen Münder ihrer Freundinnen sah, musste Tanya lachen. »Ich hole jetzt die Flasche Sekt, die ich kaltgestellt habe. Und dann stoßen wir darauf an, dass diese Laufidee der beste Einfall war, den wir je gehabt haben.«

»Genau. Und wer weiß, vielleicht melden wir uns irgendwann zum Marathon an«, lachte Natascha und zwinkerte ihren Freundinnen zu.

***

# *Phantasievolle Kreationen*

*Genieße mit Phantasie. Alle Genüsse
sind letztlich Einbildung. Wer die beste
Phantasie hat, hat den größten Genuss*

**Theodor Fontane**

# Der Sohn des Rebellen

Nachdenklich stieg Asdovil die Treppe zum Felsenpalast hinauf. Weshalb nur hatte Mirodas ihn hierher zitiert?

Vergeblich zermarterte der junge Zimmermann sich das Hirn auf der Suche nach einem Vergehen, das er möglicherweise begangen hatte. Sein Schritt verlangsamte sich noch mehr, als er sich dem bewachten Eingangsportal näherte. Er war zwar von ähnlicher Statur wie die Soldaten, doch die waren mit Kolentas bewaffnet - Holzstangen mit scharfen, halbrunden Spitzen, die einen Körper ohne Anstrengung aufschlitzen konnten. Asdovil spürte seine Handflächen feucht werden, als er die Wachen erreichte.

»Halt! Wer bist du und was willst du?«

»Ich bin Asdovil, der Zimmermann. Mirodas hat nach mir verlangt.«

Die Wachen gaben wortlos den Weg frei. Asdovil betrat die imposante Eingangshalle und folgte dem Gang, der von dort abging. Als er an einem glänzenden Schild vorbeikam, warf er einen prüfenden Blick auf sein Spiegelbild und wischte sich einen Schmutzfleck von der Wange. Anschließend richtete er das gegürtete Leinenhemd und den schlichten Kurzmantel. Nachdem er seinen blonden Bart glattgestrichen und sich durch das schulterlange Haar gefahren war, ging er weiter. Seine Schritte hallten gespenstisch von den Wänden.

Am Ende des Gangs erwarteten ihn erneut zwei Wachen. Er nannte noch einmal seinen Namen und durfte passieren. Der Saal, den Asdovil nun betrat, war beeindruckend. Zahlreiche Fackeln warfen zuckende Schatten auf die Felswände. Am anderen Ende der Halle saß ein großer kräftiger Mann auf einem mit Goldintarsien verzierten Thron. Auf seinem Kopf wogte eine flammend rote Haarpracht wie ein Feuer. Auch der üppige Bart waberte, als wäre er lebendig. Tiefdunkle Raubvogelaugen richteten sich interessiert auf Asdovil, der dem Herrscher bisher nie begegnet war.

»Du fragst dich sicher, weshalb ich dich hergebeten habe, Zimmermann«, sagte Mirodas und lehnte sich entspannt zurück.

Asdovil schwieg, aber seine Anspannung wuchs.

»Man berichtete mir von Deinen familiären Verbindungen«, fuhr Mirodas fort und erhob sich gemächlich. »Du bist der Sohn des Rebellen Janko, nicht wahr? Des Chamalla-Züchters.«

Das ungute Gefühl, das Asdovil seit der Einladung in den Palast beschlichen hatte, verstärkte sich.

»Das stimmt, Herr. Doch ich habe keinerlei Kontakt zu meiner Familie. Ich weiß nicht einmal, wo sie jetzt lebt.«

Das feuerrote Haar kam näher, so nah, dass Asdovil die Hitze verspürte, die es ausstrahlte. Fasziniert betrachtete er die flammenartigen Bewegungen.

»Wie du zu deinen Leuten stehst, ist mir gleichgültig«, meinte Mirodas abfällig. »Ich will, dass du zu deinem Vater gehst und mir ein Dutzend Chamallas besorgst.«

Asdovil schüttelte den Kopf. »Verzeiht, Herr, aber ich denke nicht, dass ich …«

»Das war keine Bitte, sondern ein Befehl, Zimmermann«, unterbrach ihn Mirodas barsch. »Und damit du nicht auf dumme Gedanken kommst, habe ich einen guten Grund für dich, die Chamallas so schnell wie möglich herzubringen.« Er hob eine Hand und ein Soldat mit harten Gesichtszügen betrat den Saal. Er hatte eine junge Frau am Arm gepackt, der die Angst aus den dunklen Augen sprang. Asdovil riss die Augen auf. »Noja? Was …?«

»Darf ich dich mit meiner zukünftigen Braut bekannt machen?«, fragte Mirodas ironisch. »Sie ist eine Schönheit, nicht wahr? Diese zarte Haut, das seidige Haar, das so dunkel schimmert wie ein See in der Nacht …«

Er trat zu Noja, die instinktiv zurückwich. Mirodas hob eine Hand und streichelte ihre Wange. »Ich kann die Hochzeitsnacht kaum erwarten«, sagte er und sah herausfordernd zu Asdovil.

Der ballte die Fäuste. Seine Augen hatten sich zu schmalen Schlitzen verengt.

Mirodas Hand glitt tiefer und umschloss mit einem gemeinen Lächeln Nojas linke Brust.

Asdovil brüllte auf und stürzte sich auf den Herrscher, doch zwei Paar kräftige Hände packten ihn und rissen ihn zurück.

Mirodas' Flammenhaar glühte. »In dir steckt offenbar auch ein Rebell. Wie der Vater, so der Sohn.« Drohend kam er auf Asdovil zu. »Du hast bis zum Vollmond Zeit. Solltest du bis dahin nicht zurück sein, wird die süße Noja meine Frau und ich habe Gelegenheit, herauszufinden, ob sie ebenso widerspenstig ist wie du. Du verstehst, was ich meine, nicht wahr?«

Asdovil funkelte Mirodas hasserfüllt an und versuchte erneut, sich loszureißen, doch die Hände um seine Oberarme hielten ihn so fest, als wären sie aus Eisen.

»Asdovil, ich flehe dich an!«, rief Noja verzweifelt.

»Hinaus mit ihr!«, befahl Mirodas und der Soldat brachte die weinende Noja zu der Tür, durch die er sie hereingebracht hatte.

»Keine Angst, ich hole dich hier raus«, rief Asdovil hinter ihr her.

»Wie rührend«, höhnte Mirodas und setzte sich wieder auf seinen Thron. Von dort nickte er den beiden Wärtern zu, die Asdovil festhielten, worauf die ihn nach vorn stießen, so dass er vor dem Herrscher auf den Knien landete. Er biss die Zähne zusammen und sah auf.

Mirodas' Raubvogelaugen funkelten. »Bring mir die Chamallas«, sagte er schneidend. »Bis du zurück bist, wird die bezaubernde Noja mein Gast sein. Sie ist äußerst reizvoll, ich weiß nicht, ob ich mich bis zu unserer Hochzeit beherrschen kann, daher rate ich dir, dich zu beeilen.«

Es war lange her, dass Asdovil so viel Hass empfunden hatte, und noch nie in seinem Leben war der Wunsch, einen anderen Mann zu töten, größer gewesen. Doch mit einem Angriff auf den Herrscher würde er vermutlich alles nur noch schlimmer machen. Also beherrschte er sich und stand auf. Dann nickte er knapp, ohne Mirodas anzusehen, drehte sich um und verließ mit raschen Schritten den Saal.

»Aber natürlich begleiten wir dich«, sagte Damia und tätschelte den gewaltigen und struppigen Kopf des gutmütigen Humerers Storan, der zu ihren Füßen lag und sein graubraunes Fell am Kaminfeuer wärmte.

Asdovil, der seine Wut auf Mirodas an einem kleinen Holzstück ausließ, das er mit seinem scharfen Schnitzmesser bearbeitete, sah die zierliche Frau mit dem grauen Schopf zweifelnd an.

»Bist du sicher, Damia? Du bist nicht mehr die Jüngste, es wird sicher anstrengend für dich.«

»Wenn sie nich mehr kann, trag ich sie«, wischte Storan Asdovils Bedenken beiseite. Der Humerer war bei weitem nicht so klug wie die alte Damia, aber dafür ausdauernd und groß genug, dass sie auf ihm reiten konnte. Asdovil war erleichtert, dass er auf seine beiden treuesten Freunde zählen konnte. Seine Ziehmutter hatte für jedes Problem eine Lösung und Storan konnte seine Klauen und Fangzähne geschickt einsetzen, wenn es darauf ankam.

Es war noch kühl, als sie sich am nächsten Morgen auf den Weg machten, doch schon bald kämpfte sich die Sonne durch die Wolkendecke. Mittags legten sie auf einer kleinen Lichtung, die an einen Bach grenzte, eine Rast ein.

Storan tauchte gierig seine Zunge ins kühle Nass.

Als sein Durst gestillt war, sprang er zu den beiden anderen zurück, die im Gras saßen und die mitgebrachten Hühnchenkeulen aßen.

Asdovil warf dem Humerer ebenfalls eine Keule zu, die der geschickt mit der breiten Schnauze auffing und mit einem Satz verschlang.

»Ich hab noch immer nich verstanden, was Mirodas von dir will«, gestand Storan und leckte sich das Maul.

»Ich soll ihm Chamallas besorgen«, erwiderte Asdovil kurz angebunden.

»Diese kleinen Viecher, die sich der Herrscher hält?«

»So ist es«, bestätigte Damia zwischen zwei Bissen.

»Obwohl ich sie nicht Viecher nennen würde. Sie sind possierliche kleine Wesen mit weichem Fell und einem so liebenswerten Gesicht. Ach, ich hätte auch gern eins. Am liebsten ein hellbraunes.« Sie seufzte sehnsüchtig.

Storan gab ein abschätziges Geräusch von sich, widersprach aber nicht.

Asdovil warf seine lustlos abgenagte Keule hinter sich in ein Gebüsch. Er hatte keinen Appetit.

»Wie du vielleicht weißt, Storan, haben die Chamallas Drüsen, aus denen sie einen ölartigen Balsam absondern, der dort Zufriedenheit verbreitet, wo er verdunstet«, fuhr Damia fort. »Mirodas benötigt ihn in erster Linie für seine von ihm ungeliebten Schwestern und Tanten, die ihm, wie man hört, ohne den Balsam das Leben zur Hölle machen. Launenhaft und verdrossen sind sie, hört man überall. Doch die Chamallas im Felsenpalast sind inzwischen alle gestorben.«

»Diese Viech… ich mein, die geben das Zeug doch nur ab, wenn sie selbst sich glücklich fühlen, nich?«

Damia nickte. »Mirodas und seine Verwandten behandeln sie nicht anständig, das ist bekannt.«

»Und deswegen sterben sie?«

»Genau. Also braucht er neue. Und um welche zu bekommen, erpresst er unseren Freund.«

Asdovil ahnte, dass Storan als Nächstes würde wissen wollen, was das alles mit ihm, Asdovil, zu tun hatte. Rasch zog er sein Schnitzmesser hervor. »Ich

54

such mal ein Stück Holz«, murmelte er und verschwand zwischen den Bäumen.

Ihm lag nichts daran, zu hören, wie Damia von dem Tag erzählte, der sein Leben verändert hatte. Er dachte selbst nur noch selten daran, doch wenn er es tat war es, als würde eine alte, schlecht vernarbte Wunde wieder aufreißen.

Auch nach all den Jahren war der Schmerz nicht weniger geworden.

Asdovil bückte sich und hob ein Holzscheit auf. Prüfend fuhr er mit dem Daumen über die Fläche und dachte an Noja. Die Vorstellung, dass Mirodas die zarte und liebreizende Noja zur Ehe zwang, war mehr, als er ertragen konnte. Kurzerhand ließ er das Holzstück fallen und ging zurück zu seinen Freunden, um zum Aufbruch zu drängen. Für eine längere Rast fehlte ihm die Geduld.

Damia wusste von ihrem Raben Teutonius, wo das kleine Völkchen, zu dem auch Asdovils Familie gehörte, jetzt lebte. Es hatte auf einer kleinen Insel inmitten eines Sees eine neue Heimat gefunden. Diese lag jenseits der Grenze von Mirodas' Reich, so dass er ihnen nicht gefährlich werden konnte. Teutonius hatte berichtet, dass es dort alles gab, was die Menschen zum Leben brauchten.

Es herrschte eine friedliche und fröhliche Stimmung, unzählige Chamallas sorgten für Glück und Wohlbehagen.

Nach mehreren Tagen Wanderschaft standen Asdovil, Damia und Storan am Ufer des gewaltigen Sees und blickten hinüber zu der Insel, die von hier aus unbewohnt wirkte.

»Wie komm' wir rüber?«, fragte Storan ratlos.

»Entweder bauen wir uns ein Floß«, überlegte Damia, »oder ich rufe einen Freund zu Hilfe. Das ginge schneller.«

»Welchen Freund meinst du?«, fragte Asdovil.

Sie lächelte nur geheimnisvoll und rief nach Teutonius. Als er angeflattert kam, trug sie ihm auf, über den See zu fliegen und Flyx zu rufen.

Schweigend verfolgten sie den Flug des Raben über die glatte Wasseroberfläche und hörten ihn hin und wieder laut krächzen, bis plötzlich eine Fontäne in der Mitte des Sees so hoch aufspritzte, dass Teutonius eilig zur Seite flog.

Storan knurrte.

Damia kraulte ihn besänftigend und betrachtete aufmerksam den See. Ein grün glänzender, runder Kopf erschien, lauschte dem Krächzen des Raben und wandte sich ihnen zu. Das Wesen gab einen erfreuten Laut von sich, tauchte dann unter und schwamm wellenartig auf sie zu. Einige Meter vom Ufer entfernt hielt es an und erneut erschien der runde Kopf. Die gelben Augen leuchteten.

»Ich grüße dich, alter Freund«, rief Damia, trat ins Wasser und legte liebevoll ihre Arme um das nass glänzende Wesen. Fasziniert beobachteten Asdovil und Storan die innige Begrüßung.

Damia winkte sie zu sich. »Kommt her. Mein Freund wird uns zur Insel bringen.«

Wie sich herausstellte, war Flyx eine Wasserschlange. Asdovil und Damia kletterten auf den glatten Rücken und schlangen ihre Arme um den kräftigen Körper.

Storan stand jedoch noch am Ufer. Er wirkte unschlüssig.

»Er weiß nicht, wie er sich mit seinen Pfoten an deinem Freund festhalten soll«, vermutete Asdovil.

»Komm her und leg dich zwischen uns«, schlug Damia vor. »Wir passen auf, dass du nicht herunterfällst.«

Storan trat zögernd ein paar Schritte näher, wich wieder zurück und klemmte, begleitet von einem leisen Winseln, den Schwanz ein.

Asdovil blickte ihn ungläubig an. »Also wirklich, mein sonst so tapferer und mutiger Freund. Seit wann bist du ein Feigling?«

Das Winseln verstummte abrupt. Mit finsterer Miene kam Storan ins Wasser. Asdovil schmunzelte. Der Humerer ließ sich einiges nachsagen, doch nicht, dass er feige war.

Während Storan durch den See zu ihnen watete ließ er die Wasserschlange nicht aus den Augen. Als er Asdovil erreicht hatte, zog der ihn zwischen sich und Damia. Die Vorderbeine auf der einen und die Hinterläufe auf der anderen Seite lag der Humerer da, stumm und ergeben.

»Mach die Augen wieder auf und genieße die Fahrt«, riet Damia vergnügt und gab Flyx ein Zeichen. Der setzte sich in Bewegung, sein Kopf verschwand. Asdovil, Storan und Damia schwangen ruckartig auf und ab, gingen unter, kamen wieder an die Oberfläche, um gleich darauf erneut abzutauchen. Storan schnappte jedes Mal, wenn sie aus dem Wasser kamen, fast panisch nach Luft. Auch Asdovil fragte sich bei dem ständigen Auf und Ab zweifelnd, ob es nicht doch besser gewesen wäre, ein Floß zu bauen. Zumal es mühsam war, die Balance zu halten und sich gleichzeitig an Storan zu pressen, damit dieser Halt hatte.

Endlich erreichten sie die Insel. Erschöpft und überaus erleichtert ließen sich Storan und Asdovil von Flyx' Rücken gleiten und schleppten sich an Land, während Damia sich für die Überfahrt bedankte und herzlich von ihrem Freund verabschiedete.

Asdovil sah sich suchend um. Storan stand zwischen zwei Bäumen und erbrach sich. Sein nasses Fell hing zottelig herab und seine Beine zitterten. Asdovil ging zu ihm und klopfte ihm die Flanke. »Ganz ruhig, mein Freund. Du hast es überstanden.«

Storan sah hoch. »Und wie komm' wir wieder zurück? Nochmal überleb ich das nich.«

»Das wird sich finden. Ich würde dir nur ungern zumuten, erneut Flyx' Dienste in Anspruch zu nehmen.«

»Eher bleib ich auf dieser Insel«, erwiderte Storan mit schwacher Stimme, »Egal was uns hier erwartet.«

Die Sonne hatte ihre Kleidung und auch Storans Fell längst getrocknet, doch sie waren noch immer keiner Seele begegnet. Die Insel war größer als vermutet. Mühsam bahnten sie sich ihren Weg durch einen Urwald mit wild wuchernden Pflanzen und gewaltigen Bäumen, an denen die unterschiedlichsten Früchte wuchsen, die, wie sie wenig später feststellten, köstlich schmeckten.

Schließlich hielt Asdovil an und hob warnend eine Hand. Er hatte etwas gehört.

Erst verhalten, dann immer deutlicher konnten sie helle Stimmen vernehmen. Offenbar hatten sie ihr Ziel erreicht. Asdovils Herz schlug schneller. Er würde seine Familie wiedersehen.

Aber war er auch bereit dafür?

»Wir haben sie gefunden«, sagte Damia. »Worauf wartest du, mein Junge? Geh weiter.«

Zögernd gehorchte er. Nach wenigen Schritten kamen ihnen vier lachende Kinder mit ebenso vielen Chamallas entgegen, die wild und ungebärdig herumsprangen. Ein Junge, schlaksig und mit sommersprossigem Gesicht, blieb stehen und staunte die Fremden an. Hinter ihm gruppierten sich die anderen Kinder.

»Euch habe ich hier noch nie gesehen«, sagte der Sommersprossige. »Wer seid ihr?«

»Mein Name ist Milo«, log Asdovil, ehe einer seiner Freunde das Wort ergreifen konnte. Deren verblüffte Blicke ignorierte er. »Das sind Damia und Storan. Und ihr seid …?«

»Ich heiße Stien«, antwortete der Junge und stellte dann seine Freunde vor.

Asdovil neigte grüßend den Kopf. »Würdet ihr uns zu Janko bringen?«

Stien nickte. »Folgt uns, es ist nicht weit.«

»Dein Name ist Milo?«, flüsterte Damia mit erhobener Augenbraue, als sie hinter den aufgeregt plaudernden Kindern hergingen.

»Ich will einfach nicht, dass meine Familie erfährt, wer ich bin«, gab Asdovil leise aber bestimmt zurück.

Sie nickte, doch er konnte sehen, dass sie seine Entscheidung nicht billigte.

Bald erreichten sie eine große Lichtung, auf der viele Hütten standen. Vor jeder Tür stand eine mit glitzerndem Chamalla-Balsam gefüllte Holzschale. Asdovil schluckte. Ganz ähnlich hatte ihr Dorf damals ausgesehen. Der Anblick ließ die Erinnerung unwillkürlich erwachen und alles war plötzlich so nah, als wäre es gestern gewesen ...

Sein Vater Janko hatte schon damals Chamallas gezüchtet und Asdovil war mit ihnen aufgewachsen. Ein weibliches, besonders hübsches Jungtier namens Sirana schlief gar in seinem Bett. Sie waren unzertrennlich.

In einem Sommer vernichteten Stürme fast die gesamte Ernte.

Die Menschen hungerten wie nie zuvor. Asdovils Familie musste das Wenige, das sie hatte, mit den Chamallas teilen, die sich niemand mehr leisten konnte. Zum ersten Mal in seinem Leben litt Asdovil an nagendem, Schlaf raubendem Hunger.

Der damalige Herrscher, Mirodas' Vater Kapvilo, half seinem Volk nicht, im Gegenteil.

Er verlangte trotz der schlimmen Lage seinen rechtmäßigen Anteil an der kargen Ernte. Viele Menschen verhungerten oder erfroren im darauffolgenden Winter.

Janko konnte das Elend nicht ertragen. Er versammelte eine Gruppe von Rebellen um sich und stürmte mit ihnen den Palast.

Der Aufstand wurde jedoch niedergeschlagen und Janko landete mit einigen anderen im Kerker. Als die Familie am Abend davon erfuhr, rannte Asdovil davon und versteckte sich mit Sirana in seiner geheimen Höhle im Wald. Nicht einmal sein Lieblingsbruder Mertho wusste von diesem Rückzugsort, den Asdovil nur dann aufsuchte, wenn er großen Kummer hatte und allein sein wollte.

Verzweifelt warf er sich in den Heuhaufen, den er im Sommer aufgeschichtet hatte, grub sein Gesicht in das weiche Fell seines Chamallas und weinte sich in den Schlaf.

Als er erwachte, dämmerte bereits der Morgen und Sirana war fort. Asdovil lief nach Hause. Dort angekommen musste er feststellen, dass seine Mutter und die sechs Geschwister verschwunden waren. Auch die Chamallas waren nicht mehr da.

Stunden später entdeckte Damia den verstörten und tränenüberströmten Jungen und nahm ihn zu sich. Sie erklärte ihm, dass Janko und den anderen Rebellen die Flucht aus dem Kerker gelungen war und sie Hals über Kopf mitsamt ihren Familien die Stadt hatten verlassen müssen.

Viele Jahre später verstand Asdovil zwar, dass seinem Vater nichts anderes übriggeblieben war, doch er konnte nie verwinden, dass seine Eltern ihn einfach zurückgelassen hatten.

Und nun würde er sie wiedersehen. Er holte tief Luft und wappnete sich, so gut es ging.

Der sommersprossige Junge steuerte eine der Hütten an und rief laut nach Janko. Die Tür öffnete sich und ein Mann trat heraus.

»Stien? Was ist denn los?«

Asdovil stand da und starrte seinen Vater an.

Janko war alt geworden, das Gesicht von Falten durchzogen, das Haar so weiß wie frisch gefallener Schnee.

»Du hast Besuch«, erklärte Stien und wies auf Asdovil und seine Freunde. »Das sind Milo, Storan und Damia.«

Janko sah von einem zum anderen. Dann blieb sein Blick an Asdovil hängen und seine Mundwinkel zuckten kaum merklich. »Dein Name ist Milo?«, vergewisserte er sich.

Asdovil nickte. Das Atmen fiel ihm schwer. Konnte es sein, dass sein Vater ihn nach all den Jahren wiedererkannte?

»Wir sind im Auftrag Mirodas' hier«, ergriff Damia das Wort, die wohl spürte, dass Asdovils Zunge wie gelähmt war. »Er braucht Chamallas.«

»Kommt herein«, bat Janko zerstreut und ließ sie eintreten, ohne den Blick von Asdovil abzuwenden. Der hatte kaum das düstere Innere betreten, als eine ältere Frau, die im Feuer des Kamins gestochert hatte, bei seinem Anblick einen erstickten Schrei von sich gab und ihm um den Hals fiel.

»Asdovil!«, schluchzte sie. »Mein Junge! Endlich habe ich dich wieder.«

Er schwieg und rührte sich nicht. Aus dem Augenwinkel sah er, dass Damia und Storan einen Blick tauschten und nach draußen verschwanden. Sein Vater wischte sich unbeholfen über die Augen.

Wenig später saßen sie zu dritt um den groben Holztisch. »Warum nennst du dich Milo?«, fragte sein Vater.

»Ich wollte nicht, dass ihr erfahrt, wer ich bin.«

»Dafür reicht ein Blick in dein Gesicht«, sagte seine Mutter mit einem traurigen Lächeln. »Dachtest du wirklich, wir erkennen unser Kind nicht wieder?«

Asdovil verschränkte die Arme vor der Brust. »Ich hätte auch nie geglaubt, dass ihr mich im Stich lassen würdet.«

Seine Eltern tauschten einen kummervollen Blick.

»Wir wollten nicht ohne dich gehen«, versicherte ihm seine Mutter. »Es brach uns das Herz, glaub mir. Doch wir konnten dich nirgendwo finden. Überall haben wir dich gesucht, nach dir gerufen – ohne

Erfolg. Kapvilos Soldaten kamen immer näher. Wir mussten schließlich ohne dich aufbrechen, wenn wir nicht alle sterben wollten.«

»Was ist mit Sirana?«, wollte Asdovil wissen. »Sie hätte euch zu mir führen können.«

»Wir waren schon eine ganze Weile unterwegs, als sie plötzlich auftauchte«, erzählte Janko. »Gewiss hat sie versucht, dich zu wecken, nachdem sie unseren Aufbruch bemerkt hatte. Doch wenn du einmal schliefst …« Er lächelte wehmütig. »Sie gebärdete sich wie wild, wollte uns dazu bringen, umzukehren, doch es war einfach zu gefährlich. Damit sie nicht den Soldaten in die Hände fiel, nahmen wir sie mit.«

Er senkte die Stimme. »Sirana war danach nie mehr wie früher. Sie vermisste dich so sehr. Wenige Wochen später hörte ihr Herz einfach auf zu schlagen.«

Asdovil schlug die Hände vors Gesicht.

Es schmerzte ihn unsagbar, zu hören, wie sehr seine treue Freundin gelitten hatte. War all das wirklich nur deshalb geschehen, weil er einen so tiefen Schlaf gehabt hatte? Seit damals jedenfalls schreckte er bei jedem noch so leisen Geräusch auf. Vermutlich war es die unbewusste Angst, erneut verlassen zu werden von denen, die er liebte.

»Ich habe nie verstanden, warum ich auf einmal ganz allein war«, sagte er leise. »Es gab keinen Tag, an dem ich mich nicht fragte, ob ich etwas falsch gemacht habe. Es musste doch einen Grund dafür geben, dass ihr mich zurückgelassen habt.«

»Es tut mir so unendlich leid«, flüsterte seine Mutter mit gesenktem Blick. »Es lag nicht an dir. Wir waren untröstlich, dass wir ohne dich gehen mussten.«

»Konntet ihr nicht später umdrehen, um mich zu holen?«

»Es war zu gefährlich«, sagte Janko bedrückt.

»Kapvilos Soldaten suchten nach mir. Zudem brauchten wir den Schutz der Gruppe. Wir hätten sie verloren, wenn wir zurückgegangen wären.«

Asdovil schwieg.

Seine Mutter sah ihn bittend an. »Kannst du uns jemals verzeihen?«

Er setzte eine abweisende Miene auf und wandte sich an seinem Vater. »Mirodas schickt mich, er braucht Chamallas. Seine letzten sind gestorben.«

Janko schnaubte. »Warum wohl? Er konnte schon als Kind nicht mit ihnen umgehen. Wenn wir dir welche mitgeben, ist das ihr Todesurteil.«

»Dennoch werde ich ihm welche bringen, notfalls ohne euer Einverständnis.« Den Blick auf die Tischplatte gerichtet fügte er hinzu: »Er hält die Frau, die ich liebe, gefangen. Beim nächsten Vollmond muss ich zurück sein, sonst ...« Er brach ab.

»Hat er gedroht, sie umzubringen?«, fragte Janko entsetzt.

Asdovil sah ihn an. »Nein. Er hat gedroht, sie zu heiraten.«

Janko nickte und sah aus dem Fenster in die beginnende Dunkelheit. »Ich verstehe. Dir bleibt nicht mehr viel Zeit.«

»Das ist mir bewusst. Also, gibst du mir die Chamalllas?«

»Wenn es keine andere Möglichkeit gibt, ja.«

Diese Worte seines Vaters spukten Asdovil noch im Kopf herum, als er neben dem leise knisternden Kaminfeuer lag und versuchte, einzuschlafen.

Damia und Storan hatten nebenan Obdach gefunden, im Haus von Asdovils Bruder Mertho und seiner Familie.

Asdovil lächelte bei dem Gedanken an das Wiedersehen mit seinen Geschwistern. Sie hatten ihn mit offenen Armen aufgenommen. Endlich hatte er wieder eine Familie und ganz allmählich war er bereit, seinen Eltern zu verzeihen. Und insgeheim bewunderte er seinen Vater für den Mut, sich gegen die Tyrannei erhoben zu haben.

Plötzlich verspürte er tief in sich den brennenden Wunsch, sich ebenfalls gegen den Herrscher aufzulehnen. Er war der Sohn eines Rebellen und bereit, genau wie sein Vater für die Gerechtigkeit zu kämpfen. Es gab sogar noch einen weiteren wichtigen Grund: Noja.

Als der Morgen anbrach, teilte er seinem Vater seinen Entschluss mit.

»Du willst Mirodas stürzen?«, fragte Janko besorgt, doch in seinen Augen konnte Asdovil auch Stolz erkennen.

»Ja. Und ich wäre dankbar, wenn du mir dabei hilfst.«

Janko schüttelte den Kopf. »Ich bin ein alter Mann, Asdovil. Zum Kämpfen denkbar ungeeignet.«

»So meinte ich es nicht. Du und deine Freunde, ihr habt es damals beinahe geschafft. Inzwischen habt ihr Söhne und Enkel, die diese Aufgabe übernehmen können. Gemeinsam wären wir deiner Rebellengruppe von damals zahlenmäßig weit überlegen. Und ich bin sicher, dass auch viele von denen, die derzeit unter Mirodas leiden, uns nur zu gern unterstützen werden. Wir brauchen lediglich einen Plan. Ihr wart seinerzeit viel zu unvorbereitet.«

»Damit hast du sicher Recht.« Janko nickte bedächtig. »Also gut. Ich werde die Nachricht weitergeben, dass sich alle Männer hier einfinden sollen.«

Asdovil atmete erleichtert auf. »Danke, Vater.«

Die Hand Jankos legte sich auf die seines Sohnes. »Pass auf dich auf. Ich will dich nicht noch einmal verlieren.«

Vierundsechzig Männer zählte Asdovil wenig später, etwa ein Drittel davon im Alter seines Vaters. Alle anderen waren jung und kräftig.

Janko ergriff zuerst das Wort. Er beschrieb die Situation im Reich zu der Zeit, als er und die anderen Älteren geflohen waren und erwähnte auch die Umstände, die dafür gesorgt hatten, dass Asdovil zurückgeblieben war.

Spätestens da wurde Asdovil, der mit seinen Brüdern neben Janko stand, von allen Anwesenden neugierig und abschätzend gemustert.

Schließlich ergriff er selbst das Wort. »Mirodas ist ebenso grausam und unberechenbar wie sein Vater«, begann er. »Die Menschen leben in Angst vor ihm und in großer Armut, denn Mirodas lässt ihnen weniger, als sie zum Leben bräuchten, während er selbst gar nicht weiß, was Hunger bedeutet.«

»Warum erhebt sich das Volk nicht gegen ihn?«, fragte ein junger Mann mit wilden dunklen Haaren und kräftigen Oberarmen.

»Dafür gibt es mehrere Gründe«, antwortete Asdovil. »Zum einen hat Mirodas einen großen Stab von Wächtern, starke Männer mit gefährlichen Waffen, die sie gern und häufig einsetzen. Zum anderen fehlt es den Menschen an Mut und Kraft. Dinge, die ihr hier im Überfluss besitzt.«

»Was haben wir davon, wenn wir euren Herrscher stürzen?«, wollte ein anderer wissen.

»Nun, ihr würdet eine wahrlich gute Sache tun.«

Der Mann gab einen grunzenden Laut von sich und die Männer um ihn herum murmelten und tuschelten. Es klang widerwillig.

»Ihr seid eine recht kleine Gruppe Menschen«, fuhr Asdovil eilig fort. »Viel Abwechslung habt ihr auch nicht in eurer Siedlung. In der Stadt dagegen könntet ihr viele Dinge tun, die euch hier nicht möglich sind. Ihr würdet mehr Land haben, neue Menschen kennenlernen und vor diesen als tapfere Helden dastehen.«

»Für mich klingt das nach einem Abenteuer«, rief der junge Mann mit den dunklen Haaren. »Auf so eine Gelegenheit warte ich schon lange.«

Er drehte sich um und ließ seinen Blick über die Menge schweifen. »Seien wir doch ehrlich: Es ist zwar schön hier, aber auch langweilig.«

Viele nickten zustimmend.

»Dann seid ihr einverstanden, loszuziehen und es zu versuchen?« Asdovil hielt gespannt die Luft an.

Die Männer beratschlagten sich eine Weile, dann trat der Dunkle vor und hob eine Hand. »Ich, Kolas, bin dabei.«

Nach und nach stellten sich immer mehr neben und hinter Kolas, bis alle aufgestanden waren. Asdovil atmete auf. »Ich danke euch. Morgen früh brechen wir auf.« Dann reckte er einen Arm zum Himmel und rief: »Nieder mit Mirodas!«

Der Jubel seines neuen Heeres scholl bis zum anderen Ende des Dorfes.

Mit Booten setzten sie am nächsten Morgen nach und nach zum Festland über. Die Alten, Frauen und Kinder winkten ihnen zum Abschied vom Ufer aus zu.

»Ich hoffe von ganzem Herzen, du kommst gesund zurück«, sagte Janko.

Asdovil nickte. Dann umarmte er seine Eltern und stieg in das letzte Boot.

»Kann ich nicht mitkommen?«, rief der sommersprossige Stien ihm zu. »Sieh mal, wie stark ich bin.« Mit konzentrierter Miene ließ er seine kaum sichtbaren Muskeln am Arm spielen.

Asdovil lächelte. »Ich würde dich ja mitnehmen, aber es ist besser, wenn du hierbleibst und die Männer in ihrer Heimat vertrittst. Einer muss doch auf die Kleinen und die Frauen aufpassen.«

Stien nickte zerknirscht. »Also gut. Aber ich hätte gern einmal die Stadt und den Palast gesehen.«

»Wenn alles gut gegangen ist, kommst du nach«, versprach Asdovil.

Der Junge strahlte. »Das ist ein Wort.«

»Wozu die Chamallas?«, fragte Damia. Zwölf an eine Leine gebundene Tiere tobten zu ihren Füßen oder sprangen ihr auf den Schoß, so dass das Boot hin und her schwankte. Sie hatte alle Hände voll zu tun.

»Ich will nicht, dass Noja im Palast ist, wenn wir ihn stürmen«, antwortete Asdovil knapp und gab den Befehl zur Abfahrt.

Damia verstand. »Also wirst du Mirodas vorher bringen, was er verlangt hat.«

»Ja, ich will ihn in Sicherheit wiegen.«

Sie legten den Weg zur Stadt zügig zurück.

Die Männer waren ungeduldig und voller Taten-drang. Sie rasteten nie länger als nötig.

Es war noch früh am Tag, als sie den Stadtrand er-reichten. Asdovil nahm die Chamallas und steuerte allein den Palast an. Er war schrecklich nervös. So vieles konnte schiefgehen. Die anderen würden sich – so hatte er es mit Mertho und seinen anderen Brü-dern vereinbart - in der Stadt verteilen und versu-chen, die Bürger dazu zu bewegen, sich ihnen im Kampf gegen Mirodas anzuschließen.

Wieder ragten die spitzen Türme des Felsenpalastes vor ihm auf, abwehrend und kalt. Genau dasselbe strahlten auch die beiden Wachen aus, die mit Ko-lentas bewaffnet vor dem Tor standen. Diesmal ge-währten sie Asdovil Einlass, ohne nach seinem Na-men zu fragen. Ein Blick auf seine wild herumsprin-gende Begleitung war offenbar ausreichend.

Er durchquerte die Eingangshalle und betrat den Saal, in dem Mirodas wie beim letzten Mal auf sei-nem Thron saß. Sein Feuerhaar waberte.

Als er Asdovil erblickte, stand er auf und kam näher. Aufmerksam betrachtete er die Chamallas. »Sie se-hen gesund aus«, sagte er zufrieden und befahl ei-nem Soldaten, die Tiere in ihren Käfig zu bringen.

»Damit sie es bleiben und Euch ihr Balsam schenken, solltet Ihr dafür sorgen, dass sie sich wohlfühlen«, rutschte es Asdovil heraus, während er den Chamal-las besorgt hinterher sah.

Mirodas' Flammenhaar knisterte gefährlich, wie ein Feuer, in das jemand trockenes Stroh geworfen hatte. »Was fällt dir ein? Wer bist du, dass du mir Befehle erteilen willst?«

Asdovil verfluchte seine lose Zunge. Seiner Sache war nicht gedient, wenn er Mirodas verärgerte und womöglich in ein Verlies gesperrt wurde.

»Das war kein Befehl, mein Herrscher«, sagte er schnell und senkte demütig den Kopf. »Lediglich ein gut gemeinter Rat. Vergesst ihn einfach.«

Der Herrscher schnaubte. »Verschwinde, bevor ich es mir anders überlege und dich in Ketten legen lasse.«

Asdovil nickte. »Gut, ich gehe. Sobald Ihr mir Noja ausgehändigt habt.«

»Nun, diesen Wunsch kann ich dir leider nicht erfüllen, mein lieber Asdovil«, erwiderte Mirodas mit gespieltem Bedauern. »Die liebe Noja und ich werden morgen heiraten.«

Asdovil wurde abwechselnd heiß und kalt. »Wir hatten eine Abmachung«, sagte er schwach. »Ich bringe euch Chamallas und dafür lasst ihr Noja gehen.«

»Ich weiß von keiner Abmachung. Du hattest lediglich den Auftrag, mir Chamallas zu besorgen.«

Mirodas wandte sich an zwei Soldaten. »Geleitet unseren Freund hinaus.«

Als Treffpunkt hatte Asdovil die Mühle vorgeschlagen. Sie befand sich am Rande der Stadt, direkt am Fluss, und grenzte an den Wald. Als Asdovil dort ankam, noch immer außer sich vor Wut über Mirodas' Heimtücke, hatte sich bereits eine große Menge an Männern dort versammelt.

Der Müller klopfte ihm begeistert auf die Schulter.

Er war ein großer Mann mit breiten Schultern und Händen wie Schaufeln, so dass Asdovil bei seiner Begrüßung leicht in die Knie ging.

»Es wurde Zeit, dass jemand das Heft in die Hand nimmt«, sagte der Müller zufrieden. »Gut gemacht, mein Junge.«

Asdovil nickte grimmig. »Danke, aber noch haben wir nichts erreicht. Es ist jedoch zweifellos an der Zeit, Mirodas das Handwerk zu legen.«

Als die Sonne unterging, war die Menschenmasse bei der Mühle auf über zweihundert angewachsen. Kolentas waren dem einfachen Volk nicht erlaubt, daher trugen sie Sensen, Spaten oder Spitzhacken als Waffen. Sie beschlossen, nachts loszuschlagen, wenn Mirodas und die meisten seiner Soldaten schliefen.

Es war ruhig und dunkel in der Stadt, als Asdovil und die kampfbereiten Männer durch die Straßen schritten. Damit die Wachen nicht gewarnt wurden, schwiegen sie und gingen so leise wie möglich, als sie sich dem Felsenpalast näherten.

Asdovil, Mertho, Kolas und Storan machten die Vorhut. Die anderen sollten auf ihr Zeichen warten. Sie marschierten die Treppe hinauf und auf die Wachen zu, die sogleich ihre Kolentas kreuzten.

»Was wollt Ihr? Verschwindet!«

Storan schoss vor und verbiss sich in das Bein einer Wache. Der Mann schrie auf und wollte den Humerer mit seiner Kolenta aufschlitzen, doch Kolas rammte dem Mann blitzschnell seine Faust ins Gesicht.

Asdovil fing die Waffe auf, die dem Wärter entglitt, als er zu Boden sank. Gerade noch rechtzeitig, denn der andere ging auf ihn und Mertho los.

Die Holzstangen krachten aufeinander.

Asdovil hatte noch nie mit Kolentas gekämpft.

Sein Herz raste vor Angst, als die Waffe seines Gegners auf ihn niedersauste. Schnell trat er zur Seite und die scharfe Kante knallte klirrend zwischen Mertho und ihm auf den Boden. Storan sprang hoch und bohrte seine scharfen Zähne in den Arm der Wache.

Der Soldat brüllte vor Schmerz. Asdovil stieß zu und schlitzte dem Mann den Leib auf. Dessen Schrei erstarb und ging in ein leises Röcheln über.

Als der andere, der benommen von Kolas' Schlag, noch immer am Boden lag, sich rührte, hob Mertho seine Waffe. Er ließ sie niedersausen und trennte dem Mann mit einem kraftvollen Hieb den Kopf ab.

Keuchend schauten die Männer auf das Blutbad zu ihren Füßen. Als ihr Atem sich beruhigt hatte, hob Asdovil die Hand. Die anderen Rebellen kamen herauf und verteilten sich im Palast.

Bald hörte man das Schlagen von Türen, Schreie und triumphierendes Gejohle.

Der Müller und Mertho schleppten den überrumpelten Herrscher in den Thronsaal und warfen ihn Asdovil vor die Füße. Als Mirodas sich wütend aufrappeln wollte, trat der Müller ihm in die Seite, so dass er erneut umfiel und auf dem Rücken landete.

»Du bleibst schön da unten«, knurrte der Müller und stellte seinen Fuß auf Mirodas' Brust.

Der Herrscher blinzelte verdattert. Sein Blick fiel auf Asdovil.

»Du!«, sagte er angewidert. Sein Haar schien Funken zu sprühen. »Ich hätte dich doch einsperren lassen sollen.«

»Dafür ist es jetzt zu spät«, sagte Asdovil ruhig und zückte sein Schnitzmesser. »Los, steht auf und bringt mich zu Noja.«

Der Müller schnappte sich eine Fackel und Storan stellte sich schützend neben Asdovil.

Mirodas verzog angewidert das Gesicht. »Verschwinde, du hässliches Vieh!«, sagte er verächtlich und trat ihm in die Flanke. Storan knurrte und fletschte seine Fangzähne.

»Bleib ruhig und warte hier«, bat Asdovil rasch, der sah, dass der Humerer den Herrscher am liebsten zerfleischen würde. »Ich bin gleich zurück.«

Storan brummte unwillig, gehorchte aber.

Noja war in einem Turmzimmer untergebracht. Asdovil schob den Riegel zur Seite und öffnete die Tür. Der Müller reichte ihm die Fackel.

Asdovil händigte dem unbewaffneten Mann sein Schnitzmesser aus. »Hier. Damit kannst du Mirodas in Schach halten.«

Er trat ein. Noja saß erstarrt vor Angst in einem breiten Himmelbett.

Als sie Asdovil erkannte, schluchzte sie erleichtert auf und stürzte sich in seine Arme. Er drückte sie an sich. »Hat Mirodas dir etwas angetan?«

»Nein, es geht mir gut. Was ist das für ein Lärm?«

»Wir haben den Palast gestürmt«, antwortete Asdovil. In diesem Moment hörte er vom Gang her ein Stöhnen und einen dumpfen Aufprall. Er ließ Noja los und wandte sich um.

In der Tür erschien Mirodas, seine Augen funkelten boshaft und sein Flammenhaar loderte.

»Als ob ein einfacher Müller mich aufhalten könnte!«, höhnte er, ergriff Nojas Arm und zog sie mit einem Ruck vor sich. Das Schnitzmesser blitzte an ihrem Hals. Sie zitterte. Ihre großen Augen sahen angsterfüllt zu Asdovil.

Der machte einen Schritt auf sie zu.

»Mirodas, Euer Palast ist von meinen Leuten besetzt«, sagte er ruhig. »Ihr habt keine Chance. Lasst Noja frei, dann bleibt Ihr vielleicht am Leben.«

»Ha! Für wie dumm hältst du mich? Solange ich Noja habe, wird mir nichts passieren, denn bevor du mich töten kannst, bringe ich sie um.«

Er drückte die Messerspitze tiefer in ihre Haut.

Noja schloss die Augen und wimmerte leise.

»Sorg dafür, dass wir hier rauskommen«, befahl Mirodas und ruckte mit dem Kinn zur Tür.

Asdovil gehorchte. Im Gang lag der Müller in einer Blutlache. Mirodas hatte ihm die Kehle aufgeschlitzt. Erschüttert steuerte Asdovil auf die Treppe zu. Nojas Schluchzer hallten von den Wänden, sie durchbohrten Asdovils Brustkorb und stachen schmerzhaft in sein Herz. Fieberhaft überlegte er, was er tun konnte.

Unten war niemand zu sehen. Offenbar waren alle in der Halle oder sperrten gerade Mirodas' Männer in die Verliese im Keller. Rechts von ihm befand sich der verriegelte Käfig mit den Chamallas. Asdovil drehte sich zu Mirodas um, der mit Noja die Treppe herunterkam.

»Wartet hier, Herr. Ich sorge dafür, dass meine Leute Euch durchlassen und nicht gleich auf Euch losgehen, wenn sie Eurer ansichtig werden.«

Mirodas nickte knapp. »Also gut.«

Eilig schritt Asdovil hinüber zum Käfig, steckte die Fackel in eine Halterung und schob den Riegel zur Seite. Schon stürmten die Chamallas heraus.

»Ihr könnt kommen, Herr!«, rief er.

Mirodas war noch nicht unten angelangt, als die Chamallas freudig auf ihn und Noja zu rannten, sie ansprangen und um ihre Füße wirbelten.

»He, was soll das? Geht weg!«, rief Mirodas verärgert. Er trat nach ihnen und hatte sichtlich Mühe, das Gleichgewicht zu halten. Als sein Griff sich lockerte, nutzte Noja die Gelegenheit und stieß ihren Peiniger kraftvoll die letzten Stufen hinab.

Die Chamallas quiekten, als Mirodas auf dem Boden landete. Asdovil riss ihm das Messer aus der Hand. In diesem Moment schoss ein knurrender Storan um die Ecke und landete mit einem Satz auf dem Herrscher. Schon rammte er seine scharfen Fangzähne in Mirodas' Kehle. Ein gellender Schrei erfüllte die Luft.

Noja vergrub ihr Gesicht an Asdovils Brust. Er legte einen Arm um sie und beobachtete, wie sein Freund der grausamen Tyrannei Mirodas' ein Ende setzte.

Der Tod des Herrschers brachte das Volk zum Jubeln. Kolas und seine Freunde ließen sich wie Helden feiern.

»Kolas wäre der Richtige, um sich um die Menschen hier zu kümmern«, meinte Mertho und Asdovil stimmte ihm zu. Er und seine Brüder würden jedoch nicht bleiben, sondern auf die Insel zurückkehren. Gemeinsam mit Storan und Noja verabschiedeten sie sich von Damia.

»Leb wohl, mein Junge«, sagte sie zu Asdovil. »Ich bin stolz auf dich. Du hast deine Angst vor Mirodas überwunden und ihn entmachtet. Und wichtiger noch: Du hast deinen Zorn auf deine Familie besiegt und ihr verziehen. Ich wünsche dir und Noja alles Glück dieser Welt.«

Asdovil gab ihr einen Kuss auf die Stirn. »Danke für alles, Damia. Übrigens habe ich ein Geschenk für dich.«

Mertho reichte ihm eine Kiste. Asdovil lüftete den Deckel und das putzige Gesicht eines jungen hellbraunen Chamallas erschien. Mit einem Ausruf des Entzückens hob Damia ihn heraus.

Asdovil beobachtete zufrieden, wie glücklich seine Ziehmutter das kleine Kerlchen begrüßte.

»Wie willst du ihn nennen?«, fragte er und legte Noja einen Arm um die Schultern.

Damia lächelte verschmitzt. »Wie wäre es mit Milo?«

\*\*\*

# Zwischen Kap und Känguru

**P**rofessor Dr. Julius Ferne öffnete schwungvoll die Tür und winkte seinen Assistenten ins Haus.

»Da sind Sie ja endlich, Sam. Sie werden es nicht glauben.«

Sam trat über die Schwelle, schloss die Tür und schaute sich um. »Was gibt es denn Besonderes in dieser Bruchbude?«

Julius ging vor, bis in einen Raum, dessen Wände von hohen Bücherregalen bedeckt waren. In der Mitte stand ein Schreibtisch, auf dem sich Unmengen von Papieren stapelten.

»Das Arbeitszimmer meines Onkels, Gott hab ihn selig. Wie Sie wissen, habe ich ihn beerbt - er hatte ja sonst niemanden.« Julius machte eine ausholende Bewegung. »Die meisten seiner Sachen werde ich verschenken oder wegwerfen, doch das hier ...« Er griff nach einer mit Intarsien verzierten kleinen Kiste, »... ist mein eigentliches Erbe.«

Feierlich hob er den Deckel an, nahm einen gerollten Bogen Papier heraus und reichte ihn Sam.

»Hier, lesen Sie das. Mein Onkel war ein leidenschaftlicher Dichter und sprach gern in Rätseln, doch ich glaube, ich habe die Bedeutung dieser Aufzeichnungen verstanden.«

Sein Assistent nahm den Zettel und las vor:

> *»Zwanzigtausend Meilen unter dem Muh*
> *zwischen dem Kap und dem Känguru*
> *zwischen dem Eis von Süd und Nord*
> *gibt es einen verwunschenen Ort.«*

Sam sah auf. »Was soll das bedeuten, zwanzigtausend Meilen unter dem Muh?«

Julius winkte ab. »Das sind Koordinaten, ich habe sie bereits berechnet. Das Muh ist das Sternbild Stier. Mit dem Kap ist Afrika gemeint und mit dem Känguru selbstverständlich Australien.« Er tippte ungeduldig auf das Papier, das Sam noch in der Hand hielt. »Das Wichtigste kommt erst, lesen Sie weiter!«

Sam räusperte sich.

*»Die toten Riesen leben hier*
*und Archie hat dort sein Revier.*
*Wenn ich zu zweit zufrieden bin,*
*dann zieht es mich dort wieder hin.«*

Sam sah seinen Chef ratlos an. »Ich verstehe kein Wort. Wer sind die toten Riesen?«

Julius sah sich um, als wäre ein ungebetener Zuhörer in der Nähe, und wisperte: »Ich bin mir nicht sicher, aber ich glaube, er meint …« Er machte eine dramatische Pause. »Dinosaurier.«

»Das ist doch Unsinn, die sind längst ausgestorben.«

»Darum ja auch die *toten* Riesen«, erklärte Julius. »Wer Archie ist, weiß ich leider nicht, vielleicht handelt es sich dabei um einen Freund. Das macht allerdings den letzten Satz widersprüchlich. Wie auch immer, wir müssen da hin. Für die Forschung ist diese Insel ein Geschenk. Und wenn ich Recht habe, geht für mich ein Kindheitstraum in Erfüllung.«

Sam senkte noch einmal den Blick auf das Papier.

*»In den Bergen Steine sitzen,*
*die schimmern, glänzen oder blitzen.*
*Damit der Frieden bleibt besteh'n,*
*sollte die Gier dorthin nicht geh'n.«*

Er runzelte die Stirn. »Was für Steine meint er?«
Julius nahm etwas aus der Kiste. »Er ist zwar un-
geschliffen, doch ich würde sagen, es ist ein
Diamant.« Damit hielt er Sam einen hellen Stein von
der Größe einer Pflaume entgegen.
Sein Assistent schnappte nach Luft und besah ihn
sich genau. »Der ist ein Vermögen wert.«
»Wenn Sie mich begleiten, können Sie ihn behalten«,
bot Julius an. »Für mich ist die Forschung wichtiger.
Was ist, sind Sie dabei?«
Als Antwort schob sich Sam lächelnd den Stein in
die Hosentasche. »Und wie kommen wir dorthin? Es
fährt wohl kaum ein Zug an diesen geheimnisvollen
Ort.«
Julius schmunzelte. »Dafür habe ich etwas gefunden.
Mein Onkel war bekanntlich ein Genie. Folgen Sie
mir.«
Sie verließen das Haus durch die Hintertür. Julius
steuerte einen geräumigen Schuppen an, zog einen
Schlüssel hervor und öffnete das robuste Vorhänge-
schloss. Kaum waren sie drin, verriegelte er die Tür.
»Besser, wenn außer uns niemand davon erfährt«,
flüsterte er und schaltete das Licht ein.
Julius zog ein großes Stück Stoff von einem gewalti-
gen Etwas und ergötzte sich an dem verblüfften
Gesichtsausdruck seines Assistenten. »Da staunen
Sie, nicht wahr?«
»Ist das eine ... Wolke?«

Julius nickte. »Die bequemste und unauffälligste Art der Fortbewegung. Ich habe sie letzte Nacht ausprobiert. Der Motor ist wunderbar leise. Zwar ist das Gerät nicht sehr schnell - das würde auffallen -, aber mit allem erdenklichen Annehmlichkeiten ausgestattet. Und sparsam im Verbrauch.«

Eine kleine Leiter führte hinauf. Von innen wirkte die Wolke wie ein Motorboot, mit Steuerrad und den notwendigen Instrumenten. Die Sitze jedoch waren weich wie Watte.

Sam ließ sich hineinfallen und lachte. »Das nenne ich Komfort. Was ist das?« Er deutete auf ein paar Knöpfe in Reichweite.

»Ein Radio. Mein Onkel liebte Musik. Probieren Sie es ruhig aus.«

Sam drehte den größten Knopf und ein schwungvolles Jazzlied erklang, wurde jedoch abrupt von der sonoren Stimme eines Nachrichtensprechers unterbrochen.

»*Wir melden uns mit einer aktuellen Sondermeldung. Amelia Earhardt, die bekannte amerikanische Flugzeugpionierin, gilt als verschollen. Während ihres spektakulären Fluges rund um den Äquator brach der Funkkontakt zu ihr heute Morgen ab. Es sollen sofort umfangreiche Suchmaßnahmen eingeleitet werden.*«

»Das kommt davon, wenn Frauen größenwahnsinnig werden«, meinte Sam kopfschüttelnd und schaltete das Gerät wieder aus.

Julius schaute in den Himmel hinauf und verschränkte zufrieden die Arme. »Heute Nacht fliegen wir los.«

Gegen zwei Uhr schoben sie die Wolke in den vom Mondlicht erhellten Garten und kletterten hinein.

»Es ist so weit«, flüsterte Julius. »Ich bin nervös. Hoffentlich geht alles glatt.«

»Das hoffe ich auch«, murmelte Sam unbehaglich und umklammerte seine Reisetasche.

Julius startete den Motor. Er klang nicht lauter als das Schnurren einer Katze. Die Wolke erhob sich und schwebte über den Ort hinweg.

Triumphierend sah der Professor zu seinem Assistenten. »Großartig, nicht wahr?«

»In der Tat!«, hauchte Sam. »Diese Erfindung ist revolutionär.«

»Meinem Onkel ging es nie um Ruhm oder Reichtum«, erinnerte ihn Julius. »Ebenso wenig wie mir. Das Erlangen von Wissen ist unser Lohn.«

»Natürlich, Professor«, erwiderte Sam.

Bald darauf flogen sie inmitten echter Wolken auf den Atlantik zu.


»Sie *muss* hier irgendwo sein.« Julius verglich die Koordinaten. Nach fünfzig Stunden waren sie endlich am Ziel angekommen, ohne es jedoch zu entdecken.

»Wäre es vielleicht möglich, dass Sie sich geirrt haben?«, wagte Sam anzumerken.

Julius warf ihm einen strengen Blick zu.

»Entschuldigung«, murmelte Sam, sah nach unten und wies kurz darauf auf einen kleinen Punkt im Meer. »Könnte das die Insel sein?«

Julius strahlte. »Heureka, ich glaube, Sie haben Recht. Die habe ich noch gar nicht bemerkt. Meine Augen lassen offenbar nach«, fügte er leicht betrübt hinzu, doch gleich darauf strahlte er wieder. »Sam, fertigmachen zur Landung.«

Sie landeten am palmengesäumten Fuß eines kleinen Bergs und sahen sich staunend um. In dem Tal grasten friedlich einige riesige Tiere.

Julius war ergriffen. »Schauen Sie sich das an, ich hatte tatsächlich Recht. Triceratops, Stegosaurus, Diplodocus ...« Er zuckte zusammen, als plötzlich ein gewaltiger Schatten über sie hinweg sauste. »Und Pteranodon«. Er lachte. »Ein Paradies! Mein Traum ist wahr geworden!«

Sam blickte sich furchtsam um. »Ich kenne mich mit diesen Viechern nicht besonders gut aus. Die sind doch bestimmt gefährlich.«

»Nur die Raubsaurier«, beruhigte Julius ihn. »Ich hoffe, dass wir keinem begegnen.«

»Niemals«, ertönte eine krächzende Stimme über ihnen. »Es gibt keine Räuber hier.«

Sie sahen nach oben. Auf einem Ast saß ein bunter Vogel mit langen Schwanzfedern.

»Ein Archaeopteryx«, hauchte Julius. »Und er spricht.«

»Was ist ein Archeop-, na, Sie wissen schon.«

»Er ist der Ur-Vogel aus der Jurazeit und gilt als Übergangsform zwischen den Dinosauriern und den Vögeln. Sie wissen ja sicher, dass diese von Sauriern abstammen. Sehen Sie nur die herrlichen bunten Federn! Angeblich konnte er noch nicht richtig fliegen, aber ...«

»Pah! Unsinn!«, unterbrach ihn der Archeopteryx und plusterte sich auf. Dann legte er den Kopf schräg und musterte Julius mit scharfem Blick.

»Du erinnerst mich an Karl.«

Julius nickte. »So hieß mein verstorbener Onkel. Von ihm weiß ich von dieser Insel.«

»Kommt mit, ich zeige euch, wo er sein Nest hatte. Er nannte mich übrigens Archie.«

Der Archaeopteryx breitete die Flügel aus und stieß sich ab.

Dr. Karl Ferne hatte sich eine Höhle in Bachnähe wohnlich hergerichtet. Während Sam sich interessiert umsah, stöberte Julius in Unterlagen auf einem hohen flachen Stein, der wohl als Arbeitstisch gedient hatte.

»Sein Tagebuch! Er hat von Eiern, Fischen, Kokosnüssen und Früchten gelebt und das Verhalten der Saurier studiert. Warum sie hier überlebt haben, konnte er scheinbar nicht sagen, darüber ist nichts vermerkt.« Julius' Augen leuchteten. »Das werde ich für ihn herausfinden.«

»Mit dieser Insel könnte man ein Vermögen verdienen«, überlegte Sam. »Sie ist eine Attraktion. Wenn ich allein an die Diamanten denke ...«

Julius drehte sich um. »Das vergessen Sie besser gleich wieder. Wir werden dieses Paradies nicht ausweiden wie eine Kuh, sondern es erforschen. Das ist mein letztes Wort!«

Sam schwieg.

»Euer Assistent ist fort, Professor«, krächzte Archie eines frühen Morgens. Julius setzte sich alarmiert auf und rieb sich den Schlaf aus den Augen. »Mit der Wolke?«

Archie nickte. »Wir ahnten es, nicht wahr?«

»So eifrig wie er in den letzten Tagen heimlich Diamanten gesammelt hat, ja. Hier kann er nichts damit anfangen.« Julius seufzte. Die Enttäuschung saß tief.

»Er wird nicht weit kommen.« Archie klapperte zufrieden mit seinem Schnabel. »Meine Freunde und ich haben Löcher in den Tank gehackt.«

Julius sah den Vogel erschrocken an. »Das war Sams Todesurteil. Die Wolke ist nicht wasserdicht.«

Archie legte den Kopf schräg. »Ups! Das wird eine Überraschung.«

»Archie, dein Sinn für Humor ist gewöhnungsbedürftig.«

Der Vogel sah ihn treuherzig an. »Dieser Dieb hat nichts Besseres verdient, wenn Sie mich fragen.«

Julius erhob sich seufzend. »Zumindest bleibt das Geheimnis der Insel gewahrt. Wie mein Onkel schrieb: Damit der Frieden bleibt besteh'n, sollte die Gier dorthin nicht geh'n. Er war ein kluger Mann, mein Onkel.« Nachdenklich sah er Archie an. »Warum ist er überhaupt von hier fortgegangen?«

»Er wollte wiederkommen, wenn er ein Weibchen gefunden hat«, berichtete Archie. »Die Einsamkeit tat ihm nicht gut.«

»Sie wird gewiss auch für mich eine Herausforderung sein«, sinnierte Julius. Dann lächelte er. »Aber ich hab ja dich. Also los, an die Arbeit.«

Der letzte Satz ging in einem gewaltigen Krachen unter. Julius erschrak. Es kam vom Strand.

Eilig stürzte er nach draußen. An der Küste lag ein kleines Flugzeug. Eine Tragfläche war abgebrochen, die Nase steckte im feuchten Sand.

Aus dem Cockpit kletterte eine Frau in Fliegerkleidung. Sie sah Julius und stutzte. Dann kam sie humpelnd auf ihn zu und streckte ihm eine Hand entgegen. »Amelia Earhardt, freut mich sehr.«

*\*\**

# Maybergs Villa

Versonnen betrachtete Kalle die Ruine der ehemaligen Malervilla. Sie sah in der untergehenden Junisonne fast verwunschen aus.

Es war stadtbekannt, dass hier bis zu einem vernichtenden Bombenangriff der Künstler Ulrich Mayberg gelebt hatte.

Fliegen surrten um Kalle herum, als er über Disteln, Brennnesseln, Löwenzahn und Mauerreste stieg. Eigentlich sollte er bereits im Bett sein. Doch seit er eben in Mutters Kneipe Viktor Goldbaum von seiner Erfindung hatte reden hören, war er viel zu aufgeregt, um zu schlafen. Goldbaum lebte in den beiden einzigen noch bewohnbaren Zimmern der Malervilla. Vielleicht, weil seine im Krieg ermordeten Eltern mit dem Künstler befreundet gewesen waren, das hatte Viktor Goldbaum einmal Kalles Mutter erzählt.

Das Küchenfenster im hinteren Teil der Villa stand einen Spaltbreit offen. Kalle stieß das niedrige Fenster auf, kletterte hindurch und sah sich neugierig in der kleinen Wohnung um.

Goldbaums Einrichtung war spärlich. Im Wohnzimmer stand eine alte, zerschlissene Chaiselongue vor einem ovalen Holztisch. Der Teppich war schäbig und ausgefranst. Erfüllt wurde der Raum vom Ticken einer früher einmal gewiss sehr ansehnlichen Standuhr. Jetzt war das Holz glanzlos und die Glasscheibe, die einmal vor dem Zifferblatt gewesen sein musste, fehlte.

In dem anderen Zimmer befanden sich ein schmales Bett und ein Ungetüm von einem Bauernschrank. War die Erfindung womöglich da drin?

Kalle ging auf das Möbelstück zu und drehte den Schlüssel herum. Die Tür quietschte vernehmlich, als er sie aufzog.

Nein, hierin war die Erfindung nicht. Nur einige Hemden hingen auf Drahtbügeln, Wäsche lag neben einem Stückchen Seife und in einem Fach befand sich ein Stapel Bücher.

Hatte Viktor Goldbaum geflunkert? Er war eigentlich kein Mann, der sich vor anderen wichtigtun wollte, so gut kannte Kalle ihn. Wahrscheinlich hatte er an diesem Abend nur wegen zu viel Bier von seiner Erfindung erzählt.

Kalle schloss den Schrank.

Nun gab es nur noch eine Möglichkeit. In der Küche hatte er eine schmale Tür gesehen, die vermutlich in einen Keller führte. Mit neuem Mut verließ er das Schlafzimmer.

Tatsächlich, er hatte richtig vermutet. Eine steile Treppe führte nach unten. Es roch muffig in dem düsteren Raum. Nur durch das kleine, hoch gelegene Fenster kam etwas Abendlicht, in dem Staubflocken tanzten.

Regale mit Kisten und Einmachgläsern standen an den Wänden, zudem gab es einen Waschzuber sowie eine verstaubte Mangel und ein merkwürdiges Gerät. Es war kastenförmig, aus alten Metallteilen erbaut. Vor einigen Hebeln und Knöpfen stand ein Stuhl.

Kalles Herz schlug schneller. Bestimmt war das die Zeitmaschine! Was sollte es sonst sein? Mit klopfendem Herzen trat er näher, setzte sich auf den Stuhl und betrachtete die Instrumente.

Seit er denken konnte, war es sein größter Wunsch, einmal seinen Vater zu sehen. Dank Goldbaums Erfindung konnte dieser Traum nun Wirklichkeit werden. Die Freude darüber und die Angst vor dem Ungewissen kämpften in Kalles Brust. Vor Aufregung atmete er schneller.

Eine Weile schwebte sein Zeigefinger über dem gelben Knopf mit der Aufschrift ,Start, während er nachdenklich auf seiner Unterlippe kaute. Sollte er es wirklich tun? Wenn er es nicht tat, fiel ihm ein, würde er es vielleicht für den Rest seines Lebens bedauern. In der Schule nannten sie ihn Feigling. Jetzt konnte er sich selbst beweisen, dass er keiner war. Es würde sicher nichts weiter geschehen, wenn er nur diesen einen Knopf drückte.

Kalle holte tief Luft, sein Finger senkte sich herab und presste sich auf die Taste. Lichter blinkten auf, und als ein leises Brummen ertönte, zuckte Kalle zusammen. Während sich sein Herzschlag beruhigte, sah er sich die Instrumente genauer an.

Neben einem Tastenfeld leuchteten acht waagerechte Striche. Kalle überlegte kurz und gab dann den achten Mai 1942 ein. Zu der Zeit musste seine Mutter mit seinem Vater zusammen gewesen sein, denn am achten Februar 1943 war Kalle geboren worden. Nun war er schon zwölf.

Seine Hand zitterte vor Anspannung, als er auf eine grüne, aufgeregt blinkende Taste drückte. Das Dröhnen wurde lauter, das Gerät vibrierte. Etwas schien ihn auf den Stuhl und die Luft aus seinen Lungen zu pressen. Kalle wollte schreien, doch kein Ton kam aus seiner Kehle.

Sekunden später jedoch erstarb der Lärm, die Lichter erloschen und eine beinahe unheimliche Stille breitete sich im inzwischen dunkel gewordenen Keller aus. Kalle blickte sich um. Es schien sich nichts verändert zu haben. Das Ding funktionierte nicht und nun würde er seinen Vater niemals sehen.

Kalle drückte noch einmal auf den grünen Knopf, doch nichts geschah.

Wütend wischte er sich die Tränen der Enttäuschung aus den Augen. Also hatten die anderen Kneipengäste, die Goldstein ausgelacht und einen Spinner genannt hatten, doch Recht gehabt.

Mit hängenden Schultern stieg Kalle die Treppe wieder hinauf und öffnete die Tür zur Küche.

Musik und Gelächter drangen an sein Ohr und bevor er sich darüber wundern konnte, stand plötzlich eine stämmige Frau mit weißer Schürze und grauem Dutt vor ihm und starrte erbost auf ihn hinunter. Erschrocken hielt er die Luft an.

»Wat haste hier verlor'n, du kleener Rotzlöffel?«, schimpfte sie, packte ihn am Kragen und schubste ihn zur Hintertür. »Sieh zu, dass du Land jewinnst, aber dalli!«

Kalle flitzte hinaus. Er rannte über Steinplatten und eine schmale Rasenfläche um das Haus herum. Dort verlangsamte er seinen Schritt, hielt schließlich inne und riss verblüfft die Augen auf.

Die Häuser in der Straße sahen ganz anders aus, als er sie kannte. An vielen Gebäuden flatterten Hakenkreuzfahnen. Ein Mann in Uniform kam ihm entgegen. Er hatte eine junge Frau am Arm, die ihn anstrahlte.

Kalle machte einen Schritt zur Seite, um die zwei vorbei zu lassen. Der Soldat zwinkerte ihm fröhlich zu.

Auf der anderen Straßenseite befand sich ein Lebensmittelgeschäft. Ein älterer Mann mit krummem Rücken schleppte sichtlich angestrengt die Auslagen ins Innere, verschloss dann die Tür und ließ eine Jalousie vor dem Schaufenster herunter.

Im Haus daneben befand sich ein weiteres Geschäft, doch die Tür mit dem Schild »*Musikalienhandlung S. Mandel*« war verschlossen und das große Schaufenster zerschlagen. An der Wand daneben stand mit roter Farbe: »*Juden raus!*«

Kalle schluckte. Mit einem Gefühl des Unbehagens wandte er sich ab. Sein Blick fiel auf die Malervilla von Ulrich Mayberg. Sie war heil, hatte kaum noch Ähnlichkeit mit der Ruine, deren Anblick Kalle so vertraut war.

Durch die erhellten Fenster sah er eine festliche Gesellschaft. Mit vor Staunen offenem Mund starrte er auf das Gebäude und die feiernden Menschen. All das konnte nur eins bedeuten: Die Zeitmaschine hatte doch funktioniert!

Kalle hätte vor Freude am liebsten ein Rad geschlagen. Stattdessen lief er mit einem breiten Lächeln im Gesicht die zwei Straßen nach Hause.

Vor dem dreistöckigen Gebäude, in dem er mit seiner Mutter lebte, blieb er verblüfft stehen.

Die Kneipe, über der sie wohnten und in welcher seine Mutter arbeitete, sah ebenfalls verändert aus. Im Fenster standen Schneiderpuppen mit bunten Sommerkleidern. In weißen, halbrund angeordneten Buchstaben stand ›*Nähstube Heinrich*‹ auf der Scheibe.

Kalle überlegte, was er nun tun sollte, als sich die Haustür neben dem Laden öffnete und seine Mutter heraustrat, ein Paket im Arm.

Wie jung sie aussah! Und hübsch war sie. Das dunkle Haar lag in sanften Wellen um ihr Gesicht. Auf dem Kopf trug sie ein keckes Hütchen und ihre Lippen leuchteten rot.

Kalle wollte gerade nach ihr rufen, als sie ihn ohne ein Zeichen des Erkennens musterte, ihm knapp zunickte und an ihm vorbeiging. Bedrückt sah er ihr nach. Es war ein sehr merkwürdiges Gefühl, von der eigenen Mutter wie ein Fremder angesehen zu werden. Langsam folgte er ihr.

Zwei Blocks weiter klingelte sie an der Tür eines grauen Patrizierhauses. Kalle blieb in sicherer Entfernung stehen.

Ein glatzköpfiger, dicklicher Mann mit kleinen Augen, dünnen Lippen und einer Narbe auf der Wange öffnete. Kalle presste die Lippen zusammen. War das etwa sein Vater? Hoffentlich nicht!

»Heil Hitler«, hörte er seine Mutter sagen. »Ich bringe die ausgebesserte Uniform.«

Vor Erleichterung, dass es sich bei diesem Mann nur um einen Kunden handelte, wurden Kalles Beine schwach.

»Kommen Sie herein«, sagte der Glatzkopf. »Meine Geldbörse ist im Salon.«

Sie zögerte, dann trat sie an ihm vorbei. Die Tür schloss sich.

Was nun? Kalle sah sich um. Sollte er hier warten? Einige Fußgänger musterten ihn neugierig, also schlenderte er an dem Haus vorbei und huschte, als gerade niemand auf ihn achtete, um das Gebäude herum zur Hintertür. Durch die eingelassene Scheibe spähte er ins Haus.

In der Küche war niemand. Vorsichtig drückte er die Klinke nach unten. Er hatte Glück, die Tür war nicht verschlossen. Leise schlüpfte er ins Haus und durchquerte auf Zehenspitzen den Raum. Schaute vorsichtig um die Ecke in die Diele.

»Kommen Sie, trinken Sie einen mit«, hörte er den Mann sagen.

Die Stimme kam aus dem Zimmer schräg gegenüber, nahe der dunklen Haustür. »Es ist französischer Cognac.«

»Nein, vielen Dank, Herr Obersturmführer. Wenn Sie mir bitte meinen Lohn geben würden?«

»Aber natürlich. Sobald Sie mit mir angestoßen haben.«

Kalle hörte seine Mutter seufzen. »Also schön.«

Auf leisen Sohlen schlich er näher. Durch den Türspalt sah er, dass der Mann neben seiner Mutter auf einem Sofa saß und ihr ein Glas reichte.

Sein Lächeln gefiel Kalle nicht. Sie tranken. Seine Mutter sah sich nervös um. »Wo ist eigentlich Ihre Gattin, Herr Obersturmführer?«

»Keine Angst, sie wird uns nicht stören.« Er legte eine Hand auf ihr Knie, was Kalles Faust dazu bewog, sich instinktiv zu ballen.

»Ich bin übrigens gern bereit, für eine gewisse Gegenleistung Ihren Lohn ein wenig zu erhöhen«, fügte der Obersturmführer mit samtweicher Stimme hinzu. »Was sagen Sie?«

Kalles Mutter zog scharf die Luft ein und stellte ihr Glas auf den Tisch. »Nehmen Sie bitte Ihre Hand da weg!«

»Ich lege sie auch gern woanders hin«, erwiderte er lachend, stellte sein Glas ebenfalls ab und schlang die Arme um sie. Sie wollte etwas sagen, doch er presste seinen Mund auf ihren. Sie drehte den Kopf weg und drückte die Handballen an seine Schultern, versuchte, ihn von sich wegzuschieben. »Lassen Sie mich gehen! Bitte!«

Der Obersturmführer schien ihr Flehen nicht zu hören oder es interessierte ihn nicht. Er hielt sie fest umklammert, dann verschwand seine suchende Hand unter den Saum ihres Rocks.

»Hören Sie doch auf!«, schluchzte sie. Es klang so hilflos, als hätte sie sich mit ihrem Schicksal abgefunden. Kalle lief ein eisiger Schauer über den Rücken, als ihm klar wurde, was diese grausige Szene für eine Bedeutung haben musste.

Sein Vater sei Soldat gewesen und im Krieg gefallen, hatte seine Mutter immer gesagt. Ein Bild hätte sie nicht. Die Illusion von einem heldenhaften Vater zerbrach in diesem Moment wie eine Vase, die auf einem Steinboden zerschellt. Erschüttert stand Kalle da, unfähig, sich zu rühren.

Ein angstvolles Wimmern seiner Mutter weckte ihn aus seiner Erstarrung. Der Obersturmführer hatte ihr die Bluse aus dem Bund des Rockes gerissen, den dünnen Stoff hochgeschoben und knetete nun keuchend ihre Brüste, die von einem weißen Büstenhalter bedeckt wurden.

Kalles Hände ballten sich zu Fäusten. Er musste seiner Mutter zu Hilfe kommen.

Hastig sah er sich um und erblickte auf der Anrichte neben sich eine Hitler-Büste aus weißem Porzellan.

Ohne lange nachzudenken ergriff er sie, stürzte mit einem Wutschrei auf den Obersturmführer zu und ließ den Hitler-Kopf auf den haarlosen Schädel niedersausen. Mit einem erstickten Laut rutschte der Mann vom Sofa und landete auf dem Parkett, wo er leblos liegen blieb. Am Kopf blutete aus einer Wunde, die Augen waren geschlossen. Neben ihm, nicht weit von seinem linken Ohr entfernt, lag Hitlers abgebrochene Nase.

Kalles Mutter stand schwankend auf und starrte schwer atmend zunächst auf den Mann am Boden, dann zu Kalle.

Sein Blick fiel auf die lange, spitze Hutnadel, die sie wie eine Waffe in der Hand hielt. Mit fahrigen Bewegungen rückte sie ihr verrutschtes Hütchen zurecht, steckte die Nadel hinein und ordnete dann, am ganzen Leib zitternd, ihre Kleidung.

»Das ... das war sehr anständig von dir«, stammelte sie. Dann floh sie aus dem Raum. Wenig später fiel krachend die Haustür ins Schloss.

Das Geräusch ließ Kalle, der wie gelähmt dagestanden hatte, erschrocken zusammenfahren. Die Büste des Führers entglitt seinen Händen und fiel polternd zu Boden.

Er fühlte sich, als würde er aus einem Albtraum erwachen. Voller Entsetzen sah er auf den Mann hinab, der nun nicht sein Vater werden würde. Er selbst hatte es verhindert. Prüfend legte er sich eine Hand auf die Brust. Sein Herz hämmerte gegen die Rippen und ließ ihn verwirrt blinzeln.

Wieso stand er noch hier? Müsste er sich nicht auflösen, vergehen, zu einem Häuflein Asche werden oder ähnliches?

Der Mann auf dem Boden stöhnte und regte sich. Kalle stolperte erschrocken ein paar Schritte rückwärts, dann drehte er sich um und rannte, als wäre der Teufel hinter ihm her.

Atemlos erreichte er die Malervilla, hielt sich die vom schnellen Laufen schmerzende Seite. Die Gäste waren noch da, feierten vergnügt, doch die Straße hatte sich geleert. Kalle umrundete das Gebäude, blieb vor der Hintertür stehen und spähte in die Küche. Das Licht war eingeschaltet, aber er konnte niemanden sehen. Er würde also unbemerkt in den Keller gelangen können.

Erleichtert drückte er auf die Klinke. Die Tür blieb zu. Er versuchte es noch einmal - ohne Ergebnis. Kalle fluchte leise. Wie sollte er nun ins Haus kommen?

Er könnte an der Vordertür klingeln und um Einlass bitten. Doch was sollte er sagen? »In Ihrem Keller steht eine Zeitmaschine. Dürfte ich bitte zu ihr, damit sie mich in die Zukunft zurückbringen kann?« Ulrich Mayberg würde ihm die Tür vor der Nase zuschlagen und seinen Gästen lachend von einem verrückten Jungen erzählen, der behauptete, durch die Zeit reisen zu können.

Noch war es hell genug, dass Kalle das Kellerfenster erkennen konnte, das dicht über dem Boden lag. Er fand einen Stein, kniete sich hin und ließ ihn gegen die Scheibe krachen. Das Klirren erschien ihm so laut wie eine Explosion. Mit angehaltenem Atem lauschte er und sah immer wieder nach links und rechts.

Nichts geschah, scheinbar hatte niemand außer ihm den Lärm gehört. Vorsichtig schlug er die spitzen Scherben vom Fensterrahmen, bis er gefahrlos hindurch kriechen konnte.

Es dauerte eine Weile, bis er sich an die Dunkelheit gewöhnt hatte und die Zeitmaschine ausmachen konnte.

Flugs kletterte er hinein und drückte auf ›Start‹. Doch nichts blinkte oder brummte. Er drückte erneut, wieder und wieder. Ohne Erfolg.

Ein dicker Kloß saß in seiner Kehle, schnürte ihm die Luft ab. Am liebsten hätte er geheult wie ein kleiner Junge. Die einzige Möglichkeit, nach Hause zu kommen, zu der Mutter, die ihn kannte und liebte, war ihm verwehrt. Was sollte er bloß tun?

Sein Magenknurren weckte ihn.

Er warf die alte Decke von sich, die er in einer Kiste gefunden hatte, und stieg auf Zehenspitzen die Treppe zur Küche hinauf. Hoffentlich war niemand dort. Möglichst geräuschlos öffnete er die Tür einen Spaltbreit und lugte in den Raum.

Er war tatsächlich leer. Auf der Spüle standen viele schmutzige Gläser und benutzte Teller, aufgestapelt und zum Spülen bereit. In der Vorratskammer fand Kalle Hühnchenreste und etwas Obst.

Er schnappte sich eine Keule und einen Apfel, dann machte er sich kauend auf die Suche nach einem Fernsprechhäuschen, um den einzigen Menschen zu finden, der ihm helfen konnte.

Spät in der Nacht war ihm der rettende Gedanke gekommen und hatte ihn soweit beruhigt, dass es ihm trotz des schrecklichen Erlebnisses im Haus des Obersturmführers und seiner derzeitig misslichen Lage irgendwann gelungen war, einzuschlafen.

Im Telefonbuch fand er die Adresse und machte sich auf den Weg.

Die Goldbaums wohnten im ersten Stock eines Fachwerkhauses mit niedrigen Decken und schmalen Holztreppen. Als Kalle klopfte, öffnete ihm ein dünner Mann mit schwarzem Schnurrbart und kummervollen Augen.

Kalle räusperte sich. »Guten Morgen, ich möchte gern zu Viktor.«

Der Mann bat ihn herein und wies auf eine Tür. »Er ist da drin.«

Kalles Blick fiel auf die Jacken an der Garderobe. Jede trug den gelben Judenstern. Er klopfte und trat in das Zimmer. Ein viel jüngerer Viktor, als er ihn kannte, war gerade dabei, einen Koffer zu packen. Mit gerunzelter Stirn sah er seinen Besucher an. »Wer bist du?«

»Hallo Viktor, ich heiße Kalle und brauche deine Hilfe. Ein Gerät ist kaputtgegangen und ich habe gehört, dass du dich mit so etwas auskennst.«

Viktor legte ein gefaltetes Hemd in den Koffer. »Tut mir leid, du wirst dir jemand anderen suchen müssen. Wir werden gleich abgeholt.«

»Abgeholt?« Kalle erschrak. Durch die Gespräche, die er immer wieder in der Kneipe gehört hatte, wusste er, was es in dieser Zeit für Juden bedeutete, wenn sie ›abgeholt‹ wurden.

»Ihr müsst verschwinden!«, sagte er eindringlich. »Schnell! Wenn sie euch kriegen, töten sie euch. Glaub mir, ich weiß es.«

Viktors Augen flackerten unruhig, er wurde schlagartig blass. »Ich habe sowas geahnt. Warte hier.«

Eilig verschwand er und wenig später hörte Kalle hektisches Treiben und angstvolles Getuschel vor der Zimmertür.

Viktor kam zurück. »Meine Eltern machen sich auf den Weg zu einem Freund. Er ist Künstler, hat ein großes Haus und schon vor einiger Zeit angeboten, uns zu helfen. Ich hab gesagt, ich komme nach, sobald ich dir geholfen habe.«

Kalle begriff. »Du meinst Maybergs Villa? Da müssen wir auch hin. Aber deine Jacke mit dem Stern lässt du besser hier.«

Viktor zögerte, doch dann nickte er mit grimmiger Miene. »Gehen wir.«

Auf dem Weg berichtete Kalle von der Zeitmaschine. Viktor war zuerst sehr skeptisch und musterte Kalle entsprechend ungläubig. Doch irgendwann wich das Misstrauen Begeisterung und er konnte es gar nicht mehr erwarten, seine Erfindung zu sehen.

Sie beobachteten, verborgen hinter einer Litfaßsäule, wie der Maler Viktors Eltern eilig ins Haus ließ. Sobald sie verschwunden waren, umrundeten die beiden Jungen die Villa und huschten hinter den Stamm einer Eiche, denn gerade kam die Magd, die Kalle am Abend zuvor hinausgeworfen hatte, mit einem Korb Wäsche aus der Küche. Kaum war sie im Waschhaus verschwunden, schlüpften die Jungen ins Haus und in den Keller.

»Da ist sie.« Kalle wies auf die Zeitmaschine.

Ein morgendlicher Sonnenstrahl glänzte auf dem Metall und ließ es verheißungsvoll funkeln. Viktor trat näher und besah sich die Technik.

»Unglaublich. Und sie funktioniert wirklich?«

Kalle grinste. »Wäre ich sonst hier?«

»Ich kann nicht fassen, dass ich sie gebaut haben soll.« Viktor untersuchte die Drähte und nickte.

»Ein Kabel hat sich gelockert, halb so schlimm.« Er befestigte es und drückte auf ›Start‹. Die Lichter flackerten auf, es brummte leise.

Kalle fiel ein Stein vom Herzen.

»In welche Zeit wirst du als Nächstes reisen?«, fragte Viktor aufgeregt.

Kalle seufzte tief. »Ich will einfach nur nach Hause.«

»Am liebsten würde ich mit dir kommen.«

Ehe Kalle darauf etwas erwidern konnte, fügte Viktor mit einem schiefen Grinsen hinzu: »Na ja, ich hole das nach, wenn es soweit ist. Kann meine Eltern schließlich nicht allein lassen.«

»Ja, das stimmt wohl.« Kalle kletterte in die Maschine, gab das Datum ein, an dem er abgereist war, und sagte: »Danke, Viktor! Wir sehen uns in der Zukunft.«

Viktor lächelte und hob verabschiedend die Hand. »Ich freue mich drauf. Bis bald!«

Kalles Finger drückte auf die grüne Taste.

Das Brummen wurde lauter und die Umgebung verschwamm. Dann herrschte Stille und Viktor Goldbaum war verschwunden.

Als Kalle das Erdgeschoss der Malervilla betrat, fiel ihm auf, dass die Möbel, die hier gestanden hatten, fort waren. Es sah aus, als sei die Villa unbewohnt.

Unruhig machte er sich auf den Heimweg. Was war mit Viktor Goldbaum geschehen?

Kalles Mutter war noch in der Kneipe. Als er in die Küche ging, fiel sein Blick auf die Zeitung, die auf dem Tisch lag. Der Mann auf der Titelseite kam ihm bekannt vor.

Er trat näher. Das Bild zeigte eindeutig Viktor Goldbaums Vater. Laut der Schlagzeile war er zum Bürgermeister ernannt worden.

Kalle lächelte und verspürte eine Welle der Erleichterung. Die Goldbaums hatten den Krieg offensichtlich überlebt. Stolz erfüllte ihn, als er in sein Zimmer ging. Zu schade, dass niemand glauben würde, dass die Goldbaums ihr Leben seiner Warnung verdankten.

Kalle war fast eingeschlafen, als seine Mutter die Tür zu seinem Zimmer öffnete.

Er drehte sich herum und betrachtete ihr vertrautes Gesicht mit den zarten Fältchen um die Augen.

»Nanu«, sagte sie verwundert und kam näher. »Ich dachte, du schläfst längst.«

»Ich bin noch nicht müde.« Er richtete sich auf. »Mama, wann hast du Vater das letzte Mal gesehen?«

Sie setzte sich auf seine Bettkante und nahm seine Hand. »Als er für kurze Zeit nach Hause kam, im Mai ›42.« Ihr Blick verlor sich. »An dem Tag war ich sehr durcheinander. Ich hatte ein grässliches Erlebnis und hätte um ein Haar etwas sehr Schlimmes getan.«

Kalle schwieg und sah wieder die lange Haarnadel vor sich aufblitzen, die seine Mutter in der Hand gehalten hatte, als der Obersturmführer zu Boden fiel.

»Wirklich?«, fragte er dennoch. »Was denn?«

»Das ist nicht wichtig«, wiegelte sie ab. »Vielleicht erzähle ich dir davon, wenn du etwas älter bist. Wie auch immer, ein Junge, so einer wie du, hat mir geholfen. Und als kurz darauf dein Vater kam, hat er mich fest in den Arm genommen und getröstet.«

100

Sie lächelte und fuhr Kalle liebevoll durch den widerspenstigen Blondschopf. »Einige Zeit später wurdest du geboren.«

Er atmete erleichtert aus. Es war zwar schade, dass er seinem Vater nicht begegnet war, doch zumindest wusste er nun mit Sicherheit, dass er ein tapferer, netter Mann und kein Verbrecher gewesen war. Wie er wohl ausgesehen hatte?

Kalles Mutter betrachtete ihn aufmerksam. »Du siehst ihm sehr ähnlich«, sagte sie sanft, als hätte sie seinen Gedanken erraten. Dann gab sie ihm einen Kuss auf die Wange. »Schlaf gut, mein Junge.«

»Gute Nacht, Mama«, sagte Kalle und kuschelte sich zufrieden in sein Kissen.

***

# Das Medaillon

Dirion drängte sich enger an seinen großen Bruder. »Adras, mir ist kalt.«

Sie saßen an feuchte Steinquader gelehnt auf dem Lehmboden. Die dünne Strohschicht schützte sie nur unzureichend vor der Kälte.

Adras sah durch die Gitterstäbe des hohen Fensters. »Vielleicht kommt bald die Sonne heraus und wärmt uns auf«, sagte er. »Noch ist es ja früh.«

»Erzählst du mir eine Geschichte?«, fragte Dirion.

»Na gut. Aber dabei bewegen wir uns. Dann wird uns warm.«

Unwillig erhob sich Dirion und begann, genau wie sein großer Bruder auf der Stelle zu gehen.

»Heb die Knie an«, sagte Adras, »schön hoch. Und schwing die Arme dabei. Siehst du, so.« Er machte es vor und begann zu erzählen. Von dem Königreich des kugelrunden König Zophar. »Alle lebten in Angst vor ihm«, sprach Adras, »denn er war grausam und ungerecht.«

»Genau wie Fürst Brodin«, unterbrach ihn Dirion.

»Stimmt. König Zophar war aber noch viel dicker. Er aß immerzu Zuckerwerk, süße Früchte und rotes Fleisch. Dazu trank er Wein, ein ganzes Fass voll. Von Tag zu Tag wurde er dicker, bis er nicht mehr auf seinen Thron passte.«

Dirion kicherte.

»Seine Diener versuchten, ihn hinein zu quetschen«, fuhr Adras fort. »Sie keuchten vor Anstrengung und

König Zophar schimpfte und jaulte. Schließlich befahl er - Aua!«

Adras fasste sich an den Hinterkopf und sah sich um. »Was war das?«

Dirion wies zum Boden, wo zwei lange Stöcke im Stroh lagen. Adras hob sie auf. »Wo kommen die so plötzlich her?«

Dirion zuckte mit den Schultern. »Sie fielen auf einmal herunter.«

Beide starrten zur Decke. Dunkler, feuchter Stein war dort zu sehen, sonst nichts.

»Sehr merkwürdig.« Adras trat ans Fenster.

Die Stöcke waren dünn und reichten ihm fast bis unter die Achselhöhle. An einem Ende hing eine Schlaufe, die man öffnen konnte. Dabei ertönte ein schmatzendes Geräusch. Am anderen Ende befand sich ein merkwürdig geformter Stutzen, der sich ein klein wenig bewegen ließ.

»So was habe ich noch nie gesehen«, murmelte Adras.

»Da sind Schriftzeichen«, sagte Dirion. »Sie sehen aus wie Blut.«

Adras tippte mit dem Zeigefinger in das Rot und schüttelte den Kopf. »Ich glaube nicht, dass es Blut ist.«

»Was steht da? Du kannst doch lesen.«

Adras hielt einen der Stäbe ins Licht. »Active Walker«, las er stockend. »Und hier steht dreimal der Buchstabe W und das Wort Nordicwalking. Ich habe keine Ahnung, was das bedeuten soll.«

»Vielleicht brauchen die Nordländer diese Äste zum Gehen«, riet Dirion.

Prüfend versuchte Adras, den ungewöhnlich glattenund ebenmäßigen Stab zu biegen, jedoch ohne Erfolg. »Aus Holz ist er nicht«, schloss er.

»Vielleicht aus Stein?«

»Dafür ist er viel zu leicht.«

Dirion trat ängstlich einen Schritt nach hinten. »Glaubst du, es ist ... Teufelswerkzeug?«

»Ich weiß es nicht«, flüsterte Adras unbehaglich. »Aber vielleicht helfen uns diese Stöcke, hier herauszukommen.«

Sein kleiner Bruder bekam große Augen. »Wie meinst du das?«

»Das weiß ich selbst noch nicht genau. Lass mich ein wenig nachdenken ...«

Als der Wärter mit dem kargen Frühstück kam, versteckten sie die Stöcke unter dem Stroh. Doch kaum war ihr gröbster Hunger gestillt, holte Adras sie wieder hervor.

»Man kann sie nicht zerbrechen«, sagte er fasziniert, nachdem er es mehrfach versucht hatte. »Ich glaube, ich habe eine Idee, wie sie uns helfen können. Pass auf ...«

Bis die Abenddämmerung einsetzte, gingen sie ihr Vorhaben wieder und wieder durch. Bis Adras innehielt und lauschte.

»Der Wärter kommt«, wisperte er und eilte an seinen Platz.

Dirion blieb, wo er war. Den Stock verbarg er hinter dem Rücken.

Ein Riegel wurde zur Seite geschoben. Adras spürte sein Herz schneller schlagen und wusste, dass auch Dirion nervös war.

Er konnte es daran erkennen, dass sein kleiner Bruder immer wieder blinzelte und die Lippen fest zusammenpresste. Hoffentlich hielt er durch.

Mit einem grellen Quietschen öffnete sich die Tür.

Der Wärter, ein kleiner Mann mit breiten Schultern, trat mit dem Essen ein und musterte Dirion misstrauisch. »Was verbirgst du da, Bengel? Und wo ist dein Bruder?«

»Hier!«, rief Adras. Mit einer schnellen Bewegung hob er seinen Stock über den Kopf des Wärters und presste ihn an dessen Hals.

Dann griff er links und rechts zu und zog. Der Wärter röchelte, das Essen polterte zu Boden. Verzweifelt versuchte der Mann, den Stock von seiner Kehle wegzureißen.

»Jetzt, Dirion!«, keuchte Adras.

Sein Bruder zog den zweiten Stock hervor und ließ ihn mit aller Kraft zwischen die Beine des Wärters schnellen. Der griff sich mit einem jammervollen Klagelaut ans Gemächt. Adras drückte den Stock noch fester gegen den Kehlkopf. Der Mann gab einen gurgelnden Laut von sich, dann fiel er zu Boden. Stumm sahen die Jungen auf den leblos daliegenden Körper.

»Glaubst du, er ist tot?«, wisperte Dirion.

Adras beobachtete den Brustkorb des Mannes, konnte jedoch in dem dämmrigen Licht keine Bewegung erkennen.

»Keine Angst, der wird wieder«, behauptete er mit rauer Stimme. »Lass uns schnell hier verschwinden.«

Sie huschten den Gang entlang und eine Treppe hinauf. Es war niemand zu sehen, als sie die offen stehende Tür des Turmes erreichten, der sie beherbergt hatte.

»Hier entlang«, flüsterte Adras und wies nach links. Immer an der Mauer entlang näherten sie sich dem Burgtor. Das stand ebenfalls offen, doch zwei Soldaten bewachten es.

Dirion sah seinen Bruder furchtsam an. »Was machen wir jetzt, Adras?«

Der drückte Dirion seinen Stab in die Hand. »Ich habe eine Idee. Warte hier, bis ich dir ein Zeichen gebe.« Dann rannte er auf das Tor zu.

»Feuer!«, rief er. »In der Kapelle brennt es! Alle sollen sofort zum Löschen kommen.«

Die Wachen eilten in Richtung Kapelle.

Kaum waren sie um eine Ecke verschwunden, winkte Adras seinem Bruder, der wieselflink angerannt kam. Sie liefen durch das Tor, den Hügel hinab und verschwanden in dem angrenzenden Wald.

»Wo wollen wir eigentlich hin?«, fragte Dirion schwer atmend, als sie am Rande einer Lichtung anhielten.

»Zu Merghib.«

»Du ... du meinst diesen Zauberer?«

».Ja. Er ist der einzige, der uns helfen kann.«

Adras legte sich auf den moosbedeckten Boden und bedeutete Dirion, es ihm gleichzutun.

Der drängte sich eng an seinen Bruder und wenig später waren beide eingeschlafen.

Am nächsten Morgen machten sie sich hungrig auf den Weg. Seit dem letzten Frühstück hatten sie nichts mehr gegessen.

An einem kleinen Bach tranken sie und pflückten Beeren, die ihre knurrenden Mägen ein wenig besänftigten.

»Weißt du überhaupt den Weg?«, fragte Dirion.

Adras schob sich eine weitere Beere in den Mund.

»Na ja, jedenfalls ungefähr ...«

»Wo wollt ihr denn hin?«, erkundigte sich eine sanfte Stimme.

Erschrocken wandten sie sich um. Da standen drei Nymphen, langes Haar bedeckte die nackten Körper. Mit geschmeidigen Bewegungen kamen sie näher.

»Wir ... wir wollen zu Merghib, dem Zauberer«, stotterte Adras. Er hatte schon von Nymphen gehört, war aber noch nie welchen begegnet. Sie hatten liebliche Gesichter, die Haut war rein und fast durchsichtig.

»Oh, wir kennen den Weg«, lächelte eine Nymphe. Ihr helles Haar schien aus Sternenstaub zu bestehen. »Kommt mit uns. Wir bringen euch zu ihm.«

»Danke, das ist sehr nett«, sagte Adras erleichtert.

»Komm, Dirion.«

Als die Sonne unterging, hatten sie ihr Ziel endlich erreicht. Sie bedankten sich und winkten den drei Zauberwesen nach, als diese voller Anmut wieder zwischen den Bäumen verschwanden.

Adras trat an die schlichte Hütte, die sich an den Berg hinter ihr zu schmiegen schien, und klopfte an. Ein großer, dünner Mann mit tiefen Falten um die Augen und wild wucherndem feuerrotem Haar öffnete.

»Guten Tag. Wir brauchen Eure Hilfe«, sagte Adras schüchtern.

»Was du nicht sagst«, knurrte der Mann und ließ sie eintreten. Die Brüder sahen sich staunend um. Die Hütte hatte keine Rückwand, sie war direkt an die dahinterliegende Höhle gebaut, so dass der Wohnraum viel größer war, als die Hütte von außen vermuten ließ. Links befand sich die Kochstelle, davor stand ein Tisch. Rechts sah Adras ein einfaches Bett. Im hinteren Bereich, der im Dunkeln lag, erahnte er Regale mit Büchern, Tontöpfen und Schachteln.

»Also, was wollt ihr von mir?« Der Zauberer hatte die Arme vor der Brust verschränkt und musterte die Brüder mit einer Mischung aus Ungeduld und Neugier.

Mutig trat Adras näher und reichte dem Magier seinen Stock. »Habt Ihr so etwas schon einmal gesehen?«

Merghib nahm den Stab entgegen, ließ seine knochigen Finger darüber gleiten und betrachtete ihn eingehend. »Außergewöhnlich«, murmelte er. »Wo habt ihr das her?«

»Gefunden.«

»Und wo?«

Adras hob die Schultern.

Die scharfen Augen ruhten nun auf ihm. »Du willst es mir nicht sagen? Nun gut. Was genau wollt ihr von mir?«

»Unser Vater ist verschwunden und jemand hat uns einen Diebstahl angehängt und in ein Verlies gesperrt. Wir müssen unseren Vater finden. Ihr seid der Einzige, der uns helfen kann. Geld haben wir nicht. Als Lohn könnten wir Euch jedoch diesen Stab anbieten.«

Merghib schwieg. Dann gab er Adras den Stock zurück und verschwand im hinteren Teil seiner Behausung. Die Jungen tauschten einen verunsicherten Blick.

»Sollen wir nicht lieber verschwinden?«, wisperte Dirion.

Adras schüttelte den Kopf. »Davon hat er nichts gesagt.«

»Aber ...« Dirion brach ab, denn Merghib kam schlurfend zurück. In seinen Händen hielt er eine gläserne Kugel. Adras atmete tief durch. Offenbar wollte der Magier sein Angebot annehmen.

Merghib trat an den Tisch bei der Feuerstelle und wies mit dem Kinn auf die Bank davor. »Setzt euch zu mir.«

Sie gehorchten. Die Flammen aus dem Kamin spiegelten sich in der Kugel, die auf einem Nest aus Moos ruhte. Merghibs magere Finger glitten über das Glas, dabei murmelte er etwas vor sich hin.

Gebannt starrten die Jungen auf die Kugel, in der Nebel aufzusteigen schien. Als er sich lichtete, war ein Bild zu sehen.

»Das ist Vater!« Aufgeregt beugte sich Adras weiter vor. »Und Fürst Brodin. Er sieht wütend aus.«

Merghib schnaubte. »Ein gefährlicher Feind, den euer Vater sich zugelegt hat.«

»Ja, ich weiß. Oh nein! Sieh nur, Dirion, Fürst Brodin lässt Vater in Ketten legen!«

»Aber warum?«, hauchte Dirion mit dünner Stimme. »Was kann er nur verbrochen haben?«

»Uns haben sie in einen Kerker gesperrt, obwohl wir nichts getan haben«, erinnerte ihn Adras. »Gewiss ist Vater ebenso unschuldig wie wir.«

Ein Krächzen und Flattern ließ sie die Köpfe heben. Auf dem Fensterbrett saß ein Vogel mit bunten Federn und einem gewaltigen rotgelben Schnabel.

»Zoran!« Merghibs blaue Augen leuchteten auf. »Du warst lange weg.«

»Der König ...«, ächzte der Vogel und tänzelte unruhig auf dem Fenstersims herum, »Er ist tot.«

Das dröhnende Schnarchen des Zauberers war nur ein Grund, weshalb Adras und Dirion nicht schlafen konnten.

Merghib hatte ihnen angeboten, bis zum Morgen zu bleiben und sie hatten erleichtert angenommen. Nun lagen sie hellwach, aber mit vor Müdigkeit roten Augen auf einem Strohlager und sprachen flüsternd über den Tod des Königs und das, was die Kugel ihnen noch offenbart hatte.

»Ich finde es unglaublich, dass der Fürst seinen Sohn angestiftet hat, Juwelen in unseren Sachen zu verstecken, damit wir als Diebe dastehen«, flüsterte Adras. »Warum wollte er uns aus dem Weg haben?«

»Ich weiß es nicht.«

Eine Weile schwiegen sie.

»Mir geht das gemeine Lachen von Fürst Brodin nicht aus dem Kopf, als er Vater abführen ließ«, sagte Dirion.

Adras wurde bei der Erinnerung an diesen Moment das Herz schwer. Sie konnten nur hoffen, dass ihr Vater wohlauf war. Zeit seines Lebens war er ein einfacher, aber königstreuer Landgraf gewesen und hatte sich nie etwas zuschulden kommen lassen. Die plötzliche Feindseligkeit des Fürsten konnte Adras sich nicht erklären.

Leider hatte die Zauberkugel ihnen nicht verraten können, warum all das geschehen war. Als einzigen Hinweis hatte sie ein Bild offenbart, das zeigte, wie Fürst Brodin eine Schriftrolle tief unten in einer Truhe versteckte.

»Wir müssen diese Schriftrolle finden«, murmelte Adras und gähnte. »Sie könnte uns vielleicht sagen, was das alles zu bedeuten hat.«

Dirion antwortete nicht. Er war eingeschlafen.

Als Adras am Morgen erwachte, hörte er als erstes das fröhliche Lachen seines Bruders. Verwundert setzte er sich auf. Dirion kaute Brot und Speck, trank Tee und beobachtete Merghib.

»Flosi supren!«, rief der Zauberer. Der Stock, den er als Lohn für seine Hilfe erhalten hatte, sauste nach oben und knallte gegen einen Deckenbalken.

Merghib und Dirion lachten.

»Revenu!«

Der Stock landete sanft in Merghibs ausgestreckter Hand. »Das ist großartig«, sagte der alte Mann und sah lächelnd zu Adras. »Bisher konnte ich das nur mit dünnen Ästen, die rasch zerbrachen. Dicke Äste bewegen sich nur langsam und nicht sehr hoch. Nun habe ich einen Stock, der schnell ist, hoch fliegt und nicht zerbricht.«

Adras rappelte sich auf. »Wofür braucht Ihr ihn denn?«

»Oh, er kann mir Früchte von den oberen Ästen der Bäume holen, die Krähen aus meinen Beeten verscheuchen oder ungebetene Gäste wegjagen. Mir fallen sicher noch mehr Dinge ein, für die er nützlich sein kann.«

»Es freut mich, dass wir Euch damit eine Freude machen konnten«, sagte Adras ehrlich, nahm sich ebenfalls ein Stück Brot und biss hungrig ein großes Stück ab.

»Und ihr wollt tatsächlich zurück zur Burg von Fürst Brodin?«

»Daf müffen wir, wenn wir wiffen wollen, waf mit unferem Vaper paffiert ift.«

Merghib schüttelte missbilligend den Kopf. »Hat man euch nicht gelehrt, dass man mit vollem Munde nicht spricht?«

Adras schluckte den Bissen rasch hinunter.

»Verzeiht. Und habt Dank für Eure Hilfe.« Dann sah er zu seinem Bruder und erhob sich. »Dirion, bist du soweit? Wir sollten gehen.«

Sie verabschiedeten sich von Merghib, der ihnen etwas Proviant mitgab, und machten sich auf den Weg zu dem Ort, von dem sie geflohen waren.

Die Nacht war bereits hereingebrochen, als Adras und Dirion sich endlich der Burg näherten.

»Wie sollen wir denn unbemerkt hinein kom-men?«, fragte Dirion verzagt. »Wenn sie uns erwischen, landen wir wieder im Verlies.«

*Oder werden als Mörder aufgehängt,* dachte Adras, *wenn der Wärter tot ist.* Doch er hütete sich, seine Befürchtung laut zu äußern.

»Wenn ich mich nicht irre, ist morgen Gerichtstag«, sage er stattdessen. »Wir mischen uns einfach unter die Bauern und niemand wird auf uns achten. Lass uns die Zeit bis zum Sonnenaufgang nutzen und ein wenig schlafen.«

Stimmen in der Nähe weckten sie auf. Die Bauern waren auf dem Weg zu Fürst Brodin, um ihre Strei-tigkeiten vor ihm auszubreiten und auf ein gerechtes Urteil zu hoffen.

»Dirion, beeil dich!« Adras sprang auf und griff sich ihren verbliebenen Stock. Sein kleiner Bruder rieb sich die Augen, rappelte sich dann aber hoch. Unauffällig mischten sie sich unter die anderen und gelangten so ohne Schwierigkeiten in die Burg. Auf dem Weg in die Halle ließen sie sich immer weiter zurückfallen, bis sie am Ende der Schlange gingen.

Als sie an einer Treppe vorbeikamen, nutzten sie die Gelegenheit und huschten die Stufen hinauf. Oben gelangten sie in einen Gang, von dem mehrere Türen abgingen. Hier waren sie noch nie gewesen.

»Was jetzt?«, flüsterte Dirion.

Das wusste Adras auch nicht. Er nahm an, dass sich die Gemächer von Fürst Brodin und seiner Familie hinter den Türen befanden. In einem dieser Räume war vermutlich die Truhe mit der Schriftrolle. Doch wie sollten sie ...

Eine Tür öffnete sich und sie traten rasch auf die Treppe zurück. Adras‹ Herz klopfte bis zum Hals, als er vorsichtig um die Ecke spähte. Es war Fürst Brodins Sohn Eustache, der nun auf sie zukam. Der Junge, der kaum älter war als Dirion und im Auftrag seines Vaters Juwelen in ihren Sachen versteckt hatte, damit sie des Diebstahls bezichtigt wurden. Wut machte sich in Adras breit.

Zwar wusste er, dass Eustache nur der Handlanger seines Vaters gewesen war, doch in diesem Augenblick war ihm das egal. Er packte den Stock fester und zerrte den beweglichen Stutzen vom unteren Ende. Bei Merghib hatte er gesehen, dass sich darunter eine Spitze befand. Sie war zwar breit und stumpf, doch für sein Vorhaben würde sie genügen.

Als Eustache sie beinahe erreicht hatte, sprang Adras von der Treppenstufe auf den Gang und drückte dem überraschten Jungen die Spitze in den Bauch. Eustache wich zurück, bis er mit dem Rücken zur Wand dastand.

»Adras! Dirion! Ich dachte, ihr wärt ...«

»Wo ist die Kammer deines Vaters?«, unterbrach ihn Adras.

Eustache presste die Lippen zusammen, doch sein verängstigter Blick glitt zu der Tür, die ihnen gegenüberlag.

»Dirion, geh dort hinein und such nach der Schriftrolle«, sagte Adras.

Sein Bruder nickte und verschwand in der Schlafkammer des Fürsten.

»Wo ist mein Vater?«, fragte Adras.

Eustache schüttelte den rundlichen Kopf. »Weiß ich nicht.«

Mit zusammengepressten Lippen drückte Adras die Spitze des Stocks tiefer in Eustaches Bauch, so dass der Junge angstvoll nach Luft schnappte.

»Wo ist mein Vater?«, wiederholte Adras und betonte dabei jedes Wort.

Eustache wimmerte, dann, als sich die Spitze noch mehr in seinen Bauch bohrte, stieß er hervor: »Tot! Er ist tot!«

Eine eigentümliche Schwäche überfiel Adras, er blinzelte und spürte einen gewaltigen Kloß im Hals.

»Du lügst.«

»Adras, ich habe sie!« Dirion kam zu ihnen gelaufen und schwenkte eine Schriftrolle, die mit einem Stück Schnur zugebunden war.

»Wie voll ist die Truhe?«, fragte Adras.

»Sie ist ungefähr bis zur Hälfte gefüllt. Da passt noch einiges hinein. Wieso?«

»Mach sie wieder auf«, sagte Adras tonlos und sah zum blass gewordenen Eustache. »Wir müssen dort etwas verstauen.«

Die Schriftrolle unter seinem Hemd verborgen machte sich Adras mit Dirion auf den Weg zur Halle.

Sie wollten die Burg auf dieselbe unauffällige Art verlassen, wie sie sie betreten hatten, doch dafür mussten sie das Ende des Gerichtstags abwarten.

Gerade wurde ein Bauer, der einen Müller so verprügelt hatte, dass der zwei Tage das Bett hüten musste und dadurch weniger Mehl verkaufen konnte, befragt.

»Er hat meiner Tochter aufgelauert und wollte sie schänden«, behauptete der Bauer. »Ich habe das Schlimmste gerade noch verhindern können.«

Während der Müller aufbegehrte, spürte Adras einen Blick auf sich ruhen. Nervös sah er zur Seite. Ein Soldat, der in der Nähe der Tür stand, fixierte ihn mit schmalen Augen. Adras erkannte ihn wieder. Es war einer der Torwächter vom Tag ihrer Flucht.

Adras wurde plötzlich heiß. Aus den Augenwinkeln bemerkte er, dass der Mann mit einem anderen Wärter tuschelte.

»Dirion, ich fürchte, ich stecke in Schwierigkeiten«, wisperte Adras. »Nimm meinen Stock!«

»Was? Aber ...«

Da ertönte bereits eine tiefe Stimme hinter ihnen.

»So, du kommst jetzt mal mit.« Der Wärter packte Adras am Kragen und wollte ihn aus der Halle bugsieren. Doch die Leute um sie herum wurden unruhig und weckten damit die Aufmerksamkeit des Fürsten.

»Was ist da los?«, rief er.

Der Wärter nahm Haltung an. »Herr, dieser Bengel hat vor zwei Tagen behauptet, die Kapelle würde brennen. Es gab aber kein Feuer. Vermutlich wollte er, dass das Burgtor unbewacht ist.«

Fürst Brodin reckte den Hals. »Tritt näher, Junge.«

Der Wärter stieß Adras durch die Menge nach vorn. Dort gab er ihm einen kräftigen Schubs, so dass er auf dem Boden landete.

Zögernd hob Adras den Kopf. Ihm war ganz schwach vor Furcht.

»Dich kenne ich doch.« Fürst Brodin stand auf und trat näher. »Du müsstest doch im Kerker sitzen, weil du und dein Bruder meine Gemahlin bestohlen habt.«

»Verzeiht, Herr«, warf einer der Wachmänner ein. »Einer von uns wurde vor kurzem von Gefangenen überwältigt. Er sprach von zwei jungen Kerlen, die ihn um ein Haar erwürgt hätten.«

Fürst Brodin warf Adras einen scharfen Blick zu. Hass schwelte darin. »Wo ist dein Bruder?«

»Ich weiß es nicht«, log Adras. »Wir haben uns aus den Augen verloren.«

Brodins Augen blitzten. »Darmur!«

Ein Ritter trat vor.

»Bringt den Jungen weg. Ihr wisst schon, wohin. Und lasst ihn nicht wieder entwischen.«

Der Ritter trat vor, packte Adras am Ellenbogen und führte ihn grob aus der Halle. Auf dem Weg nach draußen warf Adras seinem Bruder einen mahnenden Blick zu. Dirions Augen flackerten vor Angst, er war ganz bleich, doch er nickte und blieb, wo er war.

Mannshohe Holzpfähle ragten aus dem Boden und umrundeten ein kleines Areal hinter der Burg.

Hier wurden drei Wölfe gehalten, die nur kurz aufschauten, als Darmur den Jungen zu ihnen in den Käfig stieß.

116

»Ihre letzte Mahlzeit ist schon eine Weile her«, sagte der Ritter und grinste hinterhältig. »Es dauert sicher nicht mehr lange, bis ihnen der Magen knurrt. Dann bist du fällig.«

Er verschloss sorgfältig die Tür und verschwand. Adras war mit den wilden Tieren allein.

Eine Flucht war unmöglich, das merkte er schnell. Die oben angespitzten Pfähle standen dicht aneinander und waren mit Seilen fixiert.

Vielleicht konnte er einen Tunnel graben. Die obere Sandschicht war locker, doch der Boden darunter war zu hart.

Adras versuchte es woanders, allerdings ohne Erfolg. Dafür entdeckte er ein Schmuckstück im Sand. Es war eine goldene Kette mit einem Medaillon. Als Adras es öffnete und den kurzen Spruch las, der darin eingraviert war, rannen ihm die Tränen über die Wangen. Nun wusste er, was die letzte Mahlzeit der Wölfe gewesen war.

Der Schmerz traf ihn so hart wie ein Rammbock in den Magen, raubte ihm die Luft zum Atmen.

Schluchzend und mit bebenden Schultern zog er die Schriftrolle hervor. Er wollte endlich erfahren, was darinstand. Er schniefte und fuhr sich mit dem Ärmel über die Nase.

Wenig später ließ er sich erschüttert in den Sand fallen. Lange konnte er über das, was er gerade erfahren hatte, jedoch nicht nachdenken, denn einer der Wölfe stand auf und kam näher.

Adras sprang auf, steckte hastig die Schriftrolle ein und ging rückwärts, bis er das Käfiggitter erreichte.

»Geh weg!«, rief er wütend.

Der Wolf knurrte, sein Nackenfell sträubte sich.

Nun erhoben sich auch die anderen und kamen drohend näher. Adras Wut auf diese Tiere wich Angst. Er wollte nicht sterben wie sein Vater.

Der Anführer der Wölfe machte mit gefletschten Zähnen ein paar weitere Schritte auf Adras zu.

»Geh weg!«, wiederholte Adras und presste sich ängstlich an die Gitterstäbe. »Bitte, geh weg.«

Da hörte er jemanden seinen Namen rufen.

Adras wandte den Kopf. »Dirion!«, rief er erleichtert. Sein Bruder war offenbar unversehrt aus der Burg entkommen und hatte ihn gefunden.

»Adras, pass auf! Der Wolf!«

Adras drehte sich rasch wieder zu den Tieren um. Alle drei kamen näher, hatte ihn bereits fast erreicht. Schweiß lief Adras von der Stirn in die Augen. Er blinzelte und presste sich mit dem Rücken gegen die Gitterstäbe.

»Hier, nimm!«, wisperte sein Bruder und drückte ihm etwas in die Hand. Der Zauberstock! Adras fühlte leise Hoffnung in sich aufsteigen. Damit konnte er die hungrigen Wölfe zumindest eine Zeitlang von sich fernhalten.

Er packte den Stab und hielt ihn auf den Anführer gerichtet. Mit einem lauten »Verschwinde!« stieß er die Spitze nach vorn.

Das Tier wich zurück, aber nur ein kleines Stück. Die Wölfe knurrten und zeigten ihre spitzen Zähne. Adras schluckte. Lange würde er sie nicht mehr in Schach halten können.

Dirion rüttelte verzweifelt an der Tür. »Ich kann sie nicht öffnen!«, schluchzte er.

Die Wölfe kamen näher und Adras stieß immer wieder den Stock nach vorn, als führe er ein Schwert.

118

Doch die Tiere wirkten weniger beeindruckt als verärgert. Ihr Knurren wurde lauter.

»Masupren!«, rief eine Stimme.

Überrascht schaute Adras zum Himmel hinauf und erkannte den Zauberer Merghib, der an seinem Stock hing. Er schwebte scheinbar furchtlos zu Adras in den Käfig und landete neben ihm, als der Anführer der Wölfe gerade zum Sprung ansetzte.

»Havas timon!«, rief Merghib gebieterisch. Sein rotes Haar war vom Wind zerzaust und seine Augen blitzten.

Die Tiere jaulten auf und wichen zurück.

»Was habt Ihr getan?«, fragte Adras fasziniert.

»Nun haben sie Angst vor dir«, antwortete Merghib knapp. »Lass uns dennoch lieber hier verschwinden. Halte dich an deinem Stock fest, so wie ich es tue. Und nicht loslassen. So ist es gut. Achtung: Flusi supren ambau!«

Adras' Füße lösten sich vom Boden. Er schwebte durch die Luft!

Zoran war plötzlich neben ihm und flog mit ihnen, bis sie wenige Schritte von Dirion entfernt wieder aufsetzten.

Adras sah dankbar zu Merghib. »Das war knapp. Woher wusstest du ...?«

»Zoran war auf meinen Wunsch ständig in eurer Nähe. Als du erwischt und hier eingesperrt wurdest, ist er wie der Wind zu mir gekommen und hat mich informiert.«

»Danke, Zoran.« Dirion trat zu dem Vogel, der auf einem Ast saß, und strich vorsichtig über die bunten Federn. »Du hast meinen Bruder gerettet.«

»War mir ein Vergnügen«, krächzte Zoran. »Aber gerade habe ich etwas erfahren, dass ganz und gar nicht erfreulich ist. Ein Bote brachte Fürst Brodin soeben die Nachricht, dass der Sohn des verstorbenen Königs ermordet wurde. Ein Pfeil tötete ihn, als er zu seiner Krönung ritt.«

Sie schwiegen erschüttert. »Ich fürchte, das bedeutet, dass Fürst Brodin nun König wird«, murmelte Merghib. »Ich kenne seine Ambitionen und seine schier unstillbare Gier nach Macht.«

Adras zog die Schriftrolle hervor und reichte sie dem Zauberer. »Ich glaube, wir könnten das verhindern.«

»Wenn ich es richtig verstanden habe, war euer Vater ein Verwandter der königlichen Familie, seine Großmutter und der Großvater des Königs waren Geschwister«, fasste Merghib das zusammen, was er der Schriftrolle und Adras' Worten entnommen hatte. Adras nickte.

»Und nachdem nun sowohl der König als auch dessen Sohn nicht mehr am Leben sind ...«

».... ist unser Vater an der Reihe?«, vollendete Dirion verblüfft den Satz.

»Er wäre es«, sagte Adras traurig. Er nahm das Medaillon von seinem Hals und reichte es seinem Bruder.

»Das gehört doch Vater«, rief Dirion erfreut.

»Ich fand es im Käfig«, flüsterte Adras.

»Aber wieso ... ? Oh!« Dirions Augen weiteten sich verstehend und füllten sich sogleich mit Tränen.

Merghib nahm ihm das Schmuckstück aus der Hand und öffnete es. Laut las er vor: »*Alle Dinge sind möglich dem, der da glaubt.*«

»Das hat Vater immer gesagt«, schluchzte Dirion und klammerte sich weinend an Adras.

Eine Weile sagte niemand etwas.

Merghib räusperte sich schließlich. »Euer Verlust ist schmerzlich und tut mir leid. Fürst Brodin trachtet nun euch nach dem Leben, denn nur ihr steht zwischen ihm und dem Thron.«

»Und sicher war er es, der den Prinzen hat töten lassen«, knurrte Adras. »Es wird Zeit, dass ihm jemand das Handwerk legt.«

Wenige Tage später berichtete Zoran, dass Fürst Brodins Plan aufgegangen war. Seine Krönung stand unmittelbar bevor. In der Großen Halle des Schlosses sollten die Feierlichkeiten stattfinden.

Als Adras, Dirion und Merghib dort ankamen, versuchten sie, sich durch die Menge nach vorn zu kämpfen, jedoch vergebens. Es war so voll, dass ein Durchkommen unmöglich schien.

»Was sollen wir tun? Trägt er erst einmal die Krone, wird es schwer, unseren Anspruch noch durchzusetzen.« Adras spürte verzweifelte Wut in sich aufsteigen. So nah waren sie ihrem Ziel, und nun konnten sie es nicht erreichen.

»Gib mir die Schriftrolle«, bat Merghib.

Adras zog sie hervor und reichte sie ihm.

»Wozu?«

»Warte ab.« Der Zauberer schob sie sich in den Ärmel und nahm den Stock. »Flusi supren!«

Der Stock schwebte mit ihm hoch Richtung Hallendecke. Die Menschen um sie herum begannen zu schreien, zur Decke zu zeigen oder ließen sich angstvoll zu Boden fallen. Der Tumult erreichte schließlich auch Fürst Brodin sowie die Adligen und Geistlichen, die die Krönung vollzogen.

»Halt!«, rief Merghib.

Adras sah ihn tiefer schweben und in der Menge verschwinden.

Er hielt die Luft an und hörte, dass der Zauberer jemanden aufforderte, die Schriftrolle, die sich unberechtigterweise im Besitz des Fürsten Brodin befunden habe, zu lesen. Eine Weile herrschte Stille, nur leises Raunen und Rascheln war zu hören.

»Es gibt also einen legitimen Nachfolger, der einen Thronanspruch hat?«, hörte Adras einen Mann ungläubig fragen.

»So ist es, Eure Heiligkeit. Und er ist hier.«

Merghib hob die Stimme. »Macht Platz für euren zukünftigen König!«

Neugierig gingen die Menschen zur Seite und bildeten eine Gasse. Adras konnte an ihrem Ende den Magier sehen, den Fürsten und die feierlich gekleideten Edelleute. Einer von ihnen, ein Geistlicher, hielt die Schriftrolle in den Händen.

»Adras, komm her!«, rief Merghib.

Adras schluckte, trat jedoch mit festen Schritten vor.

»Das ist doch lächerlich!« Brodin schnaubte. »Dieser Rotzlümmel kann niemals König werden. Ich bin derjenige, der ...«

»Ihr seid ganz offensichtlich ein Betrüger, Brodin«, unterbrach ihn der Geistliche kalt. »Dieses Dokument ist echt.« Er wandte sich an ein paar Ritter, die in der Nähe standen. »Sperrt ihn ein.«

Adras hatte die Versammlung erreicht und neigte den Kopf. »Ich bin Adras, ältester Sohn des Grafen Kendrik.«

Der Geistliche lächelte ihm zu. »Und damit der rechtmäßige König. Entscheidet Ihr, was mit Brodin geschehen soll.«

Adras betrachtete angewidert den Fürsten, der ihn seinerseits voller Hass anstarrte.

»Er soll am Leben bleiben«, verkündete Adras laut. »Sein Besitz und sein Titel werden ihm jedoch aberkannt. Und er muss das Land für immer verlassen.«

Die Menge jubelte.

»Eine wahrhaft königliche Entscheidung«, nickte der Graf. »Kniet nieder, Majestät, und empfangt Eure Krone.«

Da kam Dirion angelaufen und drückte seinem Bruder den Stock in die Hand. »Hier, dein Zepter.«

Adras lächelte. »Ich werde es ihn Ehren halten«, versprach er feierlich und sah, dass Merghib ihm zufrieden zuzwinkerte.

*\*\*\**

Fuß no te :

*Diese Info ist für die, die sich fragten, wie um alles in der Welt Nordic-Walking-Stöcke in eine historische Geschichte passen sollen. Was wohl auf alle Leser von »Das Medaillon« zutrifft. Hier nun die Erklärung:*

*Diese Geschichte entstand im Rahmen eines Wettbewerbs. Die Aufgabe war, einen Alltagsgegenstand durch ein imaginäres Wurmloch an einen anderen Ort bzw. in eine andere Zeit zu transportieren und ihn dort eine tragende Rolle spielen zu lassen (ohne das Wurmloch zu erwähnen). Während einer Nordic-Walking-Runde grübelte ich über einen Gegenstand nach, der sich für eine Geschichte eignen würde, und entschied mich schließlich auf die Stöcke, die ich in der Hand hielt. Der Rest ging wie von selbst.*

# Superheld mit Defiziten

**M**atthew sah auf, als sich die Tür zum Behandlungszimmer öffnete. Ein distinguiert wirkender Mann mit grauem Schnauzer und gütigen Augen stand im Rahmen. »Mr. Barker?«, fragte er.

Matthew nickte.

Der Mann machte eine einladende Geste. »Ich bin Dr. Seagle. Kommen Sie bitte herein.«

Matthew folgte der Aufforderung und sah sich um.

Ein großer, geschmackvoller Raum mit Ledermöbeln und einem wuchtigen dunklen Schreibtisch empfing ihn.

»Soll ich mich auf die Couch legen?«, fragte er unsicher.

»Machen Sie es sich bequem, wo immer Sie sich am wohlsten fühlen.«

Matthew zögerte, dann ging er auf die Lederliege zu. Er setzte sich darauf, hüpfte einige Male prüfend auf und ab und legte sich schließlich hin.

»Sehr bequem«, lobte er.

»Ja, ich weiß.« Dr. Seagle lächelte und nahm auf einem Sessel am Fußende der Couch Platz. Von dem Tisch daneben nahm er Kugelschreiber und Notizbuch zur Hand. »Warum sind Sie zu mir gekommen, Mr. Barker?«

Matthew antwortete erst nach kurzem Zögern. »Haben Sie schon einmal von Rescueman gehört, Doktor?«

»Aber ja, natürlich! Ich bewundere ihn schon seit Jahren. Erst letzte Woche hat er ein abstürzendes Flugzeug aufgefangen und damit Hunderte von Leben gerettet, hörte ich. Er ist ein großartiger Mann, wie ich finde, und ein Segen für unsere Stadt. Warum fragen Sie?«

Matthew Barker zögerte, dann holte er tief Luft und stieß hervor: »Das bin ich. Ich bin der berühmte Rescueman.«

Die Augenbrauen des Psychiaters hoben sich überrascht. Er ließ ein leises Räuspern hören und setzte sich aufrechter hin. »Aha. Das ist interessant. Seit wann sind Sie dieser Superheld?«

»Seit zwölf Jahren. Es fing an meinem zwanzigsten Geburtstag an. Sie können sich sicher vorstellen, wie überrascht ich war. Und stolz. Dennoch habe ich bisher niemandem davon erzählt. Nur meine Mutter wusste Bescheid, doch sie ist vor einigen Monaten verstorben.«

»Das tut mir leid.«

»Danke.«

»Erzählen Sie mir mehr, Mr. Barker.«

Matthew sah zur Decke hinauf. »Wissen Sie, im normalen Leben schreibe ich Superhelden-Comics. Wenn allerdings jemand in Gefahr ist, verwandle ich mich selbst in einen Superhelden. Dann wird mein Körper zu einer Ansammlung von Muskeln, mein Gesicht, das - wie Sie zweifellos bemerkt haben - eher durchschnittlich ist, wird attraktiv und maskulin. Außerdem kann ich fliegen, habe Superkräfte und so weiter. Natürlich fließen all meine Erlebnisse als Rescueman in meine Comicarbeit ein.«

Er wandte den Kopf und sah den Psychiater an.

125

»Ich hoffe sehr, Sie empfinden die Tatsache, dass ich sozusagen auf Umwegen von meiner Fähigkeit lebe, nicht als unethisch.«

»Keineswegs. Im Gegenteil, es ist doch sehr praktisch, dass sich Ihre Tätigkeiten so gut ergänzen.« Dr. Seagle machte sich ein paar Notizen. »Es muss sehr befriedigend sein, Menschen aus scheinbar ausweglosen Situationen befreien zu können und so ihr Leben zu retten.«

Matthew verzog den Mund zu einem gequälten Lächeln. »Das ist es auch. Wirklich, ich liebe diese Gabe. Aber sie macht mich so ... einsam!«

Der Psychiater nickte und sah Matthew aufmunternd an. »Reden Sie weiter. Warum haben Sie nie jemand anderem als Ihrer Mutter davon erzählt?«

»Weil ich Angst habe, dass man mich dann ausschließlich als Superhelden wahrnimmt, nicht als den Menschen, der ich wirklich bin. Und das ist mir sehr wichtig, verstehen Sie? Ich war noch nie der selbstbewusste Typ, der von sich aus auf Menschen zugeht. Meine Schüchternheit macht es mir schwer, Menschen kennenzulernen. Aber diese Einsamkeit ist schrecklich. Wenn ich nicht Rescueman bin, fühle ich mich, als wäre ich unsichtbar. Gar nicht vorhanden. Sie wissen, ich bin immer für andere da, helfe wo ich kann, doch als ich mir zum Beispiel vor ein paar Tagen einen Schrank gekauft habe und ihn nicht allein zusammenbauen konnte, kam niemand, um *mir* zu helfen. Verstehen Sie? Ich bemühe mich, es allen recht zu machen, doch wenn *ich* einmal Hilfe brauche, dann ...«

Er konnte die Tränen nicht länger zurückhalten. Dr. Seagle reichte ihm schweigend ein Kleenex.

Matthew schnäuzte sich ausgiebig. »Danke, Doktor. Der Schrank ist noch immer nicht aufgebaut. Allein bekomme ich das einfach nicht hin. Immer, wenn ich die einzelnen Bretter sehe, wird mir meine Einsamkeit wieder ebenso bewusst wie meine Unzulänglichkeit. Es ist schrecklich.«

»Ich verstehe Sie sehr gut«, sagte Dr. Seagle sanft.

Matthew nickte und fuhr fort. »Im normalen Leben bin ich weder so geschickt noch so stark wie Rescueman, stattdessen habe zwei linke Hände. Mein wahres Ich verkörpert das absolute Gegenteil eines Superhelden.« Nach einer kurzen Pause fügte er tonlos hinzu: »Ein Versager auf ganzer Linie, das bin ich.«

»Sie übertreiben.«

»Leider nicht. Auf dem Weg in Ihre Praxis bin ich auf der Treppe gestolpert und habe mir das Knie aufgeschlagen.« Matthew winkelte das linke Bein an, zog das Hosenbein nach oben und präsentierte sein lädiertes Knie. »Sehen Sie?«

Dr. Seagle zischte leise durch die Zähne. »Das hat sicher weh getan.«

Das Hosenbein rutschte wieder hinab. »Ach, es geht. Schlimmer war es, als ich mir mit dem Hammer auf den Daumen schlug, als ich den vermaledeiten Schrank aufbauen wollte.«

»Solche kleinen Unfälle können doch jedem einmal passieren.«

»Mag sein, doch mir geschieht so etwas ständig. Und dann ist niemand da, der ein Pflaster für mich holt, mich tröstet oder mir einen Tee kocht. Tue ich es dann selbst, verschütte ich ihn und verbrühe mir die Finger.« Er seufzte und versuchte, den Kloß in seinem Hals hinunter zu schlucken. Ihm war zum

Heulen zumute. Noch nie hatte er so offen mit jemandem über all das gesprochen und diese Dinge laut auszusprechen war ein zermürbendes Gefühl.

Das Leder des Sessels knirschte, als Dr. Seagle sich vorbeugte. »Lieber Mr. Barker, sicher haben Sie auch Talente oder Charaktereigenschaften, die ...«

Die Stimme des Arztes wurde plötzlich undeutlich, sie rauschte an Matthew vorbei wie ein Windstoß. Es ging wieder los, er spürte es genau. Eilig sprang er auf. Schon merkte er, dass sich sein Hemd spannte und seine Muskeln wölbten. Das ihm bekannte Kribbeln auf seiner Haut setzte ein.

»Mr. Barker? Was ist mit Ihnen?«, drang wie von fern die Stimme Dr. Seagles an sein Ohr.

»Entschuldigen Sie mich bitte«, sagte er mit tieferer Stimme als zuvor und stürmte aus der Praxis.

Er spürte den verwirrten Blick des Psychiaters in seinem Rücken. Bis er das Dach erreicht hatte, war seine Verwandlung vollkommen.

Er war Rescueman, gekleidet in einen hautengen, silbergrauen Anzug mit einem schwarzem »R« auf der Brust und rotem Umhang. Ohne zu zögern lief er auf den Rand des Daches zu und stieß sich ab.

In atemberaubendem Tempo sauste er durch die Luft, umrundete Häuserblocks und sah hinab auf die weit unten liegenden Straßen, mit Autos, die so klein wirkten wie Marienkäfer.

Nach einer scharfen Kurve entdeckte er, was ihn alarmiert hatte. Im zwölften Stock eines Hochhauses saß ein kleines Mädchen an einem offenen Fenster und spielte mit einer Puppe.

Rescueman steuerte auf das Kind zu. In diesem Moment rutschte dem Mädchen ihr Spielzeug aus der Hand. Bei dem Versuch, die Puppe aufzuhalten, verlor die Kleine das Gleichgewicht und stürzte in die Tiefe.

Sie fiel so schnell, dass Rescueman einen Augenblick lang daran zweifelte, sie rechtzeitig zu erreichen. Er beschleunigte und ließ das Kind dabei nicht aus den Augen. In Windeseile sauste er am sechsten Stock vorbei, am fünften, am vierten.

Er musste sich beeilen, wenn er die Kleine rechtzeitig erreichen wollte. Noch einmal steigerte er das Tempo.

Schneller als eine Pistolenkugel jagte er hinter dem fallenden Mädchen her. Es war schon auf der Höhe des dritten Stockwerks. Des zweiten.

Als nur noch wenige Meter die Kleine von dem Aufprall auf dem betonierten Fußweg trennten, hielt Rescueman unwillkürlich den Atem an. Würde er es schaffen?

Seine ausgestreckten Fingerspitzen vibrierten. Im letzten Moment packte er ihren Knöchel und riss sie in seine Arme, bevor ihr Kopf auf dem Beton aufschlagen konnte.

Während er sacht neben der Stoffpuppe landete, die unversehrt auf dem Asphalt lag, ließ er die angehaltene Luft entweichen und schloss erleichtert die Augen.

Aufgeregte Stimmen ließen sie ihn wieder öffnen.

Etwa ein Dutzend Passanten standen um ihn und das Mädchen herum. Sie jubelten ihm zu. Einige Touristen machten aufgeregt Fotos.

»Bravo, Rescueman«, rief ein Junge und strahlte ihn voller Bewunderung an. »Sie sind der Hammer. Wenn ich groß bin, dann -«

Ein markerschütternder Schrei unterbrach ihn. Alle hoben den Kopf. Er kam aus dem Fenster, aus dem das Kind gefallen war.

Rescueman schnappte sich die Puppe, hielt sie und das kleine Mädchen fest im Arm und flog an der Fassade des Hauses hinauf, zurück in den zwölften Stock.

Ein verzweifeltes, tränenüberströmtes Frauengesicht erschien im Rahmen, die Augen waren vor Schreck weit aufgerissen.

»Es ist alles in Ordnung«, rief Rescueman ihr zu.

»Ich habe Ihre Tochter, sie ist ohnmächtig, aber wohlauf.«

Er landete auf dem Fensterbrett, ging in die Knie und reichte der zitternden Frau ihr Kind. Die Puppe legte er dem Mädchen in den Arm.

»Danke, Rescueman«, flüsterte die Mutter und küsste immer wieder die weichen Wangen ihrer Tochter, die endlich die Augen aufschlug.

»Das habe ich doch gern gemacht«, sagte er, tippte sich grüßend mit dem Zeigefinger an die Stirn und wandte sich ab, um nach Hause zu fliegen. »Passen Sie aber in Zukunft besser auf.«

»Das werde ich!«, versprach sie. »Ganz bestimmt. Danke, Sie sind mein Held! Gott segne Sie!«


In einer ruhigen Seitenstraße, ganz in der Nähe seiner Wohnung, setzte er auf und war wenige Augenblicke später wieder der normale, unscheinbare Matthew Barker in seinem schlichten grauen Anzug.

Von dem chinesischen Restaurant an der Straßenecke holte er sich sein Abendessen.

Während er in seinem Wohnzimmer vor dem Fernseher das köstliche Chop-suey verputzte, begann die lokale Nachrichtensendung. Sie startete mit der spektakulären Rettung des Kindes.

Eine Reporterin mit blonder Kurzhaarfrisur, warmen braunen Augen und Sommersprossen unterhielt sich mit der Mutter der Kleinen.

»Was ist genau passiert, Mrs. Miller?«

»Nun, ich kam ins Kinderzimmer und sah, dass das Fenster offen stand und meine Tochter verschwunden war. Sofort habe ich befürchtet, dass sie aus dem Fenster gestürzt sein musste.«

Mrs. Millers Mundwinkel zuckten bei der Erinnerung an diesen schmerzhaften Moment und in ihren Augen schimmerten Tränen.

»Wissen Sie, das Fenster ist schon eine ganze Weile nicht mehr in Ordnung, doch der Vermieter hielt es bisher nicht für nötig, es reparieren zu lassen. Wie auch immer, als ich aus dem Fenster sah, kam bereits Rescueman angeflogen und brachte mir meine Kleine zurück. Es geht ihr gut, sie hat lediglich einen Schreck bekommen.« Mrs. Miller weinte nun dicke Tränen und sah direkt in die Kamera. »Beinahe hätte ich das Wertvollste verloren, das ich auf der Welt habe. Danke, Rescueman! Ich stehe für immer in deiner Schuld.«

Gerührt schob Matthew sich eine Gabel voll Reis und Gemüse in den Mund. Momente wie diese verursachten stets ein angenehm warmes Gefühl in seinem Inneren.

Die Reporterin ging noch einmal auf das kaputte Fenster und den Ärger mit dem Vermieter ein, doch Matthew hörte nicht wirklich zu. Er lauschte stattdessen dem Klang ihrer Stimme, betrachtete die vor Empörung funkelnden Augen, die Sommersprossen, das Mitgefühl, das sie ausstrahlte.

Matthew seufzte. Was für eine Frau!

Für ihn, den stillen, tölpelhaften Comicschreiber mit dem schütteren Haar war sie allerdings so unerreichbar, als würde sie auf einem fernen Planeten leben.

»Ah, Mr. Barker, schön, Sie wiederzusehen. Wir mussten Ihre letzte Sitzung ja unterbrechen.«

»Stimmt, ich entschuldige mich dafür. Es kam mir etwas dazwischen.«

»Ja, ich habe davon gehört. Machen Sie es sich bequem. Großartig, wie Sie das kleine Mädchen gerettet haben.«

»Danke. Ich bin froh, dass ich Schlimmeres verhindern konnte.«

»Aber jetzt wieder zu Ihrem Problem. Sie wollten, dass ich Ihnen helfe, damit Sie nicht länger allein sind, nicht wahr?«

Matthew legte sich auf die Couch und nickte dem Arzt hoffnungsvoll zu. »Das wäre schön. Wissen Sie, kurz nach dem Vorfall mit dem Mädchen habe ich eine Frau gesehen, die mich sehr beeindruckt hat. Seitdem muss ich ständig an sie denken.«

»Tatsächlich? Wer ist sie?«

»Die Reporterin, die die Mutter des Kindes interviewt hat. Ich ... fühle mich zu ihr hingezogen aber mir ist klar, dass sie sich niemals für jemanden wie mich interessieren würde. Damit meine ich den langweiligen Comic-Autoren, nicht den strahlenden Superhelden.«

»Woher wollen Sie das wissen?«, fragte Dr. Seagle gespannt. »Sie kennen sie doch gar nicht, wenn ich Sie richtig verstanden habe.«

Matthew schnaubte. »Sehen Sie mich doch an. Ich bin unsicher, nichtssagend und ein Tollpatsch. All das, was sie nicht ist. Sie ist eloquent, selbstsicher und auch noch wunderschön. Sie hat reizende Sommersprossen, wissen Sie? Und ein Lächeln, das Eis zum Schmelzen bringen kann. Ihre Stimme ist weich und melodisch, und ihre Augen ...«

»Wie wäre es, wenn Sie zunächst einmal Kontakt mit einigen anderen Menschen aufnehmen würden?«, unterbrach Dr. Seagle seine Schwärmerei. »Sozusagen zum Warmwerden. Wir müssen Ihr Selbstwertgefühl aufbauen, damit Sie ihre Schüchternheit überwinden und offener auf die Menschen zugehen können.«

Matthew dachte darüber nach. »Aber wie soll ich diese Leute kennenlernen? Und wo?«

»Mein Vorschlag mag etwas unorthodox sein«, sagte Dr. Seagle und schlug die Beine übereinander, »doch am kommenden Freitagabend findet bei mir zu Hause eine kleine Cocktailparty statt. Ich würde Sie gern dazu einladen. Bestimmt treffen Sie dort viele interessante Leute.«

Matthew holte tief Luft und sah an der schicken Villa empor, in der Dr. Seagle lebte. Sollte er wirklich hineingehen und sich unter die ganzen Unbekannten mischen?

Schließlich gab er sich einen Ruck. Er hatte dem Psychiater versprochen, zu erscheinen, und er stand immer zu seinem Wort. Also ging er die Stufen zur eleganten Eingangstür hinauf und läutete.

Eine ältere Hausangestellte öffnete ihm.

Er räusperte sich. »Guten Abend. Mein Name ist Matthew Barker. Ich möchte zu Dr. Seagle.«

Sie trat höflich zur Seite. »Kommen Sie bitte herein, Sir. Ihren Mantel nehme ich, wenn Sie einverstanden sind.«

Nachdem er ihr seinen Trenchcoat überreicht hatte, führte sie ihn durch die Eingangshalle zu einer zweiflügeligen Tür und drückte die Klinke hinunter.

»Einen schönen Abend, Sir.«

»Danke.« Er lächelte ihr unsicher zu und atmete tief ein.

Das warme Licht von unzähligen Kerzen empfing ihn. Außerdem gedämpfte klassische Musik und die Stimmen von vielen sich unterhaltender Menschen.

Es roch nach Parfum, alten Büchern und Antiquitäten. Nervös sah Matthew sich nach Dr. Seagle um und entdeckte ihn nur wenige Schritte entfernt inmitten einiger Männer in Anzug und Krawatte.

Dr. Seagle hob den Blick, seine Miene erhellte sich, als er Matthew erkannte. Offenbar prächtig gelaunt kam er auf ihn zu.

»Ah, Mr. Barker, wie schön, dass Sie da sind. Kommen Sie, treten Sie näher. Was möchten Sie trinken? Einen Martini vielleicht?«

»Lieber ein Ginger Ale. Ich vermeide es, Alkohol zu trinken. Sie wissen, wieso.«

Dr. Seagle sah ihn ratlos an, doch dann nickte er lächelnd. »Ich verstehe. Damit Sie auch im Notfall immer Herr Ihrer Sinne sind, nicht wahr?«

»Nicht nur deshalb.« Matthew senkte die Stimme.

»Wenn ich auch nur einen Tropfen trinke, verwandle ich mich nämlich nicht in Sie-wissen-schon-wen, egal, wie dringend es nötig wäre. Aber denken Sie an unsere Abmachung: Niemand hier soll von meinem Geheimnis erfahren.«

134

Dr. Seagle nickte. »Versprochen ist versprochen. Dann also ein Ginger Ale. Kommen Sie, gehen wir an die Bar.«

Wenig später stand Matthew mit seinem Glas in einer Runde von Ärzten, Anwälten und Architekten, die sich über die wirtschaftliche Lage im Land unterhielten.

Er hörte nur halbherzig zu, nippte an seinem Glas und ließ den Blick über die anderen Gäste schweifen.

Als sich die Tür öffnete und eine blonde Frau eintrat, hätte er sich um ein Haar verschluckt.

Das war doch die bezaubernde Reporterin, von der er Dr. Seagle erzählt hatte. Wie war das möglich?

Matthews Herz begann zu rasen.

»Ah, da ist ja die Dame, mit dem ich Sie gern bekannt machen würde«, sagte Dr. Seagle in diesem Moment. »Kommen Sie, Mr. Barker.«

Vor Panik wurden Matthew die Knie weich. »A-aber Dr. Seagle, ich glaube nicht, dass ich -«

»Machen Sie sich keine Sorgen, ich bin ja bei Ihnen«, unterbrach ihn der Arzt und nahm sachte Matthews Ellenbogen. »Zumindest bis Sie mir ein Zeichen geben, dass ich verschwinden soll. Sie ist übrigens meine Nichte.«

Matthew blieb der Mund offen stehen. »Und als ich Ihnen von ihr erzählte, da wussten Sie, dass …«

Dr. Seagle lächelte. »Nehmen Sie mir bitte nicht übel, dass ich ein wenig Schicksal gespielt habe«, bat er. »Sehen Sie es als Teil der Behandlung.«

Mit weichen Knien ging er an Dr. Seagles Seite auf dessen Reporter-Nichte zu. Er würde vermutlich keinen Ton herausbekommen und wünschte nur, die Erde würde sich auftun und ihn verschlucken.

Die hinreißende Frau, der sein Herz gehörte, sah Dr. Seagle strahlend entgegen. »Onkel George! Schön, dich wiederzusehen. Danke für die Einladung.« Sie legte ihre Hände auf seine Schultern und küsste ihn auf beide Wangen. Es waren schmale, gepflegte Hände, erkannte Matthew.

»Es ist schön, dass du kommen konntest«, erwiderte Dr. Seagle. »Ich möchte dir einen Bekannten von mir vorstellen. Das ist Matthew Barker. Er ist Künstler und im Comicbereich tätig. Mr. Barker, dies ist meine reizende Nichte Evelyn Sawyer. Sie arbeitet für einen großen Fernsehsender als Reporterin.«

Evelyn reichte ihm die Hand und lächelte. »Bitte, nennen Sie mich Eve. Evelyn heißen doch nur spießige Hausmütterchen, die Kochrezepte sammeln und Kakteen züchten.« Sie lachte fröhlich.

Matthews Wangen brannten. »Meine Mutter, ihr Name war Evelyn«, brachte er stockend hervor.

Eve erstarrte. »Oh, bitte entschuldigen Sie. Ich wollte Ihnen nicht zu nahe treten.« Sie schnalzte mit der Zunge. »Ich bin ein grässliches Plappermaul. Es tut mir ehrlich leid.«

»Ist sschon gut.« Matthew lächelte verlegen. »Meine Mutter züchtete tatsächlich Kakteen - unter anderem. Und sie war immerzu am Kochen.«

Eve schmunzelte. »Ist das wahr?«

»Wenn ich es sage.«

»Eve, mein Herz, was möchtest du trinken?«, unterbrach Dr. Seagle.

»Ein Glas Champagner wäre genau das Richtige.«

»Wenn ihr mich einen Moment entschuldigt, hole ich dir ein Glas.«

Er zwinkerte Matthew noch einmal zu und verschwand in der Menge.

136

In der nächsten Stunde hatte Matthew das Gefühl, auf einer Wolke zu schweben. Eve entpuppte sich als interessante und intelligente Person mit viel Humor. Sie machte erstaunlicherweise den Eindruck, als würde sie sich gern mit ihm unterhalten. Es kam ihm sogar so vor, als flirte sie mit ihm. Sicher war er sich jedoch nicht, dafür hatte er zu wenig Erfahrung auf diesem Gebiet. Konnte es wirklich sein, dass sie ihn mochte? Ohne zu ahnen, wer da tatsächlich vor ihr stand?

Schließlich jedoch sah sie bedauernd auf ihre zierliche Armbanduhr. »Es tut mir wahnsinnig leid, Mr. Barker, doch ich muss gehen. Ich habe morgen in aller Frühe ein wichtiges Meeting.«

Er versuchte, sich seine Enttäuschung nicht anmerken zu lassen. »Das ist schade. Es war mir ein großes Vergnügen, Sie kennenzulernen.«

»Geht mir genauso.« Ihre Augen funkelten. »Vielleicht sehen wir uns mal wieder?«

Sein Puls beschleunigte sich. »Das wäre wunderbar.«

»Ja, das finde ich auch.«

Sie sah ihn an, schien auf irgendetwas zu warten. Aber auf was?

Da er nicht reagierte, stellte sie ihr leeres Glas auf einem nahen Tisch ab und seufzte. »Tja, dann werde ich mal gehen.«

Matthew registrierte, dass Dr. Seagle, der in der Nähe stand, ihm durch seine auffordernden Blicke irgendetwas sagen wollte. Und plötzlich wusste er, auf was Eve gewartet hatte. Am liebsten hätte er sich in den Allerwertesten getreten. Was war er nur für ein Trottel!

»Eve, ich ... ähm, dürfte ich Sie einmal anrufen, ich meine, Sie vielleicht zum Essen einladen oder ...«

Sie strahlte ihn an.

»Sehr gern, Matthew, das würde mich freuen.« Sie fischte etwas aus ihrer Handtasche. »Hier ist meine Karte.«

»Danke. Wenn Sie möchten, bringe ich Sie nach Hause«, rutschte es ihm heraus.

Wo kam dieser Mut plötzlich her?

Sie nickte überrascht. »Einverstanden. Das wäre sehr freundlich von Ihnen.«

Matthews Leben änderte sich in den folgenden Tagen um hundertachtzig Grad. Eve wurde ein fester Bestandteil seines Alltags. Sie gingen zum Essen, in den Park oder ins Kino. Er konnte es nicht fassen, doch sie verbrachte ihre Zeit offensichtlich gern mit ihm.

Und noch immer hatte sie keine Ahnung, dass er der von allen bewunderte Rescueman war.

An einem Samstagabend besuchten sie das Theater. Shakespieres Romeo und Julia wurde gespielt. Es war kurz nach der Pause, als Matthew das bekannte Kribbeln verspürte, das seine Verwandlung ankündigte.

»Entschuldige mich einen Augenblick«, flüsterte er Eve zu und machte ein zerknirschtes Gesicht. »Ich bin sofort zurück.«

Sie nickte ihm zu. Gewiss war sie der Überzeugung, er müsse die Waschräume aufsuchen.

In Wahrheit raste er aus dem Gebäude und flog Sekunden später als Rescueman wie der Blitz zum Bahnhof. Eine Weiche war versehentlich falsch gestellt worden und zwei Züge drohten zu kollidieren.

Rescueman stellte sich seitlich auf das Gleis und breitete die Arme aus. Sein roter Umhang flatterte wie eine Warnflagge.

Grelles Bremsenquietschen dröhnte in seinen Ohren und in seiner Nase brannte der Geruch von heißem Metall. Von links und rechts donnerten die Züge auf ihn zu wie gefräßige, eherne Ungeheuer, und hätte er sie nicht mit seinen bloßen Händen aufgehalten, wären sie direkt ineinander gerast.

Dank ihm bekamen beide Lokführer lediglich den Schreck ihres Lebens.

Zwanzig Minuten später drängelte Matthew sich zwischen den Sitzreihen hindurch und ließ sich leicht erschöpft neben Eve nieder.

»Verzeih, ich fürchte, der Fisch heute Mittag war nicht in Ordnung«, sagte er und legte eine Hand auf seinen Bauch.

Sie lächelte ihm zu, ergriff seine andere Hand und drückte sie mitfühlend.

Oh, wie verliebt er in sie war!

Als er Eve an diesem Abend nach Hause brachte und sich wie üblich formvollendet von ihr verabschieden wollte, schüttelte sie betrübt den Kopf.

»Matthew, ich schätze deine Höflichkeit und auch deine Schüchternheit. Aber wann um Himmels Willen wirst du mich endlich küssen? Oder ... liegt dir nichts an mir?«

Erschrocken sah er sie an. Ihm war nicht klar gewesen, dass sie auf einen Kuss gewartet hatte.

»Mir liegt viel an dir, Eve«, flüsterte er verlegen. »Sogar sehr viel.«

Sie schaute mit großen Augen zu ihm auf. »Dann tu es doch endlich«, hauchte sie. »Küss mich.«

Gehorsam trat er näher auf sie zu und - auf ihren Fuß.

»Au!«

»Oh, es tut mir leid!«, rief er erschrocken und mit vor Scham brennenden Wangen. »Ich bin ein solcher Trottel.«

Eve lachte und legte ihre Arme um seinen Hals.

»Es tat doch kaum weh. Mach dich nicht immer schlechter, als du bist, Matthew. Ich finde es ehrlich gesagt ganz liebenswert, dass du manchmal etwas schüchtern oder ungeschickt bist.«

Ungläubig sah er sie an. »Ehrlich?«

»Ja, ehrlich. Weißt du, mein letzter Freund war das genaue Gegenteil von dir. Er war ein unglaublicher Tänzer, ein charmanter Redner und noch dazu wahnsinnig attraktiv. Er war nahezu perfekt, und doch habe ich mich nie zuvor so mit einem Mann gelangweilt. Da bist du mir sehr viel lieber.«

Ihr letzter Satz hing noch in der Luft, da nahm er all seinen Mut zusammen, zog sie an sich und küsste sie. Spürte, wie weich und nachgiebig sie sich an ihn schmiegte, atmete ihren Duft ein und strich mit den Händen über ihren zarten Rücken. Wähnte sich im Himmel. Noch nie hatte er sich so glücklich gefühlt.

»Komm«, flüsterte sie. »Ich habe einen sehr guten Sherry oben.«

Ohne eine Antwort abzuwarten zog sie ihn in den Hausflur und in den Aufzug. Dort küssten sie sich erneut, leidenschaftlicher diesmal, und Matthew glaubte, vor Verlangen nach ihr in Flammen zu stehen. Nur ungern löste er sich von Eve, als sich die Lifttür öffnete.

Ihr Appartement war geräumig und modern eingerichtet. Mit wiegenden Hüften schlenderte sie an die Bar, schenkte zwei Gläser voll und reichte ihm eines.

»Auf uns«, sagte sie lächelnd. »Und auf eine wundervolle Nacht.«

Sein Herz hämmerte. »Auf uns«, brachte er heiser hervor.

Sie stießen an und tranken. Eve nippte nur, doch er war so nervös, dass er das Glas mit einem Zug leerte. Anschließend atmete er tief durch.

»Soll ich dir mein Schlafzimmer zeigen?«, fragte sie, lächelte verheißungsvoll und nahm seine Hand. Er nickte wortlos und folgte ihr.

Als sie den Raum betraten, bemerkte er nur am Rande den großen Spiegelschrank und den zierlichen Frisiertisch. Er registrierte lediglich das Bett, das groß und einladend auf sie zu warten schien. Matthew schluckte.

Eve knöpfte sich die Bluse auf und er schaute ihr atemlos dabei zu. Bei dem Gedanken, sie gleich nackt zu sehen, sie in den Armen halten und am ganzen Körper streicheln zu dürfen, wurde ihm schwindelig vor Glück. Hoffentlich stellte er sich nicht allzu tollpatschig an.

Als sie das Kleidungsstück auf den weichen Teppich fallen ließ, schien sich der Boden zu bewegen. Matthew blinzelte.

Die Lampe über ihnen begann hin und her zu schwingen, der Frisiertisch rutschte zur Seite. Eve sah Matthew erschrocken an, als Parfumfläschchen und Cremetiegel auf den erneut vibrierenden Boden polterten. Bücher fielen aus dem Regal.

»Ein Erdbeben!«, rief er. »Wir müssen hier raus. Schnell!« Er griff nach Eves Hand und zog sie mit sich aus der Wohnung.

Auf dem Weg nach draußen klingelten sie bei sämtlichen Nachbarn und wiesen sie an, das Gebäude so schnell wie möglich zu verlassen. Das Beben wurde immer stärker und weckte auch diejenigen auf, die gerade noch im Bett gelegen und geschlafen hatten.

Schließlich standen alle auf der Straße, in Schlafanzügen, Pantoffeln und Morgenmänteln.

Matthew hatte der zitternden Eve sein Jackett umgehängt und schaute sich um. Das Haus würde vermutlich stehenbleiben, es war solide gebaut, doch wären die Leute drinnen geblieben, hätten sie durch umher fliegende Möbelstücke schwer verletzt werden können.

»Was ist mit Mrs. Harris?«, fragte einer der Nachbarn vom Nebenhaus.

»Sie hat nicht geöffnet«, antwortete ein anderer.

»Vielleicht ist sie gar nicht da.«

»Wo wohnt sie?«, wollte Matthew wissen.

Der erste zeigte auf ein erleuchtetes Fenster im zweiten Stock. »Appartement 2 b.«

Matthew sah zu Eve. »Das Licht brennt, also wird sie wohl zu Hause sein. Ich bin gleich zurück.«

Ohne Eves Reaktion abzuwarten rannte er los, stürzte durch die Eingangstür und die wankenden Treppen hinauf, eine Hand am Geländer.

Vor der Tür mit der Aufschrift 2 b blieb er stehen und hämmerte dagegen. »Mrs. Harris! Schnell, machen Sie auf!«

Es tat sich nichts. Matthew nahm Anlauf und warf sich mit der Schulter voran gegen die Tür. Noch einmal und noch einmal. Endlich, als er schon resignieren wollte, krachte es und er landete mit der Tür in der Wohnung.

Eilig rappelte er sich auf und begann, nach der vermissten Frau zu suchen.

Er fand sie auf dem Boden im Schlafzimmer, neben ihr lag eine schwere Nachttischlampe. Die alte Frau blutete am Kopf, ihr Gesicht war bleich und ihre Augen geschlossen.

Matthew hob sie hoch. Sie war bewusstlos, hing wie ein nasser Sack in seinen Armen. Ächzend trat er aus dem Appartement heraus und machte sich daran, die Treppe hinunter zu steigen.

Wenn er jetzt stolperte ... Ihm brach der Schweiß aus. Wegen des Sherrys war er nur der Tölpel Matthew Barker und nicht der starke und souveräne Rescueman. Hätte er nur nichts getrunken!

Das Treppengeländer knarrte drohend und die Stufen wankten unter seinen Füßen. Als er die erste Etage erreicht hatte, musste er Mrs. Harris ablegen und Atem schöpfen. Sie war zwar klein und zierlich, doch schien sich ihr Gewicht innerhalb der letzten paar Minuten verdreifacht zu haben.

Putz fiel von der Decke und rieselte auf Matthew und die besinnungslose Frau hinab.

»Es hilft nichts, Mrs. Harris«, murmelte er, wischte sich den Schweiß von der Stirn und hob die alte Dame wieder hoch. »Da müssen wir jetzt durch.«

Das Beben wurde immer stärker. Von der Straße hörte er Schreie. Der Drang, dieses Haus so schnell wie möglich zu verlassen, wurde übermächtig.

Doch allzu hastig durfte er sich nicht bewegen, sonst würden sie stolpern und ... Matthew wollte sich die Folgen lieber nicht ausmalen.

Er trat an den Treppenabsatz, machte den ersten vorsichtigen Schritt. Dann noch einen.

Mrs. Harris' Gewicht zog ihn nach unten, obendrein nahm sie ihm die Sicht auf seine Füße. Keuchend ging er weiter. Erneut begann der Boden zu beben.

Matthew kämpfte mit seinem Gleichgewicht, lehnte sich mit vor Angst rasendem Herzen an die Wand. Staub und Schweiß in seinen Augen ließen ihn immer wieder blinzeln.

Schließlich stieß er sich ab und wagte sich weiter.

Eine Stufe, noch eine, eine weitere. Es war nicht mehr weit, vielleicht drei oder vier Stufen, dann kamen eine Ecke und eine letzte Treppe.

Es war zu schaffen. Selbst für ihn.

Hoffnung machte sich in ihm breit, mobilisierte seine letzten Kräfte, da wurde das Gebäude erneut heftig erschüttert. Die Wucht der Vibration rammte ihn gegen die Wand und riss ihn fast von den Füßen. Er schwankte, drohte mitsamt der ohnmächtigen Frau die Treppe hinunterzustürzen. Als wäre das nicht genug, erlosch auch noch das Licht. Finsternis umhüllte sie. Doch zumindest konnte Matthew sich fangen, indem er zufällig gegen das Geländer stieß und sich daran zu Boden sinken ließ.

Mit geschlossenen Augen wartete er, bis das Beben abebbte, dann kämpfte er sich mühevoll wieder in die Senkrechte.

Mrs. Harris schien ihm aus den Armen rutschen zu wollen. Mit seinen verschwitzten Händen hielt er sich so gut es ging fest und versuchte gleichzeitig, sich im Dunkeln zu orientieren. Um ihn herum knackte und knirschte es bedrohlich. Seine Hoffnung sank. Das Haus konnte jeden Moment in sich zusammenfallen und für ihn und Mrs. Harris zu einem steinigen und hässlichen Grabmal werden.

Wie gern hätte er noch etwas Zeit mit Eve verbracht, sie in seinen Armen gehalten, ihrer Stimme gelauscht und ihren unwiderstehlichen Duft eingeatmet. Er biss sich auf die Unterlippe und drängte die Tränen zurück. Ach, Eve! Ob er ihr wohl fehlen würde, wenn er starb?

»Matthew!«, hörte er sie in diesem Moment vom Eingang hinaufrufen. »Matthew! Wo bist du? Hörst du mich?«

Er hob den Kopf und spürte, dass seine Lebensgeister mit neuer Energie zurückkamen und sich die Ärmel hochkrempelten. Neuer Mut durchströmte ihn wie ein wärmender Sonnenstrahl.

Es lohnte sich, noch einen Versuch zu wagen. Dort unten wartete eine wunderbare Frau, die sich um ihn sorgte. Eine Frau, die es wert war, nicht aufzugeben.

»Ja«, krächzte er, räusperte sich und versuchte es noch einmal. »Eve, ich höre dich! Ich bin gleich bei dir!«

So fest er konnte packte er Mrs. Harris und stieg, zwar mit schlotternden Knien, aber wild entschlossen, eine Stufe nach der anderen hinab.

Endlich hatte er den Absatz erreicht. Die Füße achtsam vorwärtsschiebend ging er weiter, bis er die letzte Treppe erreicht hatte. Acht weitere Stufen warteten auf ihn.

Sein Herz raste. Schweiß tropfte ihm von der Stirn in die Augen. Er keuchte. Der Schmerz in seinen Armen wurde übermächtig und ihm wurde klar, dass er Mrs. Harris nicht mehr lange würde halten können.

Er zwang sich, ruhig zu atmen und die Nerven zu behalten. *Weitergehen,* sagte er sich. *Verdräng den Schmerz und geh weiter. Gleich bist du unten.*

Eve wartete auf ihn.

Mehr noch; eine Zukunft voller Liebe, Vertrauen und Glück. Vielleicht sogar mit Kindern? Diese Gedanken trieben ihn vorwärts, Schritt für Schritt.

Eine weitere Erschütterung erwischte ihn unvorbereitet, sein Fuß rutschte von der Stufe. Er schrie auf.

Mrs. Harris entglitt ihm, ihre Beine sackten nach unten. Gerade noch konnte er ihren Oberkörper packen und damit verhindern, dass sie auf dem harten Marmorboden aufschlug. Er selbst aber landete unsanft auf dem Boden und verzog das Gesicht vor Schmerz.

Verdammt, er schaffte es nicht.

Das Beben beruhigte sich. Für ein paar Herzschläge saß er da, lauschte. Das Knacken wurde lauter. Er musste sich beeilen!

*Also gut,* sagte er sich. *Ein Versuch noch.*

Er holte tief Luft, schob seine Arme unter die ohnmächtige Frau, hievte sie hoch und sich selbst zurück auf die Füße. Eine Stufe, noch eine.

Schritte näherten sich, das Licht von Taschenlampen zuckte über die Wände und den Boden.

»Hier!«, rief er, doch es war nur ein erschöpftes Krächzen. Dann gaben seine Knie endgültig nach und die Stimmen, die er hörte, klangen, als kämen sie von weit her ...

Jemand streichelte seine Wange, strich über sein Haar. »Mein Held«, flüsterte eine weiche, liebliche Stimme. »Mein mutiger, tapferer Held.«

Matthew versuchte, die Augen zu öffnen, doch das Licht war zu grell, also kniff er sie rasch wieder zu.

»Matthew?«

Er nickte und verspürte sogleich ein brutales Hämmern hinter der Stirn.

»Wie fühlst du dich, Liebling?«

»Als hätte mich ein Bus drei Häuserblocks weit geschleift«, flüsterte er. »Meine Arme reichen vermutlich bis zum Boden.«

»Sie sehen ganz normal aus, mach dir keine Gedanken.«

Er lächelte. »Dann bin ich beruhigt.«

»Darling, du hast Mrs. Harris das Leben gerettet!«, berichtete Eve und Matthew konnte das Lächeln hören, mit dem sie es sagte.

»Die arme Frau erlitt einen Herzanfall, als das Beben begann und sie sich verletzte. Ohne deinen Mut wäre sie jetzt tot. Ich bin so stolz auf dich.«

Nun öffnete er doch blinzelnd die Augen. Sah Eves Lächeln, ihren liebevollen Blick, und um die Brust herum wurde ihm angenehm warm.

»Danke«, wisperte er.

Sie schmunzelte. »Stell dir vor, während du im Haus warst sagte der Hausmeister zu mir, außer dir wäre höchstens der berühmte Rescueman so mutig gewesen, in das Gebäude zu rennen und die alte Frau dort heraus zu holen.«

Matthew musste lächeln. »Tatsächlich?«

»Ja, stell dir vor! Du bist genauso tapfer wie ein Superheld.«

Matthew fielen wieder die Worte ein, die ihm durch den Kopf geschossen waren, als er Eves Stimme im Treppenhaus gehört hatte. Liebe, Glück - und Vertrauen. Nur auf dieser Basis konnte eine Beziehung doch auf Dauer funktionieren.

Er fasste einen Entschluss: Wenn Eve ihm weiterhin vertrauen sollte, musste er ihr von seinem anderen Ich erzählen.

»Du siehst so nachdenklich aus«, sagte sie sanft. »Ist alles in Ordnung?«

Er nickte. Obwohl er Angst vor ihrer Reaktion hatte, nahm er all seinen Mut zusammen, sah ihr tief und die Augen und räusperte sich.

»Eve, ich muss dir etwas sagen. Der Hausmeister hatte gar nicht so unrecht.«

Ihre Hand fuhr zärtlich durch sein Haar. »Wie meinst du das?«

»Ich *bin* Rescueman«, stieß er hervor. »Zumindest, wenn jemand in Not ist. Und hätte ich den Sherry nicht getrunken, wäre die Rettungsaktion weit weniger dramatisch und schmerzhaft verlaufen. Alkohol verhindert nämlich die Verwandlung.«

Eve lächelte noch immer, doch der Ausdruck in ihren Augen war auf einmal besorgt. Vorsichtig tastete sie seinen Schädel ab.

»Du musst dir den Kopf angeschlagen haben, Liebster. Aber bestimmt bist du bald wieder in Ordnung.«

Matthew sah sie beschwörend an. »Es stimmt, Eve, bitte glaub mir. Ich bin wirklich Rescueman.«

»Darling, ich sagte dir schon, dass du für mich ein Held bist«, sagte sie. Ihr Blick war nun leicht gereizt. »Du musst dir nicht so eine alberne Geschichte ausdenken, um mich zu beeindrucken. Das ist kindisch.«

»Es ist die Wahrheit«, beharrte er und wünschte so sehr, sie würde ihm glauben. Doch Eve stand auf und sah ihn an, mit einer Mischung aus Wut und

Enttäuschung. »Ich kann es nicht leiden, für dumm verkauft zu werden«, sagte sie scharf. »Und wenn du mich für so naiv hältst, dass ich dir diesen Unsinn abnehme, kennst du mich offenbar nicht so gut, wie ich gedacht habe. Und ich erkenne dich auch nicht wieder.« Sie griff nach ihrer Handtasche und schüttelte traurig den Kopf. »Leb wohl, Matthew.«

»Eve, warte, ich ...«

Die Tür fiel ins Schloss und Matthew starrte mit leeren Augen an die Zimmerdecke.

Bis er aus der Klinik entlassen wurde, meldete sie sich nicht mehr und kam ihn auch nicht mehr besuchen. Er hatte es vermasselt, hätte ihr sein Geheimnis nicht anvertrauen dürfen.

Wie konnte er auch annehmen, eine Frau wie Eve würde glauben, dass ein tollpatschiger Kerl wie er ein Superheld war?

Zurück in seiner Wohnung starrte ihn der noch immer unfertige Kleiderschrank an. Matthew zog sich ein altes T-Shirt und eine bequeme Hose an und machte sich an die Arbeit. So schwer konnte es doch nicht sein, diesen blöden Schrank zusammen zu zimmern!

Abgesehen davon wollte er unbedingt, dass der Bretterhaufen verschwand. Es war so, wie er Dr. Seagle gesagt hatte; der Haufen erinnerte ihn immer wieder daran, was für ein einsamer und hilfloser Kerl er war. Und das wollte er nicht mehr sein. Seit er Eve kannte erst recht nicht. Sie war der Mensch, den er sich an seiner Seite wünschte, denn sie mochte ihn so, wie er war. Eve wollte keinen Superhelden.

Ihn allerdings wollte sie nun auch nicht mehr.

Matthew seufzte betrübt.

Verbissen bemühte er sich, eine Schublade zusammenzubauen und grübelte darüber nach, wie er es anstellen sollte, dass Eve zu ihm zurückkam.

Eine knappe Stunde später klingelte es an seiner Wohnungstür.

Erleichtert legte Matthew den Schraubenzieher zur Seite, stand auf und betrachtete das Ergebnis seiner Arbeit. Noch immer war nicht zu erkennen, dass es ein Schrank werden sollte. Eine Pause kam ihm dennoch gelegen. Also ging er zur Tür und öffnete.

Ungläubig starrte er seine Besucherin an. »Du?«

»Darf ich hereinkommen?«, fragte Eve unsicher.

»Natürlich.« Er ließ sie eintreten und bemerkte, dass sie das Brettersammelsurium im Schlafzimmer betrachtete, das einmal ein Schrank werden sollte.

»Was machst du?«

»Ich stelle wieder einmal fest, dass ich kein Handwerker bin«, antwortete er lakonisch. »Möchtest du etwas trinken?«

Sie schüttelte den Kopf. »Ich bin hier, um mich bei dir zu entschuldigen. Onkel George hat gemerkt, dass etwas nicht in Ordnung ist, und als ich ihm sagte, warum ich so wütend auf dich war, hat er mir erzählt, dass du die Wahrheit gesagt hast. Er meinte, als er sich einmal mit dir unterhielt, konnte er die Verwandlung an dir beobachten. Dann wärst du verschwunden und wenig später wurde die Rettung des kleinen Mädchens bekannt.«

Sie machte eine Pause und sah ihm in die Augen. »Hast ... hast du sie gerettet?«

Matthew wich ihrem Blick nicht aus. Er nickte.

»Kannst du mir verzeihen?«, fragte sie verlegen.

»Ich denke schon«, sagte er. »Mir ist klar, dass es schwer zu glauben ist. Schließlich bin ich ganz anders als Rescueman.«

Sie trat auf ihn zu. »Aber ich habe mich in *dich* verliebt«, flüsterte sie und nahm seine Hand. »In den schüchternen, liebenswerten Mann, der mir auch mal versehentlich auf die Füße tritt. Ich brauche keinen Superhelden an meiner Seite.«

Er biss sich auf die Unterlippe. Wollte sie ihm damit sagen, dass es vorbei war? Nach ihren ersten Worten hatte er neue Hoffnung geschöpft.

»Wenn es so ist, dann geh bitte«, brachte er heiser hervor und zog seine Hand zurück. »Ich kann an der Tatsache, dass ich mich gelegentlich in Rescueman verwandle, nichts ändern. Wenn du damit nicht leben kannst, dann ...«

»Du missverstehst mich«, unterbrach sie ihn. »Es ist wunderbar, dass du Menschen helfen kannst. Das musst du unbedingt auch weiterhin tun. Aber mir ist Matthew Barker wichtiger als Rescueman. Ich liebe dich, so wie du bist, und möchte sehr gern weiterhin mit dir zusammen sein.«

Sein Herz schlug schneller. »Meinst du das ernst?«

Sie nickte lächelnd.

»Ich habe mir immer jemanden gewünscht, der mich um meiner selbst willen mag«, sagte er leise, nahm Eve in den Arm und gab ihr einen zärtlichen Kuss. »Wie es scheint, habe ich diesen Menschen endlich gefunden.«

»Das hast du. Vorausgesetzt, du kannst es verkraften, dass es auch an mir eine Seite gibt, von der nur wenige Menschen wissen.«

Argwöhnisch musterte er sie. »Und die wäre?«

Sie löste sich von ihm, zog ihre Jacke aus und schob sich die Ärmel ihres hellgrauen Kaschmirpullovers hoch. »Weißt du, mein Vater und ich haben früher ständig zusammen gehämmert, gesägt und geschraubt. Was Handwerksarbeiten angeht, bin ich ein absoluter Profi. Wenn du möchtest, helfe ich dir mit deinem Schrank.«

Er lachte erleichtert. »Das wäre fantastisch.«

Eve steuerte das Schlafzimmer an. »Übrigens soll ich dich von Onkel George grüßen. Er sagte, er hätte die Unterhaltungen mit dir immer sehr genossen, könne aber verstehen, wenn du nicht mehr vorbeikommen würdest. Was meinte er damit? Warst du bei ihm in Behandlung?«

»Sagen wir, ich habe ihn um Rat gefragt«, antwortete Matthew ausweichend. »Was hältst du von einem frischen Kaffee?«

»Sehr viel, danke.«

Er ging in die Küche und beschloss, Dr. Seagle noch einmal aufzusuchen, um sich bei ihm zu bedanken und ihm zu sagen, dass die Behandlung abgeschlossen war. Der Matthew Barker, der ihn vor kurzem verzweifelt aufgesucht hatte, existierte nicht mehr.

Er hörte Eve mit den Brettern hantieren und lächelte glücklich.

Von nun an brauchte er die Couch des Arztes nicht länger.

Nur dessen bezaubernde Nichte.

\*\*\*

# Mit Liebe zubereitet

*Die Literatur gibt der Seele Nahrung, sie
bessert und tröstet sie.*

**Voltaire**

# Traumprojekt mit Schattenseiten

Müde wankte Stella Adler ins Bad, zog das leichte Nachthemd über ihren Kopf und stellte sich wie jeden Morgen vor den Medi-Pod. Mit einem leichten Surren scannte das Gerät ihren Körper ab.

*»Elfter Juli 2084, acht Uhr einunddreißig. Alles in Ordnung«*, meldete Medi-Pod mit sanfter Stimme.

Nach Dusche und Frühstück war Stella gerade im Begriff, die Wohnung zu verlassen, als sich mit leisem ›Bing‹ ein Anrufer ankündigte.

Es war ihr Chef. Was hatte das zu bedeuten?

»Video«, sagte Stella beunruhigt und schon erschien auf der Wand vor ihr das Gesicht von Finn Winter.

»Guten Morgen, Stella. Darf ich reinkommen?«

»Natürlich.«

Finn Winters Hologramm bildete sich in ihrem Wohnzimmer und sah sich um. »Oh, ein neuer 3 D-Drucker? Mit Heißdruck für Mahlzeiten?«

»Ja. Wirklich praktisch.« Sie räusperte sich. »Was gibt es denn Dringendes?«

»Allerhand. Um zwölf ist ein Meeting anberaumt. Wir haben nämlich einen neuen Bauherrn an Land gezogen.«

»Wirklich? Wen?«

Seine Augen funkelten. »Silas Braun.«

Stella schnappte nach Luft. Braun war bekannt dafür, dass er sein beträchtliches Vermögen in innovative Bauwerke investierte.

»Das ist großartig! Um was geht es?«

»Er will drei miteinander verbundene Super-Hochhäuser bauen. Jeweils dreihundert Etagen mit Büros, Geschäften, Restaurants und Luxuswohnungen.« Winter verschränkte die Arme hinter dem Rücken, wippte auf und ab und zwinkerte Stelle zu. »Gut möglich, dass ich Ihnen das Projekt übertrage.«

Ihr Herz schlug schneller. Auf eine Chance wie diese wartete sie schon seit Jahren!

»Welche Lage?«, fragte sie und notierte die Infos per Gedankenübertragung auf einen virtuellen Notizzettel, der vor ihr schwebte.

»Am östlichen Stadtrand«, antwortete Finns Hologramm.

Stella sah, wie die Worte auf dem Zettel erschienen und stutzte. »In der Nähe des Parks?«

»Nein. *Im* Park, wenn Sie so wollen. Braun wird das Areal kaufen.«

»Aber ... der Park ist die Lunge der Stadt! Das Erholungsgebiet für die Menschen und eine wichtige Möglichkeit für die Kinder, Schlittschuh zu laufen, in einem See zu schwimmen oder Drachen steigen zu lassen. Wie kann er ...?«

Finn Winter winkte ab. »Wen interessiert das? Der Auftrag ist wichtig für uns.« Er stand auf. »Wenn Sie es nicht tun, finde ich einen anderen Architekten. Nach so einem Auftrag leckt sich jeder die Finger. Rasmus Bodenstein zum Beispiel.«

Stella spürte einen Knoten in ihrem Magen.

Bodenstein war ein skrupelloser Speichellecker, der nicht mit der Wimper zucken würde, wenn Silas Braun den Park mit leblosen Bauten zupflasterte.

»Die Menschen der Stadt brauchen den Park«, versuchte Stella es noch einmal. »Sie haben nirgendwo anders mehr die Gelegenheit, in der Natur zu sein,

Vögel, Insekten, Rehe und Hasen in freier Wildbahn zu beobachten und ...«

»Darüber werde ich jetzt nicht mit Ihnen diskutieren«, unterbrach ihr Chef sie. »Die Wünsche des Kunden gehen vor. Überlegen Sie sich einfach, ob Sie den Job wollen oder nicht. Und ich denke in der Zwischenzeit scharf darüber nach, ob Sie tatsächlich die Richtige für das Projekt sind. Wir sehen uns um zwölf.«

Finn Winters Hologramm löste sich auf und Stella war wieder allein.

Oma Nelly hatte sich bei Stella untergehakt, als sie das Museum betraten. Die alte Dame atmete tief ein und ihre Augen begannen zu leuchten. Zielsicher zog sie Stella in die Abteilung »1990 - 2020«.

»So ein Handy hatte ich auch, als ich klein war«, jubelte Oma Nelly. »Und da: CDs, Bücher und DVDs. Sowas kennt ihr ja heute gar nicht mehr.«

Ehrfürchtig nahm sie ein Buch in die Hand. »Harry Potter. Ich bin mit seinen Abenteuern aufgewachsen, weißt du? Es geht darin um einen jungen Zauberer, der ...«

»Oma, ich hab ein Problem«, unterbrach Stella sie.

Die alte Dame seufzte und legte das Buch beiseite. »Du hast keinen Sinn für Nostalgie, mein Kind. Aber gut. Worum geht es?«

Stella berichtete in knappen Worten, was sie am Morgen erfahren hatte.

»Silas Braun?«, hakte Nelly verwundert nach. »Ist er verwandt mit Magnus Braun?«

Stella zuckte mit den Schultern und holte ihren faltbaren Mob-Com hervor. Wenig später leuchtete vor ihnen ein Hologramm-Bildschirm, der die Verwandtschaft bestätigte. Bei Magnus Braun handelte es sich um den Großvater von Silas. Nach den Fotos zu urteilen war er ein attraktiver Mann gewesen - und ein bekannter Architekt!

»Ach ja, Magnus.« Nelly seufzte verträumt, dann sah sie Stella an. »Wir waren mal ein Paar«, verriet sie und ihre kleinen Augen funkelten vergnügt. »Rate mal, wo wir uns das erste Mal geküsst haben. Im Park.«

Stella schmunzelte. »Das ist ja ganz nett, aber ob mir das helfen wird?«

»Das vielleicht nicht«, räumte Nelly nachdenklich ein. »Aber mir fällt da etwas ein ...«

Um zwölf saß Stella nervös am Konferenztisch. Finn Winter erläuterte seinem Mitarbeiterstab das geplante Projekt und Stella saß wie auf Kohlen.

Oma Nellys Idee war vielversprechend und Stella hatte daraufhin versucht, Kontakt mit Silas Braun aufzunehmen. Leider vergeblich. Er war nicht zu erreichen gewesen.

Oma Nelly hatte versprochen, es noch einmal zu versuchen, während Stella in der Besprechung festsaß, doch ob es ihr gelingen würde, Braun ihren Vorschlag schmackhaft zu machen, war fraglich. Nelly war eine alte Dame und hatte von Architektur und Wirtschaft keine Ahnung. Wie sollte sie die richtigen Worte finden?

Stelle beugte sich vor und versuchte, sich auf die Worte ihres Chefs zu konzentrieren. Sie musste ihn überzeugen, dass sie die Richtige für das Projekt war.

Nur dann gab es noch eine winzige Chance, den Park zu retten und damit den Menschen der Stadt ein bisschen Natur und Zerstreuung zu bieten.

Winter drehte sich zu seinen Mitarbeitern um. »Vorschläge?«

»Oh ja!« Rasmus Bodenstein lehnte sich zurück.

»Mir schwebt da so einiges vor. Wenn wir mit flächendeckenden Glasfronten arbeiten, sollten wir das kürzlich entwickelte Material benutzen, das nicht nur extrem hart und sehr flexibel ist, sondern auch eine stimmungsaufhellende Wirkung hat. Daher schlage ich vor ...«

Stella lauschte seinen Ausführungen mit gerunzelter Stirn. Als er endlich schwieg und Winters Lob mit süffisanter Miene entgegennahm, meldete sich Stella zu Wort.

»Es gibt eine Möglichkeit, Teile des Parks für die Menschen zu erhalten, zum Beispiel mit der Kohlenstoff-Nanoröhrentechnik. Zudem könnte man das Projekt ein wenig verkleinern, um ...«

»Verkleinern kommt nicht in Frage, der Bauherr hat klare Vorstellungen«, unterbrach Winter sie und sah zu Rasmus Bodenstein. »Ich denke, ich habe den richtigen Mann für diesen Auftrag gefunden.«

»Nein!« Stella sprang auf. »Bitte, Chef, geben Sie mir eine Chance, ich verspreche, ich werde ...«

»Stella, setzen Sie sich! Meine Entscheidung ist gefallen.«

In diesem Moment öffnete sich die Tür und ein attraktiver Mann betrat mit ernster Miene den Raum. Stella starrte ihn verblüfft an. Das musste Silas Braun sein. Die Ähnlichkeit mit seinem Großvater war frappierend.

»Herr Braun!«, rief Winter perplex. »Was ...?«

»Entschuldigen Sie die Störung, Winter, es gibt eine kleine Planänderung. Kommen Sie ruhig näher, gnädige Frau.«

Mit den letzten Worten hatte sich Silas Braun zur Tür umgedreht, wo jetzt Oma Nelly erschien. Sie sah sich nervös um und fühlte sich sichtlich unbehaglich, bis sie Stella entdeckte. Sie zwinkerte ihr zu und streckte einen Daumen nach oben.

Stella lächelte erleichtert und sah dann gespannt zu Silas Braun. Der nickte Oma Nelly zu. »Wären Sie wohl so freundlich?«

»Was? Oh, richtig. Hier.« Sie reichte dem jungen Mann ein zerknittertes und vergilbtes Papier.

Braun breitete es aus und befestigte es mit Magneten an der Wand. Darauf war ein sonnendurchflutetes Gebäude zu sehen, das einen Teil des riesigen Parks überspannte, ohne ihn zu erdrücken. Silas wies auf den Plan und sah zu Winter.

»Wir werden familiengerecht bauen. Keine Luxus-Appartements und Büros, sondern günstige Wohnungen mit Komfort, direkt am Park. Den Grundriss hat mein Großvater entworfen und ihn ... jemandem geschenkt.« Er zwinkerte Oma Nelly zu.

Stella stand auf, ging auf Silas Braun zu und ignorierte dabei Finn Winters verstimmte Miene.

»Zu der Zeit, als dieser Plan gefertigt wurde«, erklärte sie, »war die Bauweise utopisch, doch dank der Kohlenstoff-Nanoröhrentechnik ist die Ausführung heute kein Problem mehr.«

Silas Braun musterte sie wohlwollend. »Ich sehe, wir verstehen uns.« Er reichte ihr seine Hand. »Silas Braun.«

»Stella Adler. Ist mir ein Vergnügen.«

»Aber Herr Braun, ich dachte ... Was ist denn mit Ihren Plänen? Sie wollten doch ...«, stotterte Winter.

Silas winkte ab. »Pläne sind dazu da, um geändert zu werden«, meinte er gelassen. »Wie wichtig der Park für die Bewohner dieser Stadt ist, hat schon mein Großvater erkannt. Ich habe das bedauerlicherweise aus den Augen verloren. Zum Glück wurde ich rechtzeitig daran erinnert.« Er lächelte Oma Nelly zu.

Winter räusperte sich. »Nun gut, wie Sie wünschen. Ich habe da einen erstklassigen Mitarbeiter, der Ihre Vorstellungen garantiert so umsetzen wird, wie es Ihnen recht ist.« Er nickte Rasmus Bodenstein zu, der sich rasch erhob, sein Jackett zuknöpfte und ein gewinnendes Lächeln aufsetzte.

Stella unterdrückte ein Fluchen und sah hoffnungslos zu Silas Braun hinüber.

Alle warteten darauf, dass er etwas sagte, doch er schaute nachdenklich in die Runde. Sein Blick verharrte für einen kurzen Moment auf Stella und wanderte dann weiter.

Schließlich fixierte er Finn Winter. »Nein. Ich möchte, dass Stella Adler das Projekt leitet.«

Stella hielt die Luft an. Hatte er das wirklich gesagt? Sie sah ihn an und als sie sein Lächeln bemerkte, machte ihr Herz einen freudigen kleinen Hüpfer.

Nach der Besprechung bat sie Silas Braun in ihr Büro, um die Einzelheiten zu erörtern. Er stellte sich ans Fenster und sah hinaus. »Man kann ja den Park von hier aus sehen«, rief er erfreut aus.

Sie musste über seine Begeisterung schmunzeln und trat zu ihm. »Ja, ich weiß. Und ich liebe es, von hier aus die Kinder beim Herumtollen und die älteren

Menschen beim Spazierengehen zu beobachten. Es ist so beruhigend und inspirierend.«

»Ich verstehe, was Sie meinen.« Er drehte sich zu ihr um. »Ihre Großmutter ist eine patente Frau. Wissen Sie, was sie gemacht hat? Sie hat sich bei meiner Sekretärin als *meine* Großmutter ausgegeben, damit ich aus meinem Meeting heraus komme.« Er lachte leise. »Ich wollte schon wütend werden und sie aus dem Gebäude werfen lassen, da zeigte sie mir den Plan meines Großvaters. Das hat mich natürlich neugierig gemacht.«

Stella verkniff sich ein Lachen. »Typisch Oma Nelly«, sagte sie nur.

Silas grinste. »Ich habe Hunger und das Restaurant am Rande des Parks sieht nett aus. Begleiten Sie mich? Dann können wir während des Essens über die Verwirklichung unseres Projekts sprechen.«

*Unseres Projekts.* Stella fühlte eine wohlige Wärme in ihrem Inneren. Mit seiner Hilfe würde sie die Lebensqualität vieler Menschen der Stadt verbessern können.

Sie lächelte Silas zu. »Einverstanden. Lassen Sie uns gehen.«

»Heute Abend möchte ich Sie ebenfalls ausführen. Sie und Oma Nelly«, beschloss Silas Braun, während er Stella die Tür aufhielt. »Schließlich haben wir etwas zu feiern. Ohne Ihre Großmutter und Ihr Engagement hätte ich womöglich einen schlimmen Fehler gemacht.«

»Dann gehen wir am besten in das Retro-Restaurant«, schlug Stella vor. »Dort gibt es noch Gasherde, Holzöfen und richtige Speisekarten zum Umblättern. Außerdem wird man von echten Kellnern bedient, nicht von Computerbildschirmen.«

Als Silas sie fragend anblickte, fügte sie erklärend hinzu: »Oma Nelly liebt es nostalgisch. Sie ist eine unverbesserliche Romantikerin.«

Er musterte sie neugierig, ein kaum wahrnehmbares Lächeln in den Mundwinkeln. »Und was sind Sie? Eine Realistin durch und durch? Das kann ich mir nicht vorstellen, wenn ich daran denke, wie hartnäckig Sie um den Erhalt des Parks gekämpft haben.«

Sie waren vor dem Lift angekommen. Stella bemerkte den warmen Glanz in Silas' Augen und holte tief Luft. »Um ehrlich zu sein, das Retro-Restaurant ist auch mein Lieblingslokal.«

Er lächelte. »Dann hast du also doch etwas Sinn für Romantik. Das gefällt mir.«

Die Lifttür öffnete sich. Silas nahm Stellas Hand, worauf ihr Herz wie verrückt zu pochen begann. Er zog sie in die Kabine und als die Tür zuglitt und er ihr tief in die Augen sah, hörte sie erst ein leises Surren und gleich darauf eine sanfte Stimme.

»*Elfter Juli 2084, dreizehn Uhr zwölf. Erhöhte Herz- und Pulsfrequenz bei beiden Probanden, hervorgerufen durch starke persönliche Emotionen.*«

Peinliche Stille.

»Ich wusste gar nicht, dass es hier einen Medi-Pod gibt«, murmelte Silas verlegen.

Sie räusperte sich. »Ich schon. Es war mir aber irgendwie entfallen.«

»Ich denke, wir sollten unbedingt etwas wegen unserer erhöhten Werte unternehmen.«

Sie schluckte. »Und ... und was?«

»Mir fällt da nur eins ein«, antwortete er und zog sie an sich.

»Also, meine Werte gehen dadurch noch mehr in die Höhe, fürchte ich«, flüsterte Stella.

Er zuckte die Achseln und grinste. »Meine auch. Ist das nicht wunderbar?«

\*\*\*

# Pute, Punsch & Polizei

Es klingelte, laut und ungestüm. Chiara, die gerade die dritte Adventskerze angezündet hatte, hielt mitten in der Bewegung inne und lächelte. Es gab nur eine Person, die sich so ankündigte.

Sie eilte zur Tür und riss sie auf.

»Ungeduldig wie immer!«, rief sie grinsend und breitete die Arme aus. »Wie schön, dass du da bist.«

Ihre beste Freundin Rebekka ließ sich bereitwillig umarmen. »Hallo, meine Süße. Lässt du mich rein? Mir ist schrecklich kalt.«

Chiara löste sich von der Freundin und trat zur Seite. »Na, dann mal hinein in die gute Stube. Es ist so toll, dass du endlich mal wieder in der Stadt bist. Wir haben uns ja ewig nicht gesehen.«

»Ich weiß. Noch nicht einmal deine neue Wohnung kenne ich.«

Neugierig sah Rebekka sich um, während sie im schmalen Flur ihre Jacke auszog und die Wollmütze vom Kopf nahm. »Hübsch hast du es.«

»Ich fühle mich auch sehr wohl hier.« Chiara zeigte Richtung Wohnzimmer. »Komm, ich habe Tee gemacht. Dazu gibt es selbstgebackene Plätzchen von meiner Nachbarin.«

Rebekka ließ sich auf das weiche Sofa sinken und blickte sich anerkennend um. »Wirklich gemütlich, dein Wohnzimmer. Und mit deinen Nachbarn scheinst du dich auch gut zu verstehen.« Sie nahm ein Plätzchen und biss hinein. »Hmm, lecker!«

»Ja, Frau Hinrichsen von nebenan ist so eine richtige Bilderbuchoma. Immer lieb und hilfsbereit. Für Marylou im ersten Stock macht sie sogar regelmäßig den Babysitter.«

»Marylou? Was für ein ungewöhnlicher Name. Amerikanerin?« Rebekka schob sich genüsslich den Rest des Plätzchens in den Mund.

»Nein, sie kommt von hier und heißt eigentlich Marie-Louise. Aber sie steht total auf die USA, Hollywood und auf Marilyn Monroe. Ihre Wohnung ist ein fluffiger rosa Traum aus den fünfziger Jahren. Und ihre beiden Töchter heißen Norma und Jean.«

»Weil die Monroe eigentlich Norma Jean Baker hieß? Das ist nicht dein Ernst!«

»Wenn ich es dir sage. Marylou hat sogar eine ähnliche Frisur wie ihr Idol.«

Chiara goss den köstlich nach Zimt duftenden, dampfenden Tee in die Tassen. »Aber sie ist nett, ich mag sie gern.«

»Hast du auch einen sympathischen männlichen Nachbarn?«, wollte Rebekka wissen und zwinkerte der Freundin zu, während sie sich ein weiteres Plätzchen nahm.

»Oh ja! Albert Schmitt«, antwortete Chiara. »Er wohnt direkt über mir, gegenüber von Marylou.«

»Albert Schmitt«, wiederholte Rebekka und verzog das Gesicht. »Klingt, als wäre er General bei der Bundeswehr.«

Chiara lachte. »Im Gegenteil. Er ist ein Feingeist, ein richtiger Genießer. Außerdem kocht er unheimlich gut und liebt Musicals - genau wie ich.«

»Na, dann passt er doch hervorragend zu dir.«

Chiara schüttelte den Kopf. »Nicht wirklich. Er ist dreißig Jahre älter als ich und außerdem vermute ich, dass er eher auf Männer steht.«

»Oh. Ein Jammer.«

»Ach, es geht. Wir hatten schon mehrere vergnügliche Abende zusammen. Wir kochen, essen gemeinsam und lauschen den Klängen von Cats, Phantom der Oper oder Sunset Boulevard. Er ist ein kluger Kopf und hat einen wunderbaren Humor.«

»Du scheinst dich hier ja wirklich wohl zu fühlen«, stellte Rebekka fest.

»Ja, das tue ich. Was meinst du, gehen wir nachher zum Weihnachtsmarkt? Bestimmt treffen wir dort ein paar Leute von früher.«

»Sobald ich mich aufgewärmt habe, kann es losgehen«, stimmte Rebekka zu.

Der Geruch von Glühwein, Tannenzweigen und Bratwurst wehte über den Weihnachtsmarkt.

George Michael sang »Last Christmas« und wo man hinsah, erblickte man Lichterketten und Weihnachtsmützen. In den behandschuhten Händen hielten Rebekka und Chiara je einen dampfenden Becher mit Punsch.

»Oh, meine Jacke vibriert«, sagte Rebekka grinsend und stellte ihren Becher auf dem Tresen ab. Dann zog sie ihr Handy hervor und wenig später begannen ihre Augen zu leuchten. »Eine Nachricht von Mirko. Er vermisst mich.«

»Immer noch schwer verliebt?« Chiara zwinkerte ihrer Freundin zu.

»Wieso auch nicht? Er ist ein absoluter Traumtyp. Entschuldige, ich werde ihm eben antworten, ok?«

»Na klar.«

Während Rebekka die Tastatur ihres Smartphones bearbeitete, nippte Chiara an ihrem Punsch und sah sich um. Bisher hatten sie nur wenige Bekannte getroffen. Vielleicht waren sie einfach zu früh dran.

Jemand stieß im Vorbeigehen unverhofft und ziemlich heftig gegen ihre Schulter, so dass Chiara stolperte und die Kontrolle über ihren Becher verlor.

Der Punsch ergoss sich auf die Jacke eines jungen Mannes mit blonden Haaren, der in ihrer Nähe stand.

»He!«, rief er konsterniert und sah an sich herunter. Die heiße rote Flüssigkeit tropfte von seiner Jacke auf den Boden.

»Oh nein! Bitte entschuldigen Sie!« Chiara sah ihn erschrocken an. »Jemand hat mich angerempelt. Es tut mir schrecklich leid.«

Sie entdeckte einen Stapel Servietten auf dem Tresen der Glühweinbude, ergriff einige davon und wischte vorsichtig den Punsch von dem Stoff.

»Schon gut«, beruhigte sie der Blonde mit einem schiefen Grinsen. »Ist ja nichts passiert.«

»Ich bezahle selbstverständlich die Reinigung.«

»Lassen Sie nur, das ist nicht nötig. Es ist ja kaum etwas zu sehen. Gut, dass die Jacke nicht weiß ist.«

Er hatte Recht, der schwarzen Gore-Tex-Jacke war nichts von dem Malheur anzusehen. »Na gut«, gab Chiara nach. »Aber dann gebe ich Ihnen zumindest einen Punsch aus.«

Er schmunzelte. »Einverstanden. Wenn Sie sich dann besser fühlen.«

»Was machst du da eigentlich, Chiara?«, wollte Rebekka wissen und musterte den Blonden neugierig, während sie ihr Telefon wieder in der Jacke verstaute.

168

»Ich hole frischen Punsch. Möchtest du auch noch einen?«

Rebekka nickte. »Logisch.«

Wenig später überreichte Chiara ihrer Freundin und dem jungen Mann jeweils einen Becher. »Ich heiße übrigens Chiara«, sagte sie, »und das ist Rebekka.«

»Dennis.« Er hielt seinen Becher hoch und sie prosteten sich zu, während Bing Crosbys Stimme aus den Boxen drang und die weiße Weihnacht besang.

»Dennis, kommst du? Wir wollen weiter.«

Eine hübsche Rothaarige mit Weihnachtsmütze und einem riesigen cremeweißen Schal hatte sich aus einer Gruppe gelöst, hakte sich bei Dennis ein und sah lächelnd zu ihm hoch.

»Ja, sicher.« Er nickte Chiara und Rebekka zu. »War mir ein Vergnügen. Und danke für den Punsch.«

»Gerne.«

Chiara bemerkte den forschenden Blick, mit dem die Rothaarige sie musterte und schaute dann den beiden nach, die mit ungefähr sechs weiteren Leuten Richtung Innenstadt strömten.

»Der war ja süß«, schwärmte Rebekka.

»Hm.«

»Hat er dir seine Telefonnummer gegeben?«

»Nein.«

»So ein Pech.« Rebekka schnalzte bedauernd mit der Zunge.

Chiara seufzte. »Ja.«


Rebekka würde die Nacht auf Chiaras Sofa verbringen und erst am nächsten Morgen zu ihren Eltern fahren. So konnten die beiden Frauen noch etwas Zeit miteinander genießen.

Rebekka erzählte von ihrem Studium in Hamburg und schwärmte von ihrem Freund, der an diesem Wochenende mit ein paar Bekannten nach Berlin gefahren war.

Chiara berichtete von ihrem Job als Filialleiterin einer Buchhandlung und nach zwei Gläsern Wein von dem spannenden Liebesleben ihrer Nachbarin Marylou. Die lebte allein mit ihren zwei kleinen Töchtern. Der Vater war nämlich anderweitig verheiratet und ziemlich vermögend.

Er unterstützte Marylou großzügig. Ihm gehörte dieses Haus und er stellte seiner Geliebten und den gemeinsamen Kindern die geräumige Vier-Zimmer-Wohnung kostenfrei zur Verfügung.

»Er kommt immer mal wieder vorbei und besucht die drei. Ganz diskret natürlich, damit seine Frau nichts erfährt. Marylou ist nicht glücklich darüber, aber ihren Töchtern zuliebe spielt sie mit. Die zwei hängen sehr an ihrem Vater und ich weiß, im Grunde ihres Herzens hofft Marylou auf ein Happy End a la Hollywood.«

Rebekka hob ihr Weinglas an den Mund und horchte plötzlich auf. »Hat es gerade geklopft?«

Sie spitzten die Ohren. Tatsächlich, jemand pochte dezent an die Wohnungstür.

Chiara stand auf und ging nachsehen. Wenig später kehrte sie zurück - mit der platinblonden Marylou im Schlepptau, die ein Babyphone in der Hand hielt.

»Oh, du hast Besuch«, sagte ihre Nachbarin, als ihr Blick auf Rebekka fiel. »Ich wollte nicht stören, Chiara, ich kann auch wieder gehen.«

»Unsinn, du störst nicht. Rebekka, dies ist Marylou, meine Nachbarin. Und das ist meine beste und älteste Freundin Rebekka.«

Rebekka lächelte freundlich. »Hallo.«

»Hi.«

Chiara bemerkte, dass ihre Nachbarin etwas verstört aussah und wies auf einen der beiden freien Sessel.

»Setz dich, ich hole dir ein Glas.«

Wenig später nahm Marylou dankend den Weißwein entgegen und trank einen großen Schluck.

»Also, was ist los?«, fragte Chiara im Hinsetzen und fügte, nach einem Seitenblick Marylous auf ihre Freundin hinzu: »Du brauchst dir keine Sorgen zu machen, Rebekka ist absolut diskret, ich vertraue ihr vollkommen.«

Marylou zögerte noch einen Moment, dann sprudelte die Neuigkeit aus ihr heraus.

»Jürgen hat gerade angerufen. Ich stehe noch total unter Schock. Eine Freundin seiner Frau hat ihn gesehen, als er mit Norma und Jean im Kino war.«

»Ach du dickes Ei!«, entfuhr es Chiara.

»Du sagst es. Jedenfalls hat Jürgens Frau das zum Anlass genommen, seine Bankunterlagen durchzusehen und natürlich sind ihr die monatlichen Überweisungen an mich aufgefallen. Bisher war ihr alles Finanzielle wurscht, sagt er, deshalb hat er sich nie Gedanken gemacht, dass sie ihm auf die Schliche kommen könnte. Doch heute hat sie ihn mit den Ergebnissen ihrer Detektivarbeit konfrontiert und ihn kurzerhand aus dem Haus gejagt.«

Sie verstummte und trank noch einen Schluck.

»Irgendwann musste sein doppeltes Spiel ja auffliegen«, murmelte Chiara. »Und was nun?«

Marylou zog eine Schnute. »Derzeit ist er in einem Hotel. Aber eine seiner Penthouse-Wohnungen ist gerade nicht vermietet. Nun plant er, dass wir alle zusammen dort wohnen, ab Januar schon.«

»Ist das nicht das, was du immer wolltest?«, fragte Chiara, denn wirklich glücklich schien ihre Nachbarin nicht zu sein von der unverhofften Wendung der Dinge.

»Ja. Doch. Es ... es ist gut. Eine gute Entscheidung.« Sie lächelte, doch es wirkte bemüht. »Die Mädchen werden sich freuen.«

»Ganz bestimmt«, sagte Chiara, dann hob sie ihr Glas. »Ich werde euch vermissen, wünsche euch aber alles Gute. Trinken wir auf eine tolle Zukunft für dich, Jürgen und deine Mädchen.«

Sie stießen an.

Am nächsten Tag brachte Chiara ihre Freundin zum Bus. Sie wünschten sich frohe Weihnachtsfeiertage, einen guten Rutsch ins Neue Jahr und vereinbarten, dass sie sich spätestens Ende Januar wieder treffen wollten.

»Dann kommst du zu mir nach Hamburg«, verlangte Rebekka und umarmte Chiara, die wenig später winkend dem Bus hinterher sah.

Als sie zurückkam, stand Albert Schmitt im Hausflur bei den Briefkästen.

»Nur Werbung und Rechnungen«, sagte er kopfschüttelns. »Man hat heutzutage gar keine Lust mehr, nach der Post zu schauen.«

Chiara lachte. »Geht mir genauso. Hallo, Albert.«

»Hi. Wie geht es dir, Kleines?«

»Sehr gut, danke. Ich hatte einen schönen Abend mit meiner besten Freundin. Und wie geht's dir?«

»Prächtig. Hör zu, am ersten Weihnachtstag lade ich dich und die anderen ...«, er machte eine umfassende Geste, die sämtliche Hausbewohner einschloss, » ... zu mir zum Essen ein. So richtig schön weihnachtliche Hausmannskost mit passender Musik. Wie klingt das?«

»Großartig.« Chiara nickte erfreut und holte nun ihre Post hervor. »Ich komme gern, danke. Heiligabend bin ich natürlich bei meinen Eltern, aber am ersten Feiertag hatte ich bisher nichts vor. Das wird bestimmt schön.«

»Ja, das denke ich auch.« Albert ging auf die Wohnungstür von Elisabeth Hinrichsen zu und drückte auf den Klingelknopf.

»Dann fragen wir die liebe Oma Elsbeth gleich mal, ob sie unsere Runde ebenfalls mit ihrer Gegenwart beehrt.«

»Damit rechne lieber nicht.«

»Wieso?«

»Weil sie doch schon seit September erzählt, dass sie die Weihnachtstage bei ihrem Sohn und seiner Familie in Frankfurt verbringen will.«

Albert schlug sich vor die Stirn. »Stimmt. Das hab ich ganz vergessen.«

Die Tür öffnete sich und Frau Hinrichsens liebes, faltiges Gesicht erschien im Türspalt.

»Oh, guten Morgen, Albert. Und Chiara. Was habt ihr auf dem Herzen?«

»Gar nichts«, antwortete Albert. »Ich wollte dich nur zum Weihnachtsessen zu mir einladen, doch Chiara erinnerte mich daran, dass du verreist. Entschuldige die Störung.«

»Schon gut. Ich wäre gern gekommen. Na, dann kann ich ja weiter packen.« Sie lächelte freundlich und schloss die Tür.

»So kurzangebunden ist sie doch sonst nicht«, wunderte sich Chiara.

»Sie wird ihre Gründe haben«, meinte Albert achsel-
zuckend und wandte sich zur Treppe.

»Wenn wir uns nicht mehr sehen, wünsche ich dir
viel Vergnügen beim Familienfest, Kleines.«

»Danke gleichfalls. Bist du Heiligabend bei deiner
Mutter?«

»Nein, sie kommt zu mir, mit ihrer besten Freundin.
Ein grauenhaftes Weib!« Albert rollte seufzend mit
den Augen. »So eine Matrone, die ständig nur am
Meckern ist. Wünsch mir, dass ich den Abend heil
überstehe.«

Chiara ging lachend zu ihrer Wohnungstür. »Du
schaffst das schon. Und am ersten Feiertag kannst
du mir erzählen, wie es war.«

»Genau, dann heule ich mich bei dir aus.« Er warf
ihr eine Kusshand zu. »Ciao, Bella!«

Der Heiligabend im Kreise ihrer Familie verlief hektisch, fröhlich und laut. Als Chiara gegen Mitternacht zurück in ihre Wohnung kam, atmete sie tief
durch und genoss die Ruhe, die sie empfing.

Sie liebte ihre Familie sehr, doch ihre Geschwister
und deren Kinder verbreiteten derartig viel Trubel,
dass Chiara die Stille in ihren vier Wänden als
äußerst angenehm empfand.

Sie stellte die große Tasche mit ihren Weihnachts-
geschenken auf den Küchentresen, zog gähnend ihre
Schuhe und die Jacke aus und beschloss, ohne Um-
schweife schlafen zu gehen.

Als sie im Bett lag und das Licht gelöscht hatte, war
nebenan das Rauschen der Toilettenspülung zu hören. Im ersten Moment achtete Chiara gar nicht
weiter darauf, sie war daran gewöhnt.

Doch dann blieb ihr mit einem Mal das Herz stehen. Oma Elsbeth war zu ihrem Sohn nach Frankfurt gefahren. Wie konnte dann in ihrem Badezimmer die Spülung laufen?

Waren womöglich Einbrecher in der Wohnung? Auch Ganoven mussten schließlich mal auf die Toilette. Das Rauschen verklang und Chiara spitzte die Ohren, lauschte angestrengt auf weitere Geräusche, aber nebenan blieb es ruhig. Vielleicht hatte sie sich doch geirrt und das Geräusch war aus Alberts Wohnung gekommen.

Ja, so musste es sein. Beruhigt rollte sie sich auf die Seite und schloss die Augen.

Am nächsten Morgen fiel ihr siedend heiß ein, dass sie gar kein Mitbringsel für Albert besorgt hatte. Am ersten Weihnachtstag hatten die Geschäfte natürlich geschlossen, doch die Tankstelle an der Straßenecke war möglicherweise geöffnet.

Sicher gab es dort einen schönen Cognac, über den sich ihr Nachbar freuen würde.

Und eine Schachtel Pralinen. Albert liebte Pralinen.

Chiara sprang unter die Dusche, sang unter dem heißen Wasserstrahl ein Lied aus ›Starlight Express‹ und freute sich auf den kommenden Abend. Bestimmt würde es lustig werden mit Albert, Marylou und den beiden Mädchen. Vielleicht kam ja sogar Jürgen, jetzt, wo sich die Situation der beiden geändert hatte.

Sie war dem Vater von Norma und Jean nur wenige Male begegnet. Er war ein gut aussehender Mann, groß, schlank, charismatisch. Sie konnte verstehen, dass es Marylou immer schwergefallen war, sich endgültig von ihm zu lösen.

Chiara schlüpfte in Jeans und Pullover, zog Jacke und Stiefel an und verließ ihre Wohnung. Als sie ihre Tür abschloss, ertönte aus der Nachbarwohnung ein Geräusch. Es klang, als wäre ein Teller heruntergefallen und zerbrochen.

Chiara hielt mitten in der Bewegung inne. Ihr Herz begann zu rasen. Erst die Toilettenspülung und jetzt das. Irgendjemand hielt sich offenbar in der Wohnung von Elisabeth Hinrichsen auf. Aber wer?

Vorsichtig schlich Chiara zur Tür der Nachbarwohnung und legte ein Ohr dagegen. Ein Schaben und Klirren glaubte sie zu hören, als fege jemand die Scherben auf.

Sie klopfte leise an. »Oma Elsbeth?«

Das Geräusch verstummte. Nichts rührte sich.

Chiara runzelte die Stirn. Das alles war äußerst seltsam.

Sie wandte sich zur Treppe, lief nach oben und klingelte bei Albert Schmitt. Als er öffnete, bemerkte Chiara ein großes Messer in seiner Hand. Dazu trug er eine karierte Schürze.

»Hallo, Kleines, du bist etwas früh dran«, sagte er grinsend. »Ich bin noch bei den Vorbereitungen.«

»Lässt du mich kurz rein?«

Er trat zur Seite und schloss hinter ihr die Tür. »Was ist denn los? Du siehst aus, als wärst du dem Weihnachtsmann begegnet.«

»Schön wär's«, seufzte sie und berichtete mit wenigen Worten, was sie gehört hatte.

»Oma Elsbeth kann es nicht sein«, sagte er nachdenklich, als sie geendet hatte. »Ich habe gesehen, dass sie mit einem Koffer in ein Taxi gestiegen ist. Das war vorgestern Nachmittag.«

»Aber wer ist es dann?«

»Das finden wir schon heraus.«

Er legte das Messer auf die Arbeitsfläche in der Küche und zog sich die Schürze aus. »Hast du einen Schlüssel für Ihre Wohnung?«

»Nein. Wieso? Willst du etwa einfach hinein gehen? Was, wenn die Einbrecher bewaffnet sind?«

Er überlegte und nahm mit ernster Miene das Messer wieder zur Hand. »Das sind wir auch.«

»Albert, lass es. Du bist nicht John McClane.«

Er sah sie irritiert an. »Wer ist das?«

»Die Rolle von Bruce Willis in ›Stirb langsam‹. Kennst du den Film nicht?«

Albert schüttelte den Kopf. »Ich mag keine Actionreißer, wie du weißt.«

Chiara musste trotz der ernsten Situation schmunzeln. Dann fiel ihr etwas ein. »Marylou hat einen Schlüssel, glaube ich.«

»Gut.«

Sie traten in den Hausflur und klingelten bei ihrer Nachbarin, doch niemand öffnete.

»So ein Mist«, murmelte Chiara. »Wo könnte sie sein?«

Ihr Nachbar hob ratlos die Schultern. »Gesagt hat sie nichts.«

Sie tauschten einen kurzen Blick, dann eilten sie die Treppe hinunter. Dort drückte Albert energisch auf die Klingel über dem Namensschild mit der Aufschrift ›*E. Hinrichsen*‹.

Nichts regte sich. Auf der anderen Seite der Tür herrschte völlige Stille.

»Bist du ganz sicher, dass die Geräusche, die du gehört hast, aus Oma Elsbeths Wohnung kamen?«

Chiara zögerte. »Ja, eigentlich schon.«

Er begann, laut zu klopfen. »Hallo! Ist da jemand? Öffnen Sie die Tür!«

Nichts geschah.

»Und was machen wir jetzt?«, wisperte Chiara.

»Wir könnten die Polizei rufen.«

Sie überlegte, dann schüttelte sie den Kopf. »Nein, lieber nicht. Womöglich habe ich mich doch geirrt.«

»Also gut, warten wir noch«, stimmte Albert nach kurzer Überlegung zu. »Ich kenne ja deine überbordende Phantasie. Vielleicht hat sie dir einen Streich gespielt. Aber wenn dir noch etwas auffallen sollte, dann melden wir es der Polizei. Ok?«

Sie nickte. »Einverstanden.«

Albert wandte sich zur Treppe. »Wir sehen uns um sieben. Übrigens kommt unser Hausbesitzer auch«, fügte er mit einem Zwinkern hinzu. »Sieht so aus, als ob Marylou dieses Weihnachten endlich ihr gewünschtes Happy End bekommt.«

Er irrte sich. Marylou, Norma und Jean kamen ohne Jürgen, und Chiara, die die drei hereinließ, sah sofort, dass ihre Nachbarin alles andere als fröhlich wirkte.

Rasch überreichte Chiara die kleinen Geschenke, die sie für die Mädchen besorgt hatte - Malbücher mit neuen Buntstiften - und dirigierte Marylou zu Albert in die Küche, der vor dem offenen Ofen stand und den Weihnachtsbraten begutachtete.

Chiara schnupperte und ihre Magennerven vibrierten. In der gesamten Wohnung duftete es verlockend nach Rotkohl und Pute, doch hier in der Küche war der Geruch ganz besonders intensiv. So langsam bekam sie Hunger.

»Was ist los?«, wollte Albert wissen, nachdem er Marylous Gesichtsausdruck bemerkt hatte. Er schlug die Tür des Backofens zu. »Stimmt etwas nicht?«

Marylou hob in einer hilflosen Geste die Arme.

»Wir haben vorhin mit Jürgen seine Penthouse-Wohnung besichtigt und als wir wieder bei mir waren, hab ich ihm gesagt, dass ich mir nicht sicher bin, ob ich dort wohnen möchte. Wisst ihr, ich liebe mein Zuhause. Die Mädchen und ich, wir fühlen uns wohl hier. Also schlug ich vor, dass er zu mir zieht. Daraufhin sagte er wortwörtlich, er würde ganz gewiss nicht in mein bonbonfarbenes Marilyn-Mausoleum ziehen, wo ihn von allen Seiten eine verstorbene Sexbombe anglotzt.«

»Wie sensibel«, entfuhr es Chiara.

Marylous Kinn zitterte. »Nicht wahr? Bisher hat er nie gesagt, dass er meine Einrichtung nicht leiden kann. Jedenfalls hab ich nur noch gesagt, dass ich ihn heute nicht mehr sehen will, hab mir die Kinder geschnappt und bin hinausgestürmt. Tja, und nun sind wir hier.«

»Und ich freue mich, dass ihr da seid«, bemerkte Albert, »aber tut mir einen Gefallen und verschwindet jetzt aus der Küche, es beginnt gerade die kitzlige Phase.« Damit wies er auf die Töpfe, die auf dem Herd dampften, und zum Backofen.

Bei dem Blick auf die dort schmorende Pute seufzte er. »Ich wünschte, ich hätte ein Bratenthermometer.«

»Ich habe eins«, fiel Chiara ein. »Mein Bruder hat mir so ein Ding zum Einzug geschenkt, wohl in der Hoffnung, dass ich ihn mal bekoche. Soll ich es holen?«

179

Alberts Augen leuchteten auf. »Oh, das wäre wunderbar. Du bist mein Weihnachtsengel.«

Sie lachte. »Bin gleich zurück!«

Kaum war sie die ersten Stufen nach unten gegangen, als sich die Tür zu Marylous Wohnung öffnete. Chiara drehte sich um und sah, dass Jürgen Weber heraustrat.

Er musterte sie kurz und wollte offenbar grußlos die Treppe hinuntereilen.

»Guten Abend, Herr Weber«, sagte Chiara, als er an ihr vorbeiging, und verkniff sich in Anbetracht der Um-stände, ihm ein ›Frohes Fest‹ zu wünschen.

Zur Antwort knurrte er etwas Unverständliches, dann war er auch schon an ihr vorbei.

Nun reichte es Chiara. »Herr Weber, warten Sie!«, rief sie hinter ihm her, als er das Erdgeschoss erreicht hatte.

Er hielt tatsächlich an, drehte sich jedoch nicht um. Nur seine Schultern sackten nach unten. Chiara ahnte, dass er mit den Augen rollte, doch das war ihr gleich.

Nach wenigen Schritten hatte sie ihn erreicht. »Herr Weber, ich weiß, es geht mich überhaupt nichts an, aber ich habe mit Marylou gesprochen und ...«

Er fuhr herum. »Sie haben völlig Recht, es geht Sie nichts an.«

»Dennoch halte ich es für wichtig, Ihnen etwas zu sagen«, erwiderte Chiara und hob trotzig das Kinn. »Ich finde es ungeheuerlich, wie sie Marylou behandeln. Sie ist eine tolle Frau und eine großartige Mutter. Sie hat Ihre Kinder praktisch allein aufgezogen und war immer so diskret, wie Sie es verlangt haben.«

»Wenn Sie das alles wissen, scheint sie doch nicht sehr diskret gewesen zu sein«, unterbrach er sie bissig.

Chiara musterte ihn kühl und stemmte die Hände in die Hüften. »Lassen Sie mich ausreden. Kaum hat Ihre Frau Sie zum Teufel gejagt, ist Marylou auf einmal gut genug für Sie. Ohne sie auch nur nach ihren Wünschen zu fragen, fangen Sie an, ihre Zukunft zu planen und sind beleidigt, dass sie Ihnen nicht sofort dankbar um den Hals fällt. Marylou fühlt sich wohl in diesem Haus, und zwar auch deshalb, weil es hier Menschen gibt, die für sie da sind - im Gegensatz zu Ihnen in den vergangenen Jahren.«

Chiara spürte, dass sie vor Wut zitterte. Nie zuvor hatte sie jemandem, den sie kaum kannte, so die Meinung gesagt. Noch war sie allerdings nicht fertig, also sprach sie gleich weiter.

»Und nur, weil Marylous Wohnung nicht so eingerichtet ist, wie Sie es für angemessen halten, verletzen Sie obendrein ihre Gefühle.«

Das Licht erlosch. Jürgen Weber trat zum nächsten Lichtschalter und schon wurde es wieder hell.

»Wieso mischen Sie sich eigentlich in unsere Angelegenheiten?«, fragte er aufgebracht. »Was glauben Sie, wer Sie sind?«

»Ich bin eine Freundin und halte es für nötig, Ihnen einmal ganz deutlich zu sagen, dass Sie sich etwas mehr Mühe geben müssen, wenn Marylou ein fester Bestandteil Ihres Lebens werden soll. Wenn Sie das wirklich möchten, dann beweisen Sie es ihr, indem Sie ihr auf halbem Wege entgegenkommen. Sie lieben sie doch, nehme ich an. Dann zeigen Sie es ihr.

Und damit meine ich nicht das Angebot, ihre gemütliche, mit viel Liebe eingerichtete Wohnung gegen ein protziges Penthouse zu tauschen.«

»Sind Sie jetzt fertig?«

Chiara zögerte. Dann nickte sie knapp. »Fürs erste schon.«

»Na, dann herzlichen Dank für die Weihnachtspredigt. Einen schönen Abend noch.«

Damit verschwand er durch die Haustür und ließ Chiara sprachlos und fröstelnd zurück.

Sie atmete tief durch, ihre Hand umklammerte das Treppengeländer.

*Was für ein Mistkerl*, dachte sie und hoffte, dass sie mit ihrem Wutausbruch nicht alles noch schlimmer gemacht hatte.

Schließlich schlug ihr Herz wieder im normalen Rhythmus. Mit einem Seufzer ließ sie das Geländer los und schloss die Tür zu ihrer Wohnung auf.

Einen Augenblick lang musste sie überlegen, was sie hier eigentlich wollte. Ach ja, das Bratenthermometer für Albert! Sie holte es aus der Küche und beschloss, ihm zu seinem Geburtstag im März ein eigenes zu schenken.

Als sie zurück in den Hausflur trat, hörte sie aus der Nachbarwohnung ein lautes Krachen. In der nächsten Sekunde schien etwas Schweres zu Boden zu fallen.

Chiara erstarrte. Sie hatte sich also doch nicht getäuscht! In der Wohnung ihrer Nachbarin war jemand. Eilig drehte sie sich um, rannte ins Wohnzimmer und griff nach dem Telefon.

Ein paar Minuten später erschien Marylou und blieb verblüfft auf halber Treppe stehen.

»Nanu? Wieso sitzt du hier draußen auf den Stufen? Albert wartet auf dieses Ding.« Sie zeigte auf das Bratenthermometer, mit dem Chiaras nervöse Finger spielten.

»Pst! Ich warte auf die Polizei«, flüsterte Chiara.

»Ist etwa jemand bei dir eingebrochen?«, wisperte Marylou mit großen Augen.

Chiara schüttelte den Kopf und wies auf die Wohnungstür von Oma Elsbeth. »Da drin ist jemand.«

Marylous angstvoller Blick glitt zur Wohnung nebenan. »Ganz sicher?«

»Hundertprozentig.«

Vor der Tür hielt ein Wagen. Chiara stand auf.

Dann öffnete sich die Haustür und zwei Polizeibeamte kamen zügig auf sie zu.

Der erste war in den Fünfzigern, mit breitem Kreuz und dunklem Schnauzbart, und der zweite war ...

»Dennis!«, rief Chiara überrascht, als sie den jungen Mann erkannte, den sie mit Punsch übergossen hatte.

»Oh, hallo!«, sagte er und lächelte, wurde aber sogleich wieder ernst. »Also, um welche Wohnung handelt es sich?«

Chiara zeigte es ihm.

»Ist in der Zwischenzeit jemand herausgekommen?«

»Nein. Ich habe auch nichts mehr gehört.«

Dennis nickte seinem Kollegen zu. Der ging zur Tür und klopfte gebieterisch dagegen. »Polizei! Öffnen Sie die Tür!«

Nichts geschah.

»Hat einer von Ihnen einen Schlüssel?«, fragte der Schnauzbärtige.

»Ja, ich habe einen«, sagte Marylou. »Sekunde, ich hole ihn.«

»Hier, nimm das mit«, bat Chiara und drückte ihr das Thermometer für Albert in die Hand.

Wenig später war Marylou zurück und reichte dem älteren Polizisten den Schlüssel.

Dann wandte sie sich an Chiara und flüsterte mit erstickter Stimme: »Jürgen ist nicht mehr in meiner Wohnung.«

»Ja, ich weiß. Ich bin ihm begegnet.«

»Hat er ... hat er was gesagt?«

Chiara schüttelte den Kopf. Hauptsächlich hatte sie ja gesprochen.

»Irgendwie habe ich jetzt doch ein schlechtes Gewissen«, wisperte Marylou mit belegter Stimme.

»Ich hätte nicht einfach davonlaufen dürfen. Was, wenn er jetzt die Nase voll hat von mir?«

»Das hat er nicht«, versuchte Chiara die Freundin zu beruhigen, deren Augen überzulaufen drohten. »Bestimmt meldet er sich morgen.« Das hoffte sie jedenfalls.

Inzwischen waren die Beamten in Oma Elsbeths Wohnung verschwunden. Dennis kam sogleich wieder heraus, zückte sein Handy und wählte eine Nummer.

»Was ist los?«, fragte Chiara aufgeregt.

Er schüttelte nur den Kopf, dann sagte er ins Telefon. »POK Schröder hier. Bitte eine Ambulanz in den Buchenweg 6, Erdgeschoss rechts. Es eilt. Gut, danke.«

Er steckte das Handy wieder weg und sah Chiara an. »Eine alte Dame liegt im Wohnzimmer. Sie ist bewusstlos. Könnte das die Mieterin sein?«

Es dauerte knapp zehn Minuten, bis der Notarzt kam und Frau Hinrichsen auf einer Bahre aus der Wohnung getragen wurde.

Marylou war inzwischen wieder oben bei den Mädchen, doch Albert stand neben Chiara, hatte ihr einen Arm um die Schultern gelegt und schüttelte immer wieder den Kopf.

»Ich verstehe das nicht. Sie ist doch vor meinen Augen ins Taxi gestiegen.«

»Vielleicht hat sie den Zug verpasst«, mutmaßte Chiara.

»Aber warum hat sie uns nichts gesagt? Sie hätte doch mit uns feiern können.«

Dennis trat auf sie zu. »Sind Sie Chiaras Vater?«, fragte er Albert.

»Nein, nur ihr Nachbar und väterlicher Freund.« Albert musterte Chiara verwundert. »Ihr kennt euch?«

»Flüchtig«, gab sie zu. »Ich habe ihn neulich versehentlich mit Punsch übergossen.«

Albert staunte den jungen Mann an. »Ach was! Das nenne ich einen Volltreffer.«

Dennis räusperte sich. »Was Frau Hinrichsen angeht: Sie wird in die nächste Klinik gefahren.«

Er lächelte Chiara aufmunternd zu. »Der Arzt sagte, es sei nichts Ernstes, wahrscheinlich nur ein kleiner Kreislaufzusammenbruch. Sie wird also bald wieder wohlauf sein.«

Erleichtert schloss Chiara die Augen. »Gott sei Dank!«

Albert drückte sie noch einmal an sich, dann ließ er sie los. »Ich muss nach der Pute schauen. Kommst du auch gleich?«

»Ja, natürlich.«

»Gut.« Er sah von ihr zu Dennis und wieder zurück. »Es dauert ja noch, bis sie fertig ist, lass dir also ruhig Zeit.« Mit einem verschwörerischen Zwinkern grinste er ihr zu und eilte dann die Treppe hinauf.

Dennis und Chiara sahen ihm erst nach, dann trafen sich ihre Blicke. Schweigend schauten sie sich an.

Schon auf dem Weihnachtsmarkt war er ihr sympathisch gewesen und nun, nachdem er sich so fürsorglich um Oma Elsbeth gekümmert hatte, mochte sie ihn noch mehr. Seine Souveränität, seine Freundlichkeit und sein Lächeln gefielen ihr sehr.

Plötzlich ging das Licht aus und prompt beschleunigte sich Chiaras Herzschlag. Für eine Sekunde wünschte sie, er würde die Gelegenheit nutzen, sie an sich ziehen und ...

Ein leises Klacken, dann war es wieder hell. Er hatte das Licht eingeschaltet. Chiara bemühte sich, ihre Enttäuschung zu überspielen.

»Wie geht es Ihrer Jacke?«, fragte sie.

Dennis schmunzelte. »Sie hat ein paar Runden in der Waschmaschine gedreht und sieht aus wie neu.«

»Das freut mich.«

Wieder schwiegen sie, bis er sich räusperte. »Ganz schön viel Aufregung für einen besinnlichen Weihnachtsabend, was?«

»Allerdings. Und Sie müssen an so einem Tag arbeiten?«

Er hob die Schultern. »Nicht mehr lange. In einer halben Stunde ist meine Schicht zu Ende.«

Sie musterte ihn unauffällig von Kopf bis Fuß. Die Polizeiuniform stand ihm gut, das Blau harmonierte mit seinen Augen, die auf sie gerichtet waren und übermütig funkelten. Das machte ihr Mut.

Sie holte tief Luft. »Und ... haben Sie anschließend noch etwas vor? Feiern mit der Familie?«

Er grinste schief. »Nein, heute nicht. Ich dachte, ich hole mir eine Pizza und sehe mir einen alten Weihnachtsfilm an.«

»Oh. Verstehe.«

»Klingt ziemlich trist, ich weiß«, sagte Dennis verlegen. »Aber einen weiteren Abend mit meinen Eltern überstehe ich nicht.«

Sie lachte. »Ich weiß, was Sie meinen.«

Das Licht erlosch erneut. Chiara holte tief Luft.

»Also, ich bin oben bei Albert«, sagte sie in die Dunkelheit hinein. »Er hat mehr als genug gekocht. Wenn Sie also keine Lust haben, alleine zu sein und Pute mit Rotkohl mögen, könnten Sie doch ... ich meine, wenn Sie mögen, dann ... «

Sie spürte Dennis' körperliche Präsenz. Glaubte zu registrieren, dass er näher an sie herangetreten war. Die Härchen an ihren Armen richteten sich auf, sie hielt den Atem an ...

In diesem Moment ging die Haustür auf und gemeinsam mit dem grellen Flurlicht zerstörte sie diesen intimen Augenblick der Zweisamkeit mit der Gründlichkeit einer Abrissbirne.

Chiara sah enttäuscht zu dem Polizisten mit dem Schnauzbart, der im Türrahmen stand.

»Dennis, wo bleibst du? Wir müssen zurück ins ... oh, ich störe wohl.«

Dennis nickte seinem Kollegen zu. »Ich komme sofort, okay?«

»Bin schon weg.«

Die Tür fiel zu und sie waren allein.

Dennis lächelte entschuldigend. »Tut mir leid. Und danke für die Einladung. Wenn es Ihrem Nachbarn recht ist, komme ich gern.«

»Wirklich?«, fragte sie erfreut und fügte nervös hinzu: »Ich meine, er hat sicher nichts dagegen.«

Dennis tippte sich an den Schirm seiner Polizeimütze. »Dann bis später.«

Sie nickte strahlend und wandte sich zur Treppe. »Ich freue mich. Bis nachher.«

Er ging zur Haustür und drehte sich dort noch einmal um. »Ach, wie heißt dieser Albert eigentlich mit Nachnamen? Damit ich weiß, wo ich klingeln muss.«

»Er heißt Schmitt. Albert Schmitt.«

Dennis schmunzelte. »Der Name passt überhaupt nicht zu ihm, oder?«

»Nein, ganz und gar nicht«, lachte Chiara und grinste noch immer glücklich vor sich hin, als die Tür hinter Dennis längst ins Schloss gefallen war.

»Sollten wir nicht ins Krankenhaus fahren und nach ihr sehen?«, fragte Marylou in die gefühlvollen Klänge von ›Santa Baby‹.

»Sie wird ärztlich versorgt und vermutlich geben sie ihr auch ein Beruhigungsmittel, damit sie gut schlafen kann«, antwortete Albert, während er die Kerzen auf dem Tisch anzündete. »Wir fahren morgen Vormittag, einverstanden?«

»Du hast nur Angst um deine Pute«, zog Chiara ihn schmunzelnd auf.

»Unsinn!«, widersprach er halbherzig, pustete das Streichholz aus und räumte dann ein: »Schön, ich gebe zu, das ist auch ein Grund. Aber ich bin sicher, dass unser Besuch morgen sinnvoller wäre.«

»Du hast ja Recht.« Chiara faltete eine Serviette und legte sie auf den Teller, den sie für Dennis hingestellt hatte. Wie sie vermutet hatte, war Albert mit einem weiteren Gast einverstanden gewesen.

»Er sieht schnuckelig aus und bringt deine Augen zum Leuchten«, hatte er mit einem breiten Lächeln gesagt. »Natürlich darf er kommen.«

Sie sah auf die Uhr. In zehn Minuten war Dennis' Schicht zu Ende. Sie hoffte, dass er spätestens in einer halben Stunde aufkreuzen würde. Dann musste die Pute auch dringend aus dem Ofen, sonst wäre sie vermutlich trocken wie altes Brot.

Chiara hatte Alberts besorgte Blicke zum Ofen durchaus bemerkt.

Norma und Jean saßen am Wohnzimmertisch und malten zufrieden in ihren neuen Malbüchern.

Der Weihnachtsbaum blinkte und funkelte, Kerzen tauchten den Raum in gemütliches Licht und die Weihnachtsmusik setzte der Feiertags-Perfektion die sprichwörtliche Krone auf.

Lächelnd sah Chiara sich um. Sie freute sich auf diesen Abend. Jetzt noch mehr als vorher, denn Dennis würde kommen. Bei dem Gedanken wurde sie ganz kribbelig.

Es klingelte und ihr Herz machte einen übermütigen Sprung. Möglicherweise hatte Dennis etwas früher Schluss machen können.

»Ich gehe schon!«, rief sie und flitzte zur Tür.

Als sie sah, wer draußen stand, gefror ihr Lächeln.

»Herr Weber«, sagte sie gedehnt. »Das ist ja eine Überraschung.«

Er wirkte verlegen. »Guten Abend. Ich möchte zu Marylou.«

»Ich hole sie«, sagte Chiara zögernd und wollte sich umdrehen, doch Jürgen Weber hielt sie auf. »Warten Sie, ich muss Ihnen noch etwas sagen.«

Chiara betrachtete ihn kühl. »Ja?«

Er holte tief Luft und warf ihr einen zerknirschten Blick zu.

»Ich habe über Ihre Worte lange nachgedacht. Es tut mir leid, wenn ich etwas barsch zu Ihnen war. Ich war wütend und habe meine schlechte Laune an Ihnen ausgelassen. Dabei hatten Sie eigentlich Recht, mit dem was Sie mir an den Kopf geworfen haben.«

Verblüfft starrte Chiara ihn an. Damit hatte sie nicht gerechnet. Sicher war ihm seine Entschuldigung nicht leichtgefallen. Vielleicht hatte sie ihn falsch eingeschätzt, sein Verhalten zeugte von Courage.

Chiara wusste nicht, ob sie selbst die Stärke besessen hätte, sich bei jemandem zu entschuldigen, den sie kaum kannte und der ihr wenige Stunden zuvor ein paar unschöne Dinge an den Kopf geworfen hatte.

Sie lächelte und wollte gerade etwas erwidern, als Marylou auftauchte und eine finstere Miene aufsetzte, als sie Jürgen Weber erblickte.

»Was willst du?«, fragte sie knapp.

»Mit dir reden, nur ganz kurz.«

Chiara trat zur Seite und bemerkte, dass Marylou die Arme vor der Brust verschränkt hatte. »Ich höre.«

»Entschuldigt mich«, murmelte Chiara. »Es fällt mir leichter, so zu tun, als wäre ich nicht hier, wenn ich wirklich nicht hier bin.«

Sie wandte sich ab.

»Bleib«, entgegnete Marylou, die Augen auf Jürgen Weber gerichtet. »Als meine Zeugin.«

Chiara seufzte, drehte aber wieder um und stellte sich neben ihre Nachbarin.

Jürgen Weber machte einen Schritt auf Marylou zu.

»Ich weiß, dass ich Fehler gemacht habe. Marylou, ich liebe dich und die Kinder und möchte mit euch zusammen sein. Also habe ich mir überlegt ... Na ja, die Penthouse-Wohnung ist nicht weit von hier entfernt und sie hat fünf Zimmer. Wie wäre es, wenn eines davon nur für dich wäre? Du könntest es so einrichten, wie du möchtest, ich streiche es rosa für dich, wenn du willst, und hänge alle Marilyn-Bilder auf. Aber bitte, lass es uns gemeinsam versuchen.«

Er griff nach ihrer Hand und lächelte erleichtert, als sie sie ihm nicht gleich wieder entzog. »Ich bin wirklich froh, dass meine Frau nun weiß, dass es dich und die Mädchen in meinem Leben gibt«, fügte er hinzu. »Unbewusst habe ich genau das immer gewollt. Ich hab mich nur davor gefürchtet, es ihr selbst zu sagen. Den ersten Schritt zu tun. Aber jetzt weiß sie es und ich weiß genau, dass ich dich will und keine andere.«

Mit der freien Hand zog er eine kleine Schatulle hervor. Chiara bemerkte, dass Marylous Gesicht auf einmal weicher wurde und ihr Kinn leicht zitterte.

In ihren Augenwinkeln glitzerte es verdächtig.

Jürgen öffnete die Schatulle und hielt Marylou einen Ring hin, mit einem kleinen Stein, der im Licht funkelte.

»Würdest du mich heiraten, sobald die Scheidungspapiere unterzeichnet sind?«, fragte er.

Sie schnappte nach Luft und blinzelte verdattert.

»Du willst mich heiraten?«

»Am liebsten morgen.«

»Und ich bekomme wirklich mein eigenes Zimmer?«

»Natürlich.«

»Du wirst zu mir und zu den Kindern stehen? Überall?«

»Von jetzt an für immer«, versicherte er. »Und zwar voller Stolz. Du bist eine wunderbare Frau und ihr drei seid das Wichtigste in meinem Leben.«

Aus Marylous Kehle kam ein Laut, der wie ein Schluchzen klang, dann fiel sie ihm in die Arme.

Während die zwei sich küssten, ging Chiara in die Küche, um einen weiteren Teller zu holen.

Es war eng am Tisch, aber fröhlich und gemütlich. Dennis saß zwischen Albert und Chiara, neben ihr hatten die Mädchen Platz genommen und Jürgen und Marylou schlossen den Kreis.

»Das Essen ist hervorragend«, lobte Dennis und führte eine Gabel mit Rotkohl, Kartoffeln und Sauce in den Mund. »Ich habe noch nie so eine leckere Sauce gegessen.«

Albert strahlte. »Danke.«

Die anderen stimmten Dennis zu und lobten ebenfalls die Kochkünste von Albert, der bei so viel Zuspruch richtig verlegen wurde.

»Ich war übrigens so frei, mich nach dem Zustand von Frau Hinrichsen zu erkundigen«, berichtete Dennis zwischen zwei Bissen. »Es geht ihr soweit gut, sie ruht sich aus und wird voraussichtlich in wenigen Tagen wieder entlassen werden können.«

»Das sind gute Nachrichten«, sagte Chiara erleichtert und sah von einem zum anderen. »Was haltet ihr davon, wenn wir Silvester alle zusammenbei mir feiern? Albert, du darfst gern jemanden mitbringen, wenn du möchtest.«

»Ich nehme Oma Elsbeth mit«, beschloss er.

»Sie hätte ich ohnehin eingeladen«, bemerkte Chiara.

»Das ist doch wohl klar.«

Marylou hob ihr Glas. »Auf Oma Elsbeth.«

Die anderen taten es ihr nach.

»Auf Oma Elsbeth«, wiederholte Albert. »Die uns morgen hoffentlich erklären kann, was das alles zu bedeuten hatte.«

Chiara freute sich sehr, als Dennis beim Abschied fragte, ob er am nächsten Tag mitkommen dürfe ins Krankenhaus. Noch mehr freute sie sich, dass er sie in den Arm nahm und ihr einen sanften Kuss auf die Lippen drückte, bevor er ging.

Sie hatte Schwierigkeiten, einzuschlafen, denn ihre Gedanken wanderten zwischen Dennis, Marylou und Oma Elsbeth hin und her. Schließlich fielen ihr aber doch die Augen zu.

Am nächsten Morgen um zehn holte Dennis sie, Albert und Marylou ab. Jürgen blieb bei den Kindern.

Es war ein schönes Gefühl, neben Dennis in seinem Wagen zu sitzen. Hin und wieder musterte sie verstohlen sein Profil. Insbesondere seine geschwungenen Lippen. Hoffentlich würde er sie bald wieder küssen.

Plötzlich fiel ihr etwas ein. »Dennis«, fragte sie leise, »darf ich dich etwas fragen?«

»Nur zu.«

Hinter ihnen unterhielten sich Albert und Marylou über den Ring, den sie stolz am Finger trug.

»Neulich, auf dem Weihnachtsmarkt, diese Frau, die dich untergehakt hat, wer war das eigentlich?«

Er überlegte. »Ach, du meinst Ronja! Sie ist die Freundin meines besten Kumpels.«

Ein Stein fiel Chiara vom Herzen. »Ach so. Entschuldige, ich war nur neugierig.«

Er warf ihr einen zärtlichen Blick zu. »Schon klar.«

Als sie das Zimmer betraten, in dem Elisabeth Hinrichsen lag, bemerkte Chiara froh, dass die alte Dame keineswegs blass und schmal aussah, wie sie befürchtet hatte, sondern rosige Wangen hatte und ihre Augen wach und lebendig wirkten.

Marylou lief auf sie zu und nahm sie in den Arm.

»Oma Elsbeth, du hast uns einen Riesenschrecken eingejagt. Wie geht es dir?«

Sie antwortete, nachdem Marylou sie freigegeben hatte. »Danke, mein Kind, wieder ganz passabel.«

Neugierig sah sie zu Dennis. »Wer ist das?«, wollte sie von Albert wissen.

»Der Polizist, der dich gefunden hat«, antwortete er. »Nebenbei ist er ein Freund von Chiara. Sein Name ist Dennis und er wollte sichergehen, dass du wieder wohlauf bist.«

»Was ist mit Norma und Jean? Sind sie etwa allein zu Haus?«

»Nein, keine Sorge. Ihr Vater passt auf sie auf«, beruhigte Marylou sie. »Aber nun erzähl uns bitte endlich, wieso du hier bist und nicht in Frankfurt.«

»Das Ganze ist mir wahnsinnig peinlich«, begann Oma Elsbeth und schlug die Augen nieder.

»Ich hatte mich so auf den Besuch bei meinem Sohn gefreut, seit September, das wisst ihr ja. Doch vor zwei Wochen rief er mich an und sagte, er hätte seinen Job verloren und könne mir daher die Fahrt nach Frankfurt nicht bezahlen. Ich selbst hatte auch nicht genug Geld. Also beschloss ich, nur so zu tun, als würde ich abreisen. In Wirklichkeitblieb ich zu Hause und war so leise wie möglich, damit ihr nichts merkt.«

Sie machte eine kurze Pause. »Ich bin froh, dass mir das nicht gelungen ist. Tut mir leid, dass ich euch belogen habe.«

»Ich habe dich doch in ein Taxi steigen sehen«, wunderte sich Albert noch immer.

»Das ist nur einmal um den Block gefahren«, gab Oma Elsbeth beschämt zu.

»Du hast uns an der Nase herumgeführt. Unfassbar!«, staunte Chiara.

Albert schnalzte mit der Zunge und schüttelte den Kopf. »Diese Dummheit hätte dich umbringen können«, sagte er ernst. »Mach so etwas nie wieder. Du musst dich doch vor uns nicht schämen. Wir hätten zusammengelegt, damit du zu deinem Sohn fahren kannst.«

»Und genau das wollte ich nicht«, entgegnete sie brüsk. »Es wäre mir peinlich gewesen, euch auf der Tasche zu liegen.«

Marylou setzte sich auf die Bettkante und nahm ihre Hand.

»Du hast so oft meine Mädchen gehütet, hast für uns alle gekocht und gebacken. Ich hoffe, du erlaubst uns, dass wir uns dafür endlich einmal erkenntlich zeigen und dir eine Bahnkarte spendieren, damit du deine Familie Anfang des Jahres besuchen kannst.«

Die Augen der alten Dame füllten sich mit Tränen.

»Ich danke euch«, brachte sie schließlich heraus.

»Wir danken dir«, sagte Albert, beugte sich vor und gab ihr einen zarten Kuss auf die Stirn. »Was wären wir denn ohne dich?«

»Gib mir ein Taschentuch, Albert«, bat Oma Elsbeth und schniefte leise.

Chiara sah zu Dennis. Ihre Augen tauchten ineinander und er lächelte sie voller Zärtlichkeit an. Ihr Herz machte einen übermütigen Hüpfer.

*Das ist das schönste Weihnachten aller Zeiten,* dachte sie glücklich, als Dennis ihre Hand nahm.

\*\*\*

Stinksauer trampelte ich auf dem Badezimmerteppich vor dem Minispiegel herum.

»Ich werde hier noch wahnsinnig!«, brüllte ich und hörte meinen Freund im Wohnzimmer genervt aufstöhnen. »Oh, Mann, was ist denn jetzt schon wieder los?«

Marcus war in ebenso prächtiger Stimmung wie ich. Kein Wunder. Seit zwei Tagen saßen wir allein auf dieser Skihütte fest. Schneekatastrophe statt Weihnachtsidylle.

Aufgebracht stapfte ich ins Wohnzimmer, wo er - natürlich! - vor dem Fernseher saß. Zu seinem Glotz-Glück hatten wir wenigstens noch Strom.

»Dieses Funzellicht ist eine Zumutung!«, regte ich mich auf. »Ich hatte dir gesagt, ich will ein Bad mit Fenster.«

»Da ist doch eins.«

Ich schnaubte. »Das Ding ist nicht viel größer als ein Buch!«

»Du weißt, was ein Buch ist?«, entgegnete er boshaft.

»Wow! Ich dachte, du kennst nur Klatschzeitungen.«

Wütend funkelte ich ihn an. »Du bist so ein mieser Mistkerl.«

Marcus seufzte und schaltete den Fernseher leiser.

»Hör zu, ich finde es auch ätzend, hier eingeschneit zu sein. Und es tut mir leid, dass du nicht genug Licht hast, um deine Fingernägel zu lackieren, oder dass die Matratzen so ungemütlich sind wie die eines ...« Er grinste. » ...eines Kefirs. Das heißt übrigens Fakir. Kefir ist irgend so ein Buttermilchgesöff.«

Mühsam hielt ich mich davon ab, ihm meine miserabel lackierten Fingernägel in die Augen zu rammen.

»Das weiß ich, Professor Oberschlau«, entgegnete ich sauer. »Ich hatte mich bloß versprochen und das weißt du genau.«

»Wieso willst du dich überhaupt schminken?«, fragte er verständnislos. »Es ist ziemlich unwahrscheinlich, dass wir heute noch auf eine weihnachtliche Aprés-Ski-Party gehen.«

Ohne darauf einzugehen ließ ich mich auf einen der beiden hässlichen Sessel fallen und verschränkte bockig die Arme. »Mein Magen knurrt.«

Und wie er das tat. Bevor wir uns im Ort mit Lebensmitteln eindecken konnten, hatte uns der Schnee überrascht. Seit zwei Tagen lebten wir von Crackern, Aufbackbrötchen und Käse. Selbst davon war kaum noch etwas übrig.

»Geh vor die Tür und friss Schnee«, lautete nun Marcus' gefühlloser Kommentar.

Das war zu viel! Ich hatte die Nase gestrichen voll von diesem Weihnachtsurlaub, der ‚einfach mal ganz anders' sein sollte.

Was ja auch okay war, aber so? Mir war kalt, ich hatte Hunger und mein Freund benahm sich so unausstehlich wie noch nie.

Von wegen romantische Zweisamkeit! Wenn ich könnte, dachte ich enttäuscht, würde ich sofort von hier verschwinden. Und zwar allein!

Sehnsüchtig sah ich hinüber zum Fenster. Dort tropfte es sachte von den Eiszapfen.

Es tropfte?

Verwundert stand ich auf und schaute hinaus in den winterweißen Nachmittag. Es taute wirklich!

Die Sonne kämpfte sich erfolgreich durch graue Wolken, die zum Teil bereits himmelblaue Lücken offenbarten. Sofort besserte sich meine Laune. Noch nie war mir ein Wunsch so schnell erfüllt worden. Ich warf einen Blick zu Marcus, der sich sichtlich gelangweilt einen alten Weihnachtsfilm ansah. Er konnte ruhig hier hocken bleiben.

Im Schlafzimmer packte ich meinen Trolley. Als ich ihn an Marcus vorbeirollte, sah er irritiert auf. »Was hast du denn vor?«

»Ich gehe. Keine fünf Minuten halte ich es noch mit dir in dieser Bruchbude aus.« Wütend zerrte ich mir meine neuen Lederstiefel an die Füße und schlüpfte in die kuschelige Lammfelljacke.

»Leb wohl. Und fröhliche Weihnachten.«

Er schien amüsiert. »Bis gleich, Natascha. Weit kommst du eh nicht.«

»Das werden wir ja sehen!« Mein Trolley und ich traten über die Schwelle, dann knallte ich die dicke Holztür zu und sah mich um.

Um mich herum standen viele weiß dekorierte Tannen, von denen in kurzen Abständen wässrige Klumpen auf den Boden klatschten. Der Schnee war bereits so weit getaut, dass der Kiesweg zu sehen war, der vom Haus in Richtung Dorf führte.

Was für eine gottverlassene Gegend! Ich stiefelte los. Die Räder des Trolleys rumpelten auf dem Kies und er selbst schien zum Tanzen aufgelegt zu sein.

Auf einem glatten Weg wäre es sicher einfacher gewesen, das übermütige Gepäckstück im Griff zu behalten als auf dieser unebenen Schotterpiste, doch ich gab nicht auf und zerrte das hüpfende Mistding verbissen hinter mir her. Bis zu einer Weggabelung.

Links stand eine alte Ruine, rechts eine gewaltige Kastanie. Links sah ich entfernt einen Wald, rechts Felder.

Ich überlegte, aus welcher Richtung wir bei unserer Ankunft gekommen waren. Zu dem Zeitpunkt waren Markus und ich noch total happy über den bevorstehenden Winterurlaub gewesen und hatten praktisch nur Augen füreinander gehabt.

Mit anderen Worten, ich hatte keine Ahnung, welche Richtung ich einschlagen sollte. Wald oder Felder?

Mir wurde klar, dass es nur einen Ausweg aus diesem Dilemma gab.

Ich holte tief Luft, streckte meine Hand aus und begann: »Eene Meene Muh, und raus bist du.«

Der Wald gewann. Dort angekommen klatschten im Sekundentakt Schneebatzen von den Bäumen und trafen nicht selten mich. Ich hätte heulen können.

Meine schicke Jacke war bereits nach wenigen Minuten nass und meine Haare hingen herab wie zu lang gekochte Spaghetti. Als wäre das nicht genug, brachten mich die hohen Hacken meiner neuen Michael-Kors-Stiefel, die ich in einem Anfall von Leichtsinn gekauft hatte, beinahe um. Dreimal war ich bereits umgeknickt. Frustriert und bis oben hin angefüllt mit Selbstmitleid humpelte ich weiter.

Platsch!

Ein Schneebatzen-Klumpen traf mich auf der Stirn und lief mir nass und kalt über das Gesicht. Ich blieb stehen, wischte mir die Pampe aus den Augen und schrie meine Wut hinaus.

»AAAAARRGGGHHHH!!«

»Haben's an Problem?«

Ich wirbelte herum.

Vor mir stand ein kleiner, dürrer Mann mit tief liegenden Augen, wild wucherndem Schnauzbart und Bartstoppeln auf Kinn und Wangen.

Ich räusperte mich, verlegen wegen meines Wutausbruchs. »Äh, wie weit ist es noch bis zum Bahnhof?«

Er nahm sich den zerknautschten Hut vom Kopf und fuhr sich über den breiten Scheitel. »No, so zwei Stunden. Höchstens. Wenn'S umdrehen täten. Sonst mehr, etwa fünf.«

»Waaas?!«

Das durfte doch nicht wahr sein! Ich war in die verkehrte Richtung gelaufen.

Ich verfluchte mein Talent, mich bei zwei Alternativen regelmäßig für die falsche zu entscheiden.

Meine Füße schmerzten, von den hohen Hacken und vor Kälte. Der blöde Trolley schien immer schwerer zu werden und mein knurrender Magen machte sich auch wieder bemerkbar.

»Was mache ich denn jetzt?«, jammerte ich den Tränen nahe.

»Jo mei, wenn's mögen, dann kommen's halt mit. Mei Frau macht grad Essen.«

Das klang zu schön um wahr zu sein. »Wirklich? Oh, das wäre wunderbar.«

»Des is koa Problem net. Sie, Sie hom da wos.« Er machte mit dem Zeigefinger eine kreisförmige Bewegung um seine Augenpartie.

Meine Wimperntusche! Der Schnee, der mir ins Gesicht geklatscht war, hatte mich offenbar unzureichend abgeschminkt und ich sah nun vermutlich aus wie ein Pandabär mit Schlafdefizit.

Mit aufgerissenen Augen und weit offenstehendem Mund versuchte ich, mit den Fingern die Farbe zu entfernen.

»Und? Geht's wieder?«, fragte ich blinzelnd.

»Jo mei«, war die achselzuckende Antwort. »Passt scho.«

Na dann. Mit schamhaft gesenktem Kopf humpelte ich mit meinem Trolley hinter dem Mann her.

Nach nur fünf Minuten standen wir vor einer Hütte, gegen die unsere Skihütte das reinste Luxusanwesen war. Mein Retter, der ein wenig wie eine Kartoffel mit Super-Mario-Schnurrbart aussah, und der sich inzwischen als Alois vorgestellt hatte, öffnete die Tür und ließ mir den Vortritt.

Ich zog den Kopf ein und trat über die Schwelle.

Seine Frau Burgl, eine kleine rundliche Frau mit einem freundlichen Lächeln, begrüßte mich so herzlich, dass ich beinahe den Eindruck bekam, sie hätte mich ungeduldig erwartet.

Drei kleine Kinder spielten in dem schlicht eingerichteten Raum und staunten mich an. Einem Jungen lief etwas Rotz aus der Nase. Sein Ärmel wischte ihn weg.

Wenig später saßen wir sechs eng gedrängt um einen grob gezimmerten Holztisch. Der glänzende Rotzärmel war nur Zentimeter von mir entfernt. Ich versuchte unauffällig, den Abstand zu vergrößern.

Alois schnupperte erfreut. »Ah, Linsensuppe. Da haben's aber Glück«, sagte er an mich gewandt.

»Burgls Linsensuppe ist die beste weit und breit.«

»Loisl, du Schamör«, nuschelte Burgl verlegen und füllte plätschernd die Schüsseln.

Misstrauisch sah ich auf meine hinab. Das Zeug darin sah aus wie schon einmal gegessen. Ich bevorzugte zur Weihnachtszeit eigentlich eher Pute und Rotkohl oder auch Gänsekeule.

Entsprechend zögerlich tunkte ich meinen Löffel in die dampfende braungrüne Masse.

Die Rotznase neben mir schmatzte genüsslich.

Nachdem ich vorsichtig probiert hatte, musste ich zugeben, dass die Suppe tatsächlich ganz passabel schmeckte. Meinem leeren Magen gehorchend, löffelte ich die Schüssel in Windeseile leer.

Nach dem Essen zückte ich mein neues Smartphone, um mir ein Taxi zu rufen. Doch das Schicksal war gegen mich.

»Was ist denn das für ein Mist? Wieso hab ich kein Netz?«, rief ich entsetzt und sah flehend zu Alois.

»Darf ich bitte IIhr Telefon benutzen?«

Er schüttelte gelassen den Kopf. »Telefon? A Schmarrn. Sowas gibt's hier net.«

Ich riss verblüfft die Augen auf. Wo war ich denn gelandet? Im 18. Jahrhundert?

»Hören Sie, ich muss unbedingt zum Bahnhof.«

Alois wies nach draußen, wo es bereits dämmerte.

»Heit fährt eh nix mehr. Bleiben's halt bis morgen. Dann bring i Eahna mit der Kutsch ins Dorf.«

Ich schwieg. Morgen war Heiligabend.

An sich hatte ich nicht vorgehabt, diesen Feiertag in einer Bauernhütte zu beginnen. Doch was blieb mir anderes übrig?

Während der nächsten Stunden kam ich aus dem Staunen nicht mehr heraus. Zuerst räumten die Kinder ohne Protest den Tisch ab und halfen ihrer Mutter beim Abwasch. Anschließend sollten sie sich fürs Bett zurechtmachen, was ebenfalls ohne Widerworte vonstattenging. Sowas hatte ich bei meinen Freunden und deren Nachwuchs noch nie erlebt.

Nachdem die drei frisch geschrubbt, gekämmt und im Schlafanzug waren, las ihnen Burgl auf dem Sofa neben dem hutzeligen, spärlich geschmückten Tannenbaum eine Weihnachtsgeschichte vor.

Alois saß in einem Ohrensessel mit einer Pfeife im Mund und betrachtete zufrieden seine Familie.

Es war ein Bild wie aus einem Schwarz-Weiß-Film mit James Stewart, nur dass James diesmal einen buschigen Schnauzer trug.

Als die Kinder schliefen, bereitete Burgl mir ein Lager auf dem Sofa, bevor sie sich mit Alois in die gemeinsame Schlafkammer zurückzog.

Noch eine ganze Weile lag ich wach, betrachtete das mit selbst gebastelten Papiersternen verzierte Tannenbäumchen und dachte nach, bis das gemütliche Prasseln des Feuers mich in den Schlaf wiegte.

Am nächsten Morgen stieg ich nach einem einfachen, aber schmackhaften Frühstück auf den Bock der kleinen Kutsche, vor der ein putziges Pony mit seinem Geschirr klimperte und fröhlich vor sich hin schnaubte.

Der Weg durch den Wald war diesmal sehr viel angenehmer als am Tag zuvor. Statt Schnee wehten mir nur frische würzige Luft und Sonnenschein ins Gesicht.

Als die Weggabelung in Sichtweite kam, sah ich in einiger Entfernung unsere Hütte. Aus dem Schornstein stieg Rauch auf. Also war Marcus noch nicht abgereist. Im Gegenteil, er hatte es endlich geschafft, Feuer im Kamin zu machen.

In den vergangenen Tagen war es ihm nicht gelungen, unsere Hütte mit kuscheliger Wärme zu versorgen.

Er hatte sie lediglich mit Rauch und Gestank gefüllt. Wir waren nun einmal durch und durch Städter und wussten nur, wie man eine Heizung andrehte. Doch nun waberte Rauch in den Himmel. Marcus hatte nicht aufgegeben. Seine Beharrlichkeit hatte mir schon immer imponiert.

Ich seufzte ein bisschen in Gedanken an die Gemeinheiten, die wir uns am Tag zuvor an den Kopf geschmissen hatten.

Ach, Marcus!

Ich sah ihn vor mir, wie ich ihn gestern verlassen hatte; seine hübschen dunklen Augen, die mich wütend anfunkelten, seine schwarzen, stets etwas unordentlichen Haare, die er aufgebracht mit der Hand durchpflügte ...

Dabei konnte er so süß sein. Wenn ich an sein Lächeln dachte, an seine kräftigen Arme, mit denen er mich so gern fest an sich drückte, und an die liebevolle Art, mit der er mich oft ansah, wurde mir seltsam warm ums Herz.

Wir hatten die Weggabelung erreicht und fuhren geradeaus weiter, Richtung Dorf. Das Pony schnaubte und der gleichmäßige Hufschlag hatte etwas Romantisches aber auch Beunruhigendes an sich. Jeder klappernde Schritt des Ponys vergrößerte nämlich den Abstand zwischen Marcus und mir.

Ich sah noch einmal zu unserer Hütte hinauf und spürte einen Kloß im Hals. Schnell wandte ich den Kopf wieder ab, so dass mein Blick auf Alois fiel, der gut gelaunt die Zügel hielt.

Irritiert stellte ich fest, dass ich ihn beneidete. Um seine Familie, den liebevollen Umgang miteinander, die Zärtlichkeit, die aus jedem Wort und jeder Berührung sprach.

Früher war es zwischen Marcus und mir doch ähnlich gewesen. Sollte das etwa vorbei sein?

»Alois?«, fragte ich meinen Kutscher, »kannst du mich bitte zu einem Geschäft fahren?«

Ich hatte einen Entschluss gefasst.

Im leichten Trab rumpelten wir eine Stunde später erneut den Kiesweg entlang und mit jedem Meter wurde mir leichter ums Herz. Vor der Hüttentür hielt Alois an.

»Brrrr! So, da wären wir.«

Ich drehte mich zu ihm und nahm ihn fest in den Arm. »Tausend Dank. Für alles. Und denk bitte daran, was wir besprochen haben.«

»Freilich!«

Ich sah Marcus‹ Gesicht in dem kleinen Fenster neben der Tür. Stirnrunzelnd beobachtete er, wie ich einen fremden Mann umarmte.

Fröhlich stieg ich vom Kutschbock, hob meinen Trolley und eine prall gefüllte Tüte herunter und winkte Alois zum Abschied zu. »Tschüs!«

»Pfüat di!«

Hinter mir knirschte die Holztür in den Angeln.

Ich drehte mich um und sah Marcus im Türrahmen stehen. Abwartend musterte er mich.

Ich nahm all meinen Mut zusammen und trat näher. »Na?«

»Na, du? Wer war denn das?« Sein Kinn ruckte zu der kleiner werdenden Kutsche.

»Das war der Alois. Er kommt heute Abend mit seiner Familie zu uns zum Essen.« Ich hob die Tüte an. »Darf ich reinkommen?«

Am knisternden Kaminfeuer berichtete ich Marcus von Alois, Burgl und ihrem einfachen, aber glücklichen Leben.

»Da wurde mir klar, dass es doch in unserer Hand liegt, wie es mit uns weitergeht«, schloss ich und nahm Marcus' Hand. »Es tut mir jedenfalls leid, wie ich mich aufgeführt habe.«

»Mir auch«, sagte Marcus.

Dann breitete er seine Arme aus. »Komm schon her, du verrücktes Huhn.«

Das ließ ich mir nicht zweimal sagen.

Zum Weihnachtsessen gab es Huhn mit Kartoffeln und Rosenkohl. Burgl lobte meine Sauce und genoss es sichtlich, sich auch einmal verwöhnen zu lassen.

Während ich gekocht hatte, war Marcus im Dorf gewesen und hatte für die Kinder einen Bauernhof aus Holz besorgt mit Kühen, Schweinen, Pferden und Hühnern. Während sie selig damit spielten, tranken wir Erwachsenen Rotwein und unterhielten uns, bis es für unseren Besuch Zeit war, nach Hause zu fahren.

Wir winkten der Kutsche nach, die Wärme des Hauses im Rücken, die Kälte der Weihnachtsnacht im Gesicht. Tausende Sterne funkelten über uns und den hohen Tannen, die wohlwollend auf uns herunter zu schauen schienen. Ich schmiegte mich enger an Marcus, der seinen Arm um meine Schulter legte.

»Du, wollen wir nächstes Jahr wieder hier Weihnachten feiern?«, fragte ich, nachdem die nächtliche Dunkelheit Alois und seine Familie verschluckt hatte.

Verwundert sah Marcus mich an. »Trotz kleiner Fenster und harter Matratzen?«

Ich nickte und seufzte zufrieden. »Ich könnte mir keinen schöneren Ort vorstellen.«

»Dann geht das klar«, sagte Marcus, grinste breit und gab mir einen dicken Kuss.

***

## Kriminell scharf angebraten

*Tugend und Gewürz werden je mehr ge-*
*stoßen, je stärker.*

**Unbekannt**

# Charade

Die Pfützen auf dem Kopfsteinpflaster glänzten und sobald ein Auto hindurch fuhr, spritzte das Wasser in alle Richtungen.

Kommissar Pit Berg zog den Reißverschluss seiner Jacke höher und ärgerte sich, dass das herausnehmbare Innenfutter warm und trocken zu Hause im Schrank lag. Es war Oktober und äußerst ungemütlich. Im Licht der Straßenlaternen konnte man den Regen vor der Dunkelheit sehen.

Sein Funkgerät knarzte.

»Er kommt«, klang Jansens Stimme leicht verzerrt aus dem Lautsprecher. Pit drückte die Sprechtaste. »Alles klar.«

Er sah zu den beiden Beamten zu, die mit ihm warteten. »Es geht los.«

Da kam der alte rostrote Golf auch schon um die Ecke, ließ das Pfützenwasser nach allen Seiten stoben und hielt nur wenige Meter entfernt von Pit Berg und den Kollegen an. Willi Zunder bemerkte die drei Männer ganz offenbar nicht, die im Eingangsbereich des Nachbarhauses standen, denn als er ausstieg, summte er entspannt eine Melodie vor sich hin.

*Killer-Willi scheint gute Laune zu haben,* dachte Pit. *Nun, die wird ihm gleich vergehen.*

Er und seine Kollegen tauschten einen Blick.

Gemeinsam gingen sie Willi Zunder entgegen, der gerade seinen Wagen abschloss und sie daher nicht bemerkte. Als er sich umwandte und sie entdeckte, verkümmerte das Liedchen auf seinen Lippen.

Pit ergötzte sich an Zunders wie versteinert wirkendem Gesichtsausdruck.

»Guten Abend, Willi.«

Killer-Willi, in den entsprechenden Kreisen kurz Kiwi genannt, behielt die Nerven. Seine Züge entspannten sich. »Für Sie immer noch Herr Zunder. So viel Zeit muss sein, Herr Kommissar.«

»Ich habe schlechte Nachrichten für Sie, *Herr Zunder*«, meinte Pit und zog mit seinen von der Kälte klammen Fingern einen rosafarbenen Zettel aus der Jackentasche.

Killer-Willi stutzte. »Ein Durchsuchungsbeschluss? Auf welcher Grundlage? Ich habe nichts getan.«

Pit erwiderte nichts, sondern nickte den beiden Uniformierten knapp zu. Innerhalb kürzester Zeit stand Willi Zunder mit gespreizten Beinen und den Händen auf dem Dach seines Golfs da, während die Polizisten ihn abtasteten und seine Taschen leerten.

»Was soll die Scheiße, Berg?«, fragte er wütend über die Schulter.

Pit lächelte spöttisch. »*Herr* Berg, so viel Zeit muss sein.«

Er nahm die Gegenstände entgegen, die die Beamten ihm reichten. Geldbörse, Schlüsselbund, Handy, Zigaretten, Feuerzeug und ein Zettel.

»Was ist das?«, fragte Pit und hielt Willi den Zettel unter die Nase.

»Ich wollte noch einkaufen.« Es klang wie ein Knurren. »Ist das neuerdings verboten?«

»Aber nicht doch. Heute wird das allerdings nichts mehr.« Pit wandte sich an die Polizisten. »Abführen.«

Zurück in seinem Büro begutachtete Pit noch einmal genau die Gegenstände, die Auftragsmörder Willi bei seiner Festnahme dabeigehabt hatte. Etwas Verdächtiges schien nicht dabei zu sein. Vielleicht waren die Angaben seines Informanten, Kiwi hätte einen neuen Auftrag erhalten, doch nur heiße Luft gewesen ...

Pits Finger glätteten nachdenklich die mit Maschine getippte Einkaufsliste. So etwas schrieb man doch üblicherweise mit der Hand, zumal es sich nur um wenige Dinge handelte.

»Oliven, Vanilleschoten, Entrecôte, Flensburger Bier, Lachs«, las Pit.

Zutaten für ein edles Abendessen, könnte man meinen. Andererseits schien alles nicht so recht zu harmonieren - und um diese Zutaten mit Willi Zunder in Verbindung zu bringen, war eine Menge Phantasie vonnöten. Der aß doch vermutlich eher Erbseneintopf mit Bockwurst oder Tiefkühlpizza.

Pit grübelte, dann nahm er einen Stift und notierte die Anfangsbuchstaben der Lebensmittel.

O V E F L.

Könnte das Worte »Flove« ergeben. Sagte ihm nichts, auch Kumpel Google war nicht sehr hilfreich. *F-Love? Love F?*

Was konnte Killer-Willi mit dieser Info anfangen? Pit runzelte die Stirn. Noch war er auf der falschen Fährte, das spürte er.

Sein Kollege Jansen sah ihm über die Schulter.

»Ovefl. Was heißt das?«

»Das weiß ich noch nicht genau, aber ich schätze, es handelt sich um einen Code.«

»Buchstaben gleich Zahlen? Für eine Telefonnummer?«

Pit nickte langsam. »Ja, das wäre eine Möglichkeit. Hm, mal sehen. Wenn die Anfangsbuchstaben der Lebensmittel für eine Zahl stehen, stünde das O für eine 15 und das V ...«

Wenig später stand die Zahlenfolge 15 22 5 6 12 unter den Buchstaben.

Pit war zufrieden. »Könnte durchaus eine Telefonnummer sein. Damit hätte Willi Kontakt zu seinem potentiellen Opfer aufnehmen können.«

»Seine übliche Masche«, stimmte Jansen zu. »Neugier wecken, verabreden, töten.«

Pit nickte grimmig. »Diesmal kriegen wir ihn dran. Geben Sie die Nummer mal in den Computer ein. Mit Flensburger Vorwahl.«

»Wieso?«

Pit tippte auf die Einkaufsliste. »Das Bier, Jansen! Das ist der Hinweis für die Vorwahl.«

Jansen grinste breit und setzte sich auf seinen Platz. »Ganz schön clever, Chef.«

Die Nummer gehörte einer Olivia van Enterkott.

»Oliven, Vanille, Entrecôte«, murmelte Pit und gab den Namen der Dame bei Google ein.

Sie war unter der Adresse Am Lachsbach gemeldet.

Pit musste die Kreativität von Willi Zunders Auftraggeber wahrlich bewundern. Alle notwendigen Informationen waren in der Einkaufsliste untergebracht. Ob all das nötig war oder es sich nur eine Spielerei handelte, war ihm in diesem Moment ziemlich wurscht.

Doch Google hatte noch mehr interessante Fakten für ihn, die ihm eines ganz klar sagten: Wenn derjenige, der Olivia van Enterkott nach dem Leben trachtete, erfuhr, dass Willi Zunder verhaftet worden war, würde er seine Pläne deshalb sicher nicht

214

aufgeben. Er würde garantiert andere Mittel und Wege finden, um sein Ziel zu erreichen - und wenn er selbst die Drecksarbeit übernahm.

Der Film hatte bereits angefangen, als sich die Tür des Kinosaales öffnete und eine Frau die Treppe zur obersten Sitzreihe emporstieg. Pit Berg schätzte sie auf Ende Zwanzig, höchstens Anfang Dreißig.
Der knielange, leicht ausgestellte Mantel mit Fellkragen stand ihr ausgezeichnet und schmeichelte ihren zarten Gesichtszügen.
Pit hatte den Platz am Gang freigehalten und hielt eine zur Rolle gedrehte Zeitschrift in den Händen.
Olivia van Enterkott bemerkte das Erkennungszeichen und setzte sich wortlos neben ihn.
Eine Wolke Parfüm schwebte auf Pit zu.
Als er den schweren Duft einatmete, schloss er für einen Moment die Augen. Sein Herz schlug auf einmal schneller als zuvor und ihm wurde geradezu lächerlich warm.
Konnte ein Parfüm derartiges auslösen? Oder war er einfach nur zu lange allein gewesen und daher empfänglich für alles, was seine Sinne ansprach?
Tatsache war, dass diese Olivia van Enterkott seinen Puls in die Höhe trieb.
»Da bin ich«, flüsterte sie. »Sie haben mich neugierig gemacht. Aber warum mussten wir uns hier treffen?«
»Weil ich verhindern wollte, dass uns jemand zusammen sieht.« Er studierte möglichst unauffällig ihr Profil und fügte dann hinzu: »Außerdem gehe ich sehr gern ins Kino.«
Sie schmunzelte.

»Das gehört jetzt nicht hierher«, fuhr er verlegen fort. »Es gibt da etwas, das Sie wissen sollten.«

»Dann würde ich es gern hören.«

Mit wenigen Worten berichtete er Olivia von dem verhafteten Auftragskiller und dem, was er bisher herausgefunden hatte.

Der schmale Kopf mit der eleganten Hochsteckfrisur drehte sich zu ihm.

*Was für hinreißende Augen*, ging es ihm durch den Kopf. *Wie die von Audrey Hepburn.*

Er liebte ihre Filme, besonders ›Charade‹ mochte er gern.

»Jemand will mich umbringen?«, hauchte Olivia van Enterkott entsetzt. »Aber wer, um alles in der Welt?«

»Das würde ich gern von Ihnen erfahren«, erwiderte Pit und bedauerte ehrlich, dass er ihr einen solchen Schrecken hatte einjagen müssen. Sie sah wirklich bestürzt aus. Wegen des Dämmerlichts war er sich nicht sicher, aber er hatte den Eindruck, sie sei kreidebleich geworden.

»Sie haben kürzlich ein ziemliches Vermögen geerbt«, gab er zu bedenken und fügte rasch hinzu: »Ach ja, mein Beileid zum Tod Ihres Mannes.«

»Danke«, murmelte sie mit gesenktem Kopf.

Pit räusperte sich. »Frau van Enterkott, ich weiß, dass Ihre Ehe kinderlos geblieben ist, Sie keine Geschwister haben und Ihre Eltern schon vor vielen Jahren verstorben sind. Darum müssen wir uns eine Frage stellen: Wer würde davon profitieren, wenn Ihnen etwas zustieße?«

Trotz der Dunkelheit konnte Pit sehen, dass Olivias Lippen zitterten und ihre zarten Finger sich in die Armlehnen krallten.

Nur mit Mühe konnte er sich davon abhalten, seine rechte Hand beruhigend auf ihre linke zu legen.

»Mir fällt da nur eine Person ein«, wisperte sie. »Doch der Gedanke ist ... einfach furchtbar.«

»Ich weiß.« Pit machte eine Pause, dann fragte er: »Wer ist es?«

Olivias Cousin Niklas van Enterkott, ein erfolgloser Autor mit Hang zum Glücksspiel und ihr einziger noch lebender Verwandter, war, wie sie vermutet hatte, nicht zu Hause. Er sei eine ruhelose Seele, hatte Olivia berichtet, und fast jeden Abend unterwegs.

Sie besaß jedoch einen Schlüssel zu dem Appartement, das sich im achten Stock eines Mietshauses befand.

Nach ihr betrat Pit die kleine Wohnung und sah sich um. Ordentlich schien Olivias Cousin nicht zu sein. Überall lagen Kleidung und Zeitschriften herum, in der Küche stapelte sich das schmutzige Geschirr.

»Tut mir leid, wie es hier aussieht«, sagte sie sichtlich verlegen. »Niklas hat sein Leben offenbar nicht mehr im Griff. Ich mache mir bereits seit geraumer Zeit Sorgen um ihn.«

Im Wohnzimmer stand eine Schreibmaschine auf einem großen, mit Papieren überladenen Schreibtisch.

Pit zog die Einkaufsliste, die er Willi Zunder abgenommen hatte, aus seiner Jackentasche, suchte sich einen leeren Bogen Papier, spannte ihn ein und tippte rasch die Liste ab.

Dann verglich er beide Zettel.

»Sehen Sie?«, sagte er und zeigte das Ergebnis Olivia van Enterkott.

»Die Liste, die wir bei Willi Zunder fanden, wurde aller Wahrscheinlichkeit nach mit dieser Maschine geschrieben. Sehen Sie, auf beiden Listen ist das kleine E blasser als die anderen Buchstaben. Zunders Auftraggeber ist also mit ziemlicher Sicherheit Ihr Cousin.«

Olivia brach in Tränen aus und schlug erschüttert die Hände vor das Gesicht. Pit ließ die Listen auf den Schreibtisch fallen und zog sie tröstend an sich.

»Warum nur?«, schluchzte sie. »Warum hat er das getan? Ich habe ihn immer für einen anständigen Menschen gehalten. Labil, ja, aber anständig.«

»Tja, die Aussicht auf viel Geld hat schon so manchen vom rechten Weg abgebracht.« Pits Hand strich sanft über Olivias Rücken und mit einem unvernünftigen Glücksgefühl registrierte er, dass sie sich leicht an ihn schmiegte.

Als sie den Kopf hob und ihn mit verweintem Audrey-Hepburn-Blick ansah, schlug sein Herz schneller. Diese Frau verzauberte ihn. Am liebsten hätte er ihre leicht geöffneten, sinnlichen Lippen geküsst.

*Reiß dich zusammen, Mann!*, rief er sich selbst zur Ordnung. *Sie hat gerade erst ihren Mann verloren.*

Andererseits waren seitdem immerhin fünf Monate vergangen, erinnerte er sich. Und wer konnte schon sagen, wie glücklich diese Ehe gewesen war? Vielleicht war Olivia offen für eine neue Beziehung und ...

Rasch verscheuchte er diesen Gedanken. Olivia war wegen der auf sie eingestürzten Erkenntnisse durcheinander und verletzlich.

Und er war einfach nicht der Typ, der eine solche Gemütslage eiskalt ausnutzte. Also löste er sich von ihr und räusperte sich.

»Wir müssen darüber nachdenken, wie wir weiter vorgehen.«

»Wollen Sie Niklas nicht verhaften?«, fragte sie verwundert, zog ein Stofftaschentuch hervor und schnäuzte sich.

»Wenn Willi Zunder nicht aussagt, haben wir keinen stichhaltigen Beweis für das, was Ihr Cousin vorhatte«, sagte Pit. »Und bisher schweigt dieser Gauner wie das sprichwörtliche Grab. Er behauptet weiterhin, er habe nur einkaufen wollen.«

Sie wies auf die Papierseiten auf dem Schreibtisch.

»Aber die Listen, das kleine E ...«

»Diese Maschinen wurden zu tausenden hergestellt«, meinte Pit. »Ein einigermaßen gewiefter Anwalt würde uns mindestens ein Dutzend weiterer Geräte mit derselben Macke präsentieren und damit diesen ›Beweis‹ in der Luft zerfetzen. Nein, wir müssen anders vorgehen. Ich habe vielleicht auch schon eine Idee.« Prüfend sah er Olivia an. »Sie ist allerdings nicht ganz ungefährlich.«

Pit und sein Kollege Jansen saßen an einem kleinen Tisch dicht an der Garderobe, als Olivia das Restaurant betrat und sich nach ihnen umsah.

Pit hob kurz die Hand. Sie entdeckte ihn und kam auf ihn zu.

»Sie wirken nervös«, flüsterte Pit ihr zu, als sie neben ihnen ihren Kurzmantel auf einen Bügel hängte. »Bleiben Sie möglichst entspannt, damit er keinen Verdacht schöpft.«

»Das sagt sich so einfach«, wisperte sie zurück und schenkte dem Kellner, der einladend zum Nebentisch wies, ein dankbares Lächeln.

Pit nahm sein Glas mit Cola und führte es an seinen Mund. »Sie schaffen das«, versuchte er sie zu beruhigen. »Halten Sie sich nur an unseren Plan.«

Sie antwortete nicht, sondern ging auf den ihr zugewiesenen Tisch zu und setzte sich so hin, dass sie unauffällig Blickkontakt zu Pit halten konnte, während Niklas van Enterkott mit dem Rücken zu den Kommissaren sitzen würde.

»Das muss er sein«, sagte Pit kurz darauf zu seinem Kollegen, als ein blonder, etwas verlebt wirkender Mann in den Dreißigern das Lokal betrat und sich suchend umblickte. Sie beobachteten, wie sein Gesicht sich erhellte, als er Olivia entdeckte.

Sie erhob sich, begrüßte ihn mit einem flüchtigen Kuss auf die Wange und bat ihn, sich zu setzen.

»Perfekt, wir können alles hören«, registrierte Jansen.

»Sie uns allerdings auch«, zischte Pit und bedachte seinen Kollegen mit einem scharfen Blick.

Jansen verstummte.

Der Kellner trat an ihren Tisch und servierte die bestellten Pastagerichte.

Während Pit sich die Penne mit Pilzen und Rinderfiletstreifen in den Mund schob, ließ er Olivia nicht aus den Augen. Sie bestellte gerade eine Weinschorle und einen Salat mit Hühnchenbrust.

Nachdem der Kellner sie mit ihrem Cousin allein gelassen hatte, erwähnte sie fast beiläufig, dass sie nun, da sie eine reiche Frau sein, Vorkehrungen treffen müsse.

»Was denn für Vorkehrungen?«, fragte Niklas.

Pit sah, dass seine Muskeln sich unter dem dünnen Hemd anspannten.

»Für den Fall, dass mir etwas passiert, Niklas. Immerhin könnte ich jeden Tag von einem Auto überfahren oder entführt und ermordet werden.«

»Olivia! Was redest du da? Das ist doch Unsinn.«

»Natürlich ist es das«, erwiderte sie. »Trotzdem habe ich für morgen früh einen Termin bei einem Notar vereinbart, um mein Testament aufzusetzen. Sicher ist sicher, nicht wahr?«

»Ja, natürlich.«

Ihre Weinschorle kam. Sie lächelte dem Kellner zu und trank einen Schluck. Niklas‹ linkes Bein wippte unter dem Tisch nervös auf und ab, bemerkte Pit zufrieden. Es schien, als hätten sie ihn da, wo sie ihn haben wollten.

»Und deshalb hast du mich hierher bestellt?«, fragte Olivias Cousin. »Willst du mich zum Alleinerben bestimmen?«

»Das wärst du, wenn ich kein Testament machen würde.« Sie beugte sich näher zu ihm und senkte die Stimme.

Pit spitzte die Ohren.

»Aber seien wir doch mal ehrlich, Niklas. Du würdest das ganze Geld vermutlich innerhalb kürzester Zeit verspielen.«

»Was? Das ist doch Unsinn, Olivia, auf keinen Fall könnte ich ...«

»Es tut mir leid, Niklas«, unterbrach sie ihn, »aber das Risiko ist mir zu groß. Ich habe andere Pläne mit meinem Vermögen.«

Er griff nach seinem Bier. »Und was für Pläne sind das, wenn man fragen darf?«

Sie lehnte sich wieder zurück. »Du weißt, ich hatte immer ein großes Herz für Tiere.«

Niklas verschluckte sich und hustete. Es dauerte eine Weile, bis der Anfall vorbei war.

»Tiere?«, krächzte er fassungslos, als er wieder Luft bekam.

Olivias Finger spielten mit dem schmalen Stiel ihres Glases. »Genau. Der Tierschutzverein leistet großartige Arbeit, ist aber auf Unterstützung angewiesen. Es ist wunderbar, dass ich die Möglichkeit habe, hier einen großen Beitrag zu leisten.«

»Ei ... einen großen Beitrag«, wiederholte Niklas mit belegter Stimme. »Wie groß soll der denn sein?«

Olivia lachte leise. »Keine Sorge, mein lieber Cousin, du wirst nicht leer ausgehen. Deinen Pflichtteil bekommst du natürlich.«

Er schnaubte. »Wie beruhigend.«

Pit schob sich eine Nudel in den Mund und lächelte zufrieden. Bisher lief alles wie am Schnürchen. Als nächstes müsste Olivia ...

Als hätte sie seine Gedanken gelesen schob sie in dieser Sekunde ihren Stuhl zurück. »Entschuldige mich einen Moment«, bat sie ihren Cousin, stand auf und ging auf die Waschräume zu.

*Perfekt*, dachte Pit zufrieden und spießte eine Nudel auf.

Olivia war kaum außer Sichtweite, als Niklas van Enterkott sein Handy hervorzog und fieberhaft eine Nummer wählte.

»Ich bin es«, hörten sie ihn leise sagen. »Wieso gehen Sie nicht ran? Hören Sie, die ‚Zutaten' müssen unbedingt noch heute besorgt werden. Melden Sie sich, sobald Sie den ‚Einkauf' erledigt haben.«

Pit und Jansen tauschten einen Blick, als van Enterkott sein Telefon einsteckte. Nun war es an der Zeit, dass sie ihre Rollen spielten.

»Apropos Obst«, sagte Pit im Plauderton, »hast du schon gehört, was mit der Kiwi passiert ist?«

Jansen hob sein Colaglas. »Du meinst den guten alten Willi Zunder? Nein, was denn?«

»Er ist gestern hopsgenommen worden.«

»Was du nicht sagst? Was hat er ausgefressen?«

»Keine Ahnung. Mehr wusste mein Kumpel auch nicht.«

Pit ließ Niklas van Enterkott nicht aus den Augen. Der war bei der Nachricht von Willi Zunders Verhaftung sichtlich zusammengezuckt und lehnte sich nun möglichst unauffällig in ihre Richtung.

»Und dabei hat Willi immer behauptet, er wäre jetzt ein anständiges Mitglied der Gesellschaft«, sagte Jansen amüsiert.

»Pah! Ausgerechnet der.« Pit rieb sich die Nase.

Das war das vereinbarte Zeichen dafür, dass es Zeit war, das Thema zu wechseln. Der Köder war ausgelegt.

Jansen nickte, er hatte verstanden. »Sag mal, hast du Karten für das Derby-Spiel am Samstag?«, fragte er.

»Nein, leider nicht. Willst du hingehen?«

Olivia kam zurück und warf Pit einen fragenden Blick zu. Er lächelte ihr beruhigend zu.

Sie atmete tief durch und setzte sich wieder auf ihren Platz, gerade als ihr Salat und das Steak für ihren Cousin serviert wurden.

Knapp zehn Minuten später verließen Pit Berg und sein Kollege das Restaurant und warteten in Pits Wagen auf Olivia und ihren Cousin.

Es dauerte noch fast eine halbe Stunde, bis sie endlich auftauchten.

Olivia sah sich suchend um, doch Pit, der sich genau wie Jansen auf seinem Sitz ganz klein gemacht hatte, wagte nicht, ihr ein Zeichen zu geben. Die Gefahr, dass Niklas etwas bemerkte, war zu groß. Sie musste einfach darauf vertrauen, dass er wie abgesprochen in ihrer Nähe war.

Galant hielt Olivias Cousin ihr eine Autotür auf. Sie zögerte unmerklich, dann ließ sie sich auf dem Beifahrersitz nieder.

Wenig später flammten die Scheinwerfer auf und der BMW von Niklas fuhr an. Pit zählte bis drei, dann startete er seinen Honda und folgte den beiden in sicherem Abstand.

Niklas hatte offenbar nicht vor, seine Cousine in ihr Haus am Lachsbach zu fahren, wie es eigentlich geplant gewesen war. Stattdessen fuhr er in die entgegengesetzte Richtung.

»Wo will er denn hin?«, fragte Jansen verwundert.

Pit fluchte leise. »Zu sich nach Hause, vermute ich.«

Olivias Haus war mit einer Abhöranlage ausgestattet, so dass sie alles hätten hören können, was dort vorging. Außerdem hatte Olivia ihm einen Schlüssel gegeben, damit er im Notfall eingreifen konnte.

Nun mussten sie umdisponieren.

Kurz darauf parkte Niklas van Enterkott seinen Wagen. Während er und Olivia zur Haustür gingen, fuhr Pit nachdenklich an dem Gebäude vorbei. Bis er einen Parkplatz gefunden hatte und er und Jansen ausgestiegen waren, war die Tür hinter den beiden anderen längst zugefallen.

»Das gefällt mir nicht«, murmelte Pit. »Das gefällt mir ganz und gar nicht.«

Er zückte sein Handy und wählte Olivias Nummer.

»Ja?«

»Ich bin es. Wenn Ihr Cousin mithört, dann tun Sie am besten so, als hätte ich mich verwählt. Sobald Sie in seinem Appartement sind, dann suchen Sie eine Möglichkeit, um die Wohnungstür für uns einen Spaltbreit zu öffnen.«

»Nein, tut mir leid, da müssen Sie sich verwählt haben«, sagte Olivia. Ihre Stimme zitterte.

»Gut so«, lobte Pit. »Sie machen das prima. Haben Sie keine Angst. Alles wird gut, wir haben die Situation im Griff.«

»Aber das macht doch nichts«, hörte er Olivia sagen. »Auf Wiederhören.«

Die Verbindung brach ab. Pit steckte das Telefon wieder ein und atmete tief durch. »Es geht los.«

Sie läuteten bei einem Mieter im Erdgeschoss, der sie anstandslos ins Gebäude ließ. Dann fuhren sie mit dem Fahrstuhl in den siebten Stock und nahmen für das letzte Stück die Treppe.

Die Wohnungstür war geschlossen.

Was, wenn Olivia keine Gelegenheit fand, um sie zu öffnen? Pit legte das rechte Ohr an die Tür.

Er konnte zwar Stimmen hören, aber nicht verstehen, was sie sagten. »Es klingt, als würden sie streiten«, flüsterte er Jansen zu und spürte, dass seine Handflächen feucht wurden. Der Gedanke, dass Olivia etwas zustieß und er es nicht verhindern konnte, war unerträglich. Es erstaunte Pit selbst, wie fertig ihn diese Vorstellung machte. Und die Wahrscheinlichkeit, dass es für sie gefährlich werden konnte, war groß.

Niklas van Enterkott hatte Spielschulden und strahlte diese gewisse Verzweiflung aus, die jemand verströmte, der den falschen Leuten zu viel Geld schuldete. Er war vermutlich zu allem fähig, um das zu bekommen, was er wollte.

Plötzlich durchbrachen Schritte die Stille. Ganz eindeutig erkannte Pit das sich nähernde Geklapper der hohen Absätze von Olivias Schuhen auf dem Laminatboden.

»Sie kommt!«, wisperte er und lehnte sich rasch neben der Tür an die Wand. Jansen tat dasselbe auf der anderen Seite. Atemlos lauschten sie darauf, dass Olivia die Klinke herunterdrückte.

»Was machst du denn da, Olivia?«, hörten sie Niklas Stimme.

»Ich gehe ins Bad.«

»Das ist nicht hier, sondern da hinten. Das weißt du doch.« Sie hörten ihn näherkommen. »Was ist mit dir?«, fragte er besorgt. »Du benimmst dich seltsam. Komm, ich bringe dich ...«

»Lass mich los, Niklas!«

»Beruhige dich, ich tue dir doch nichts.«

Sie lachte freudlos auf. »Ach wirklich? Und was ist mit dem Killer, den du auf mich angesetzt hast?«

Pit stöhnte leise. *Verdammt, Olivia!* Die Anspannung war wohl zu viel für sie, sie verlor die Nerven. Ausgerechnet jetzt!

»Was? Wovon redest du bitte?«, fragte ihr Cousin empört.

»Ich weiß alles, Niklas«, hörten sie Olivia sagen.

»Aber ich verstehe es nicht. Bisher habe ich dich doch immer unterstützt, dir immer wieder Geld gegeben, damit du deine Schulden bezahlen kannst. Warum ... Au!! Lass mich los, du tust mir weh!«

»Du weißt alles, sagst du?«, presste Niklas hervor. »Weißt du auch, wie demütigend es ist, seine kleine Cousine anbetteln zu müssen? Von ihrer Gnade und Großzügigkeit abhängig zu sein? Nein, das weißt du nicht, du verwöhnte Göre. Dir ist ja immer alles in den Schoß gefallen.«

Pit hörte Olivia wimmern und biss sich auf die Unterlippe.

»Soll ich die Tür aufschießen?«, wisperte Jansen, und zog seine Dienstwaffe.

Pit schüttelte den Kopf. »Noch nicht. Wir brauchen vorher sein Geständnis.«

»Aber was, wenn er ...?«

»Das weiß ich auch nicht. Pst!«

»Und deshalb wolltest du mich umbringen lassen?«, hörten sie Olivia sagen. Sie klang wie betäubt.

»Versteh doch, mir blieb nichts anderes übrig«, antwortete ihr Cousin verzweifelt. »Ich schulde ein paar Leuten eine Menge Geld. So viel hättest du mir niemals freiwillig überlassen. Jedenfalls nicht ohne Moralpredigt und Bedingungen.«

»Ich gebe es dir«, beteuerte Olivia. »Ohne etwas zu sagen oder zu verlangen. Versprochen. Du bist doch die einzige Familie, die ich noch habe.«

Niklas lachte bitter auf. »Nein, danke. Ich will keine Almosen. Ich will alles. Es tut mir leid, Olivia, aber dein Notar wird morgen vergeblich auf dich warten.«

»Nein!«, schrie Olivia, »lass mich gehen, bitte!«

Pits Zeigefinger drückte auf die Klingel.

Prompt war auf der anderen Seite der Tür nichts mehr zu vernehmen. Dann ertönte Niklas' Stimme.

»Wer ist da?«

»Ich habe eine Nachricht für einen Herrn Niklas van Enterkott«, sagte Pit. »Sind Sie das?«

»Eine Nachricht? Von wem?«

»Sind Sie Niklas van -?«

»Ja, Herrgott noch mal! Von wem ist die Nachricht?«

»Von einem gewissen Willi Zunder.«

Nur zwei Herzschläge später öffnete sich die Tür und das aufgedunsene Gesicht von Olivias Cousin erschien in dem schmalen Spalt. Das blonde Haar hing ihm strähnig in die Stirn, seine Augen flackerten. »Okay, was hat Willi -«

»Jetzt!«, brüllte Pit. Es rumste laut, als er und Jansen sich wie auf Kommando gegen die Tür warfen.

Niklas verlor das Gleichgewicht. Schreiend stürzte er zu Boden.

Olivia lehnte mit weit aufgerissenen Augen an der Wand des Flurs. Erleichterung flammte in ihren Augen auf, als sie Pit sah.

»Oh, Gott sei Dank!«, rief sie und stürzte in seine Arme. Er hielt sie fest, während Jansen ihrem Cousin auf die Füße half.

»Sind Sie in Ordnung?«, fragte Pit Olivia besorgt.

»Danke, mir fehlt nichts.«

Ihre Blicke tauchten ineinander und Pit vergaß für ein paar himmlische Momente, wo sie sich befanden. Er versank in diesen großen dunklen Augen, die ihm zu sagen schienen, dass ...

Ein Schmerzensschrei und ein dumpfes Poltern ließen ihn zusammenzucken. Olivia und er fuhren auseinander und drehten sich zu den anderen beiden um. Pit sah gerade noch, dass Niklas van Enterkott in den Hausflur und zur Treppe stürmte.

Jansen lag zusammengekrümmt auf dem Boden und hielt sich mit beiden Händen den Schritt. Er keuchte vor Schmerz. »Sorry, Chef. Er hat mich überrumpelt.«

»Verflucht!« Pit zog seine Dienstwaffe und rannte Niklas hinterher. »Stehenbleiben!«, brüllte er.

Seine Stimme hallte von den Wänden wider. Hier und da öffneten sich vorsichtig die Wohnungstüren und neugierige Gesichter lugten durch die Spalten. Pit achtet nicht auf sie. Er musste sich beeilen.

Im fünften Stock war er Olivias Cousin so dicht auf den Fersen, dass er auf ihn zielen konnte. Er hielt an, hob die Waffe und drückte ab.

Die Kugel schlug in die Wand ein, der Schuss hallte durch das ganze Haus.

Pit fluchte. Wenn er Niklas nicht bald einholte, würde ihm dieser Mistkerl noch durch die Lappen gehen! Er jagte die Stufen hinunter.

Vierter Stock.

Der Abstand zu Niklas van Enterkott vergrößerte sich mit jeder Etage. Der Kerl war offenbar gut in Form.

Zweiter Stock. Pit sprintete um die Kurve. Bekam kaum noch Luft. Als er völlig außer Atem im Erdgeschoss ankam, bot sich ihm ein erstaunliches Bild: Niklas und Olivia lagen ächzend nebeneinander auf dem Boden, die Gesichter schmerzverzerrt.

Pit ergriff Niklas' Arm und riss ihn hoch.

Sekunden später ließ er seine Handschellen zuschnappen. Die Mündung in den Rücken van Enterkotts gedrückt half er Olivia, aufzustehen.

»Wie haben Sie das hingekriegt?«, fragte er verblüfft.

Sie hob die Achseln. »Ganz einfach, ich hab den Lift genommen und mich Niklas am Ende der Treppe in den Weg gestellt. Es war zwar knapp, aber es hat geklappt.« Sie klang stolz.

Eine Welle der Zuneigung stieg in Pit hoch. »Sie sind eine unglaubliche Frau«, sagte er und holte tief Luft. »Darf ich Sie morgen Abend zum Essen ausführen?«

Olivia strahlte ihn an. »Gern.«

Mit einem ›Ping!‹ öffnete sich die Aufzugstür und Jansen kam aus der Kabine gehumpelt. Sein noch immer gequältes Gesicht hellte sich auf, als er sah, dass Niklas van Enterkott gefesselt und mit hängendem Kopf neben Pit stand.

»Sie haben ihn erwischt? Großartig, Chef.«

»Ja, großartig, in der Tat«, bestätigte Pit. »Das habe ich allerdings nicht Ihnen, sondern Frau van Enterkott zu verdanken.«

»Tut mir leid, Chef, aber -«

»Ersparen Sie mir das«, bat Pit. Sein Kopf ruckte zu Olivias Cousin. »Kümmern Sie sich lieber um diesen verhinderten Erbschleicher.«

»Nichts lieber als das«, knurrte Jansen und humpelte auf den Übeltäter zu.

Gemeinsam mit Olivia beobachtete Pit, wie sein Kollege Niklas van Enterkott zum Ausgang führte.

Als sich die Haustür hinter den beiden Männern schloss und sie endlich allein waren, wandte er sich wieder Olivia zu. »Sie haben großen Mut gezeigt«, sagte er. »Ohne Sie wäre er uns vermutlich durch die Lappen gegangen.«

»Ich konnte schließlich nicht zulassen, dass er weiterhin eine Bedrohung für mich darstellt«, meinte sie mit ernster Miene und zuckte die Achseln.

»Trotzdem: Ihre schnelle Reaktion hat mir wirklich imponiert.« Er lächelte. »Das hätte ich ehrlich gesagt nicht von Ihnen erwartet.«

Olivia wirkte amüsiert. »Sie haben wahrscheinlich vermutet, dass ich panisch herumschreie oder in Ohnmacht falle.«

»Na ja ...«, gab er zu und kratzte sich verlegen den Hinterkopf.

»Wissen Sie, ich bin gern für eine Überraschung gut«, murmelte sie mit einer Stimme wie weichgespülte Angorawolle und sah ihm tief in die Augen.

Sein Puls begann zu rasen. »Das freut mich zu hören.« Er nahm ihre Hand und zog sie an sich. Mit dem rechten Zeigefinger hob er ihr Kinn an.

Ihre Audrey-Hepburn Augen funkelten schelmisch. Weitere Worte waren überflüssig. Er beugte den Kopf zu ihr und küsste sie, lange und ausgiebig.

Als sie sich voneinander lösten, räusperte er sich.

»Also, morgen Abend gehen wir essen. Anschließend könnten wir uns bei mir einen Film ansehen, wenn du magst.«

Sie nahm seinen Arm. Gemeinsam gingen sie zum Ausgang. »Das klingt wundervoll. Und welcher Film schwebt dir da so vor?«

»Hm, mal überlegen. Kennst du ›Charade‹?«

\*\*\*

# Mitten ins Herz

Das Bimmeln der Kirchenglocken draußen vermischt sich mit den Schritten und dem Gemurmel der Gäste im Inneren des Gotteshauses.

Mein Chef und ich rutschen in eine noch nicht vollbesetzte Bank. Wir, also Herr Beck und ich, sind die einzigen aus der Firma, die zu Heikes Hochzeit eingeladen sind. Sie ist seine Assistentin, seine rechte Hand. Ich bin für die Buchhaltung zuständig. Die anderen Angestellten von ‚Becks Catering‘ sehen wir selten, da sie nicht wie wir im Büro arbeiten, sondern als Köche, Kellner oder Barkeeper tätig sind.

Der Altarraum sieht schön aus, stelle ich fest. Kerzen tauchen ihn in warmes Licht und die Bodenvasen mit weißer Calla verleihen ihm festliche Eleganz.

Als alle sitzen erklingt der Hochzeitsmarsch. Vor dem Altar steht der Bräutigam und lächelt nervös.

Die Tür der Kirche öffnet sich.

Wir wenden die Köpfe und ich sehe Heike am Arm ihres Vaters hereinkommen. Noch nie habe ich sie so glücklich gesehen. Seit Monaten fiebert sie diesem Tag – ihrer Traumhochzeit – entgegen.

»Sie sieht richtig hübsch aus«, stellt Herr Beck verwundert fest.

Es stimmt. Ihr sonst recht dünnes, hellbraunes Haar ist aufgesteckt und wirkt viel voller als sonst. Das Make-up verleiht ihr einen frischen Teint und lässt ihre blassblauen Augen leuchten. In einem Brautkleid sieht selbst Heike fast wie eine Prinzessin aus.

Ich freue mich für sie. Sie war fest davon überzeugt, als Mauerblümchen zu enden. Dann lernte sie Frank kennen und plötzlich ging alles ganz schnell. Die zwei zogen innerhalb eines Jahres zusammen, verlobten sich – und nun stehen sie hier, lächeln sich verliebt an und geben sich das Jawort.

Ich seufze gerührt. Jetzt muss sich nur noch Heikes größter Wunsch erfüllen. Sie sehnt sich nach einem Baby. Da sie bereits 37 ist, hat sie es eilig, die Familienplanung anzugehen.

Beim ,*Ave Maria*', von einer Solistin vorgetragen, sprießt Gänsehaut auf meinen Armen. Was für eine schöne Trauung.

»Weiß Heike schon, was Sie ihr zur Hochzeit schenken?«, frage ich Herrn Beck leise, als das frisch gebackene Ehepaar selig lächelnd an uns vorbei zum Ausgang schreitet.

Er schüttelt den Kopf und zwinkert mir zu. »Sie hat keine Ahnung. Aber ich werde es verraten, wenn ich ihr und Frank gratuliere.«

Vor der Kirche nehmen die Brautleute dankbar die Glückwünsche entgegen. Ich sehe, wie der Chef Heike etwas zuflüstert und als sie ihn daraufhin ungestüm umarmt weiß ich, dass er die Katze aus dem Sack gelassen hat. Statt ihr nur einen großzügigen Rabatt für das Catering einzuräumen, spendiert unser Big Boss sämtliche Speisen und Getränke für diesen Tag.

Während des Essens sitzen Herr Beck und ich an einem Tisch mit drei Pärchen. Freunde und Nachbarn des Paares. Nette Leute, wir haben viel Spaß.

Das Steak war vorzüglich. Pappsatt lege ich das Besteck auf den Teller, lehne mich zurück und schaue mich um. Unser Personal ist wie üblich unaufdringlich und aufmerksam. Zügig werden die leeren Teller abgeräumt.

»Haben wir schon wieder einen neuen Kellner?«, frage ich verwundert, als mein Blick auf einen schlanken jungen Mann mit ernster, beinahe finsterer Miene fällt.

»Der Sohn einer Bekannten«, erklärt mein Chef, während er sich den Mund mit einer Serviette abtupft. »Sie sucht händeringend eine Perspektive für ihn und hofft, dass es ihm bei uns gefällt. Er jobbt heute nur zur Probe, für ein Taschengeld.«

Ich beobachte den Kellner skeptisch. Na, ob das was wird? Er sieht nicht aus, als ob er Spaß an der Arbeit hätte.

Nachdem das Dessert – eine köstliche Eistorte – verputzt ist und der Alkohol zu fließen beginnt, wird die Stimmung ausgelassen. Der DJ bittet das Brautpaar auf die Tanzfläche und die Gäste bilden einen klatschenden Kreis, während Heike und Frank zu Marianne Rosenbergs Kult-Hit ‚Er gehört zu mir‘ tanzen.

Bald ist das Parkett gut gefüllt. Ich beobachte das fröhliche Gewimmel und bemerke, dass Heike nun mit ihrem Vater tanzt.

»Na, Maria, was meinen Sie? Wollen wir es auch einmal versuchen?«, fragt mein Chef.

Ich lächle ihn an. »Warum nicht? Gern.«

Er versteht es, zu führen. So macht Tanzen Spaß.

Auch das nächste Lied gehört uns. Ich schwebe in seinen Armen dahin, als ein gellender Schrei das Blut in meinen Adern gefrieren lässt.

Die Musik bricht ab und alle schauen sich irritiert um. Was ist passiert?

Heike kommt aus der Richtung der Waschräume gerannt. Ihr Gesicht ist das pure Entsetzen. Augen und Mund sind weit aufgerissen, Hände und Brautkleid mit Blut besudelt.

In den nächsten Minuten herrscht totales Chaos.

Schließlich erfahre ich, was passiert ist. Jemand hat Frank, Heikes frischgebackenen Ehemann, niedergestochen. Im Herren-Waschraum.

»Mitten ins Herz«, flüstert theatralisch Heikes Nachbarin, die mit bleichem Gesicht neben mir sitzt.

Mein Gott, denke ich erschüttert und fühle mich wie versteinert. Die arme Heike!

Schon nach kurzer Zeit strömen mehrere Polizisten in den Festsaal. Alles wird untersucht, jeder Gast soll vernommen werden. Ein Beamter bittet mich, meine Handtasche zu öffnen. Ich erfahre, dass nach der Mordwaffe gesucht wird.

Wenig später beobachte ich, wie der Nachbar, der bei uns am Tisch gesessen und während des Essens einen Witz nach dem anderen erzählt hat, hinausgeführt wird. Er wirkt völlig verstört.

Alle Gäste sehen ihm nach, es wird getuschelt und geflüstert. Angeblich wurde ein blutiges Steakmesser in dem Jackett gefunden, das über seiner Stuhllehne hing.

Heike sitzt teilnahmslos auf einem Stuhl, die Familie um sich herum, die tröstend auf sie einredet. Sie tut mir unendlich leid.

Obwohl der Täter ja rasch gefunden wurde, bittet ein Kommissar jeden von uns zum Gespräch.

Schließlich bin auch ich dran.

»Wozu noch ein Verhör, wenn der Täter schon feststeht?«, frage ich ihn verwundert.

»Der Verdächtige streitet die Tat vehement ab«, erklärt der Kommissar, ein kompakter Mann mit Brille und Kinngrübchen. Er sieht nett aus. Und müde. Es ist ja auch schon ziemlich spät.

»Aber die Mordwaffe wurde doch bei ihm gefunden?«, hake ich nach.

»Ja. In seinem Jackett, in der rechten Tasche. Und genau das macht mich stutzig«, fügt er nachdenklich hinzu.

Nun ist meine Neugier geweckt. »Wieso?«

»Zum einen ist das ein dilettantisches Versteck. Aber wichtiger noch: Der Mann ist Linkshänder.«

»Ach was! Also ist er vermutlich gar nicht der Mörder?«

Der Kommissar mustert mich mit gerunzelter Stirn, als hätte ich ihn mit vorgehaltener Pistole gezwungen, mir diese Informationen zu geben. »Was halten Sie davon, wenn von jetzt an ich die Fragen stelle?«, fragt er mit einem Hauch von Sarkasmus.

Ich senke verlegen den Kopf. »Tschuldigung.«

Er winkt ab und erkundigt sich nach meinem Verhältnis zu Heike und Frank.

»Heike und ich arbeiten seit zwölf Jahren zusammen«, berichte ich gehorsam. »Mit der Zeit sind wir Freundinnen geworden. Sie managt den Laden, der Chef verlässt sich voll auf sie.«

»Soso. Waren Sie heute Abend die ganze Zeit mit ihm zusammen?«

»Mit Herrn Beck? Eigentlich schon.«

»Gut. Er hat Sie als sein Alibi genannt und mit Ihrer Bestätigung eben haben Sie nun auch eines«, erklärt er.

Ich lächle verunsichert. »Mir war gar nicht bewusst, dass wir eines brauchen.«

»So wie die Dinge liegen braucht jeder der hier Anwesenden eines«, erwidert der Kommissar, »denn noch ist das Motiv völlig offen.«

Ja natürlich, der Mörder muss einen guten Grund gehabt haben, um einen Mann zu ermorden, der gerade den glücklichsten Tag seines Lebens erlebt.

Doch was für ein Grund könnte das sein? Eifersucht? Unwahrscheinlich. Heike war ja höchst erleichtert, dass sich überhaupt jemand in sie verliebte.

Während ich über ein Motiv nachgrüble, muss ich plötzlich an eine Szene denken, die sich vor knapp zwei Wochen abspielte. Heike und ich unterhielten uns über ihren Babywunsch, als auf einmal der Chef zur Tür hereinkam. Ihm hat sie nie erzählt, dass sie ein Kind bekommen möchte.

Wenn er aber unser Gespräch belauscht hat, weiß er, dass Heike im Fall einer Schwangerschaft für lange Zeit ausfallen würde. Und das dürfte ihm gar nicht gefallen. Er ist hilflos ohne sie und kriegt bereits Zustände, wenn sie Urlaub hat.

Da fällt mir noch etwas ein. Vorgestern hat er mich gebeten, 25.000 Euro vom Geschäftskonto auf sein privates zu überweisen. Natürlich kommt so etwas vor, doch dann erzählt er mir immer, wofür das Geld ist, für ein neues Auto oder so. Diesmal jedoch – nichts. Auch, dass er mich nicht über die Aushilfe informierte, ist ungewöhnlich.

Das alles macht aber Herrn Beck nicht zum Täter. Das wäre ja auch völlig absurd! Abgesehen davon hat er ja ein Alibi. Mich.

Der Kommissar mustert mich. »Alles in Ordnung?«

Ich nicke zerstreut und er entlässt mich aus dem Verhör.

Nachdenklich gehe ich zu unseren Mitarbeitern hinüber. Sie verpacken gerade das gesäuberte Geschirr. Zwei weitere kümmern sich um die Bar. Nur einer fehlt: der mürrische Aushilfskellner.

Wo steckt der Kerl? Und wo ist der Chef? Im Festsaal kann ich ihn nicht finden, also beschließe ich, draußen nachzusehen.

Hier ist es ruhig und kühle Luft schlägt mir entgegen. Der Porsche des Chefs steht noch auf dem Parkplatz. Andererseits hat er etwas getrunken und sich vielleicht ein Taxi bestellt.

Ich reibe die Gänsehaut auf meinen Armen glatt und beschließe, wieder hinein zu gehen. Als ich mich umdrehe, streift mein Blick noch einmal den Porsche. Ich stutze. Sitzt jemand darin? Tatsächlich kann ich schemenhaft zwei Köpfe ausmachen.

Die Beifahrertür geht auf. Im Licht, das nun aus dem Wagen fließt, erkenne ich den Aushilfskellner. Während er einen dicken weißen Umschlag in sein Jackett schiebt, sieht er sich aufmerksam um.

Rasch verberge ich mich hinter einem BMW.

Mir ist gar nicht mehr kalt. Im Gegenteil.

Ich höre die Wagentür des Porsche zufallen und eilige Schritte, die immer leiser werden.

In meinen Ohren rauscht es. Hinter dem BMW hockend versuche ich zu begreifen, was das alles bedeutet. Vielleicht hat mein Chef dem Kellner wirklich nur das versprochene Taschengeld ausgehändigt. Aber die Umstände dieser Bezahlung kommen mir mehr als merkwürdig vor.

»Maria? Was machen Sie denn hier?«, höre ich plötzlich die ärgerlich klingende Stimme meines Chefs. »Spionieren Sie mir etwa nach?«

Erschrocken sehe ich hoch.

Ich habe ihn gar nicht kommen hören. Bestürzt und mit weichen Knien richte ich mich auf.

»Sie haben Frank ermorden lassen«, flüstere ich, noch immer geschockt davon, welches Bild die einzelnen Puzzleteile ergeben haben. »Für die fünfundzwanzigtausend Euro haben Sie den Killer-Kellner engagiert, der Heikes Mann umbringt und hinterher die Tatwaffe einem anderem unterjubelt. Für ihn war es schließlich ein Leichtes, das Messer unauffällig in die Tasche des Nachbarn gleiten zu lassen.«

»Was reden Sie da für einen Unsinn?« Bedrohlich langsam kommt Herr Beck auf mich zu.

Ich gehe einen Schritt nach hinten.

Er bleibt stehen und sieht mich forschend an. »Maria! Sie glauben das doch nicht wirklich, oder?«

»Ich weiß nicht, was ich denken soll«, sage ich, doch dann nehme ich meinen ganzen Mut zusammen.

»Doch ich könnte mir vorstellen, dass Sie einen guten Grund hätten, zu verhindern, dass Heike eine Familie gründet. Sie würde in der Firma für lange Zeit ausfallen.«

Er runzelt die Stirn. »Das wäre in der Tat eine Katastrophe.« Er kommt näher. Ich weiche zurück, stoße aber gegen den BMW. »Sie sind eine richtige kleine Miss Marple«, sagt Herr Beck anerkennend. »Wirklich gut kombiniert.«

»Heißt das etwa, ich habe Recht?«, frage ich fassungslos. Bis zu dieser Sekunde habe ich noch gehofft, völlig falsch zu liegen mit meinem Verdacht.

»Maria, Sie haben doch hoffentlich der Polizei nichts von all dem gesagt?«

Ich schlucke und schüttele den Kopf.

»Gut so«, sagt er. Dann sind plötzlich seine großen Hände an meinem Hals. Drücken zu.

Vergeblich versuche ich, Luft zu holen. Ich kralle meine Finger um seine Handgelenke, doch er ist zu stark. Mein Herz hämmert in Todesangst, meine Beine drohen wegzuknicken. Alles verschwimmt mir vor den Augen. Statt eines Hilferufes bringe ich nur ein Röcheln hervor.

Von irgendwo weit weg dring ein Klicken an mein Ohr und dann eine Stimme. »Lassen Sie sie los! Sofort!«

Herr Beck gehorcht zögernd.

Ich schnappe nach Luft wie ein Fisch an Land, krümme mich und fasse mir keuchend an die Kehle.

»Sind Sie in Ordnung?«

Der Kommissar steht hinter uns, die Mündung seiner Pistole bohrt sich in den Rücken meines Chefs.

»Es geht schon«, krächze ich und lehne mich total erschöpft an den BMW hinter mir. »Woher ... woher wussten Sie ...?«

»Bei unserem Gespräch merkte ich, dass Sie irgendetwas beunruhigte. Darum habe ich nach ihnen gesucht. Und als ich sie drinnen nirgendwo entdecken konnte, habe ich mich draußen umgesehen.« Er mustert mich besorgt. »Offenbar gerade noch rechtzeitig.«

Ich schenke ihm ein klägliches aber überaus dankbares Lächeln.

Er lächelt zurück und übergibt Herrn Beck mit kurzer Anweisung an zwei Beamte.

Wir sehen den dreien nach. »Mir tut meine Kollegin so schrecklich leid«, murmele ich. Meine Stimme klingt wie das Krächzen eines Raben, doch immerhin kann ich noch sprechen.

Traurig fahre ich fort. »Dies sollte der schönste Tag ihres Lebens werden, doch nun hat sie nicht nur ihren Mann, sondern auch noch den Job verloren.«

Ich räuspere mich. Mein Hals fühlt sich an, als hätte ich Reißnägel geschluckt.

»Ja, das ist bitter«, stimmt der Kommissar zu.

Dann sieht er auf die Uhr. »Das wird vermutlich eine lange Nacht, ich könnte einen Kaffee vertragen. Leisten Sie mir Gesellschaft? Dabei können Sie mir alles genau erzählen.«

Mein Lebensretter lächelt wirklich nett. Wer weiß, vielleicht ist er Single, so wie ich. Viele Paare lernen sich doch auf Hochzeiten kennen. Wenn auch nicht unter so dramatischen Umständen.

»Einverstanden«, sage ich. »Doch wenn es Ihnen recht ist, hätte ich statt eines Kaffees lieber einen doppelten Whisky auf Eis.«

***

# Für immer

Meine Hand ruht einige Sekunden lang auf der Klinke. Ich muss warten, bis sich mein Herzschlag beruhigt hat, ehe ich die Tür öffne.

Ich bin so weit.

Da steht er: Attraktiv wie immer.

»Hallo Julian«, begrüße ich ihn und spähe über seine Schulter, doch er scheint allein zu sein. »Wo ist denn Elena?«

»Sie hat keine Zeit. Die neue Kollektion, du weißt schon ...« Er rollt vielsagend mit den Augen. »Lässt du mich trotzdem rein?«

»Ja, natürlich. Entschuldige.« Mit heißen Wangen senke ich den Blick und trete zur Seite.

Im Wohnzimmer reiche ich ihm den Smoking.

Heute ist die letzte Anprobe. Sicher werde ich nur noch wenige Kleinigkeiten ändern müssen.

»Danke. Ich gehe dann mal nach nebenan«, sagt er mit einem Lächeln, das meine Knie weich werden lässt. Kaum hat er den Raum verlassen, sinke ich schwach auf die Kante meines Sessels und atme tief durch. Spüre das beunruhigende Kribbeln der Gefahr auf meiner Kopfhaut.

Bisher war Elena bei allen Anproben dabei. Dass ich heimlich in Julian verliebt bin und es zwischen uns beiden knistert, wann immer wir uns sehen, scheint sie nie gemerkt zu haben, sonst wäre sie gewiss auch heute mitgekommen.

Sie vertraut uns eben.

Nein, denke ich ernüchtert, das ist es nicht. Sie kann sich nur nicht vorstellen, dass Julian sie betrügt - schon gar nicht mit mir.

Mir wird heiß bei dem Gedanken, er sich gerade in meinem Schlafzimmer auszieht. Ich muss Distanz wahren, so gut es geht.

Professionell bleiben.

Und unbedingt jeden Augenkontakt vermeiden.

Julian kommt zurück. Bei seinem Anblick verspüre ich ein beunruhigendes Ziehen im Unterleib.

»Sind die Hosenbeine nicht zu lang?«, fragt er unsicher und sieht an sich herunter.

Zitternd gehe ich vor ihm in die Knie, spüre seinen Blick auf mir ruhen und überprüfe mit fahrigen Bewegungen die Länge der Smokinghose.

»Nein. Ich meine, es ist gut so«, stammele ich mit gesenktem Kopf. »Alles bestens.«

»Dann ist es ja gut.«

Zögernd erhebe ich mich. Seine Augen suchen meine, doch ich wende mich ab und bitte ihn, sich einmal langsam im Kreis zu drehen.

Er gehorcht. Der Smoking passt perfekt, lediglich am Revers könnte ich noch etwas verbessern.

Während ich es abstecke, streift Julians Atem meine Wange und sein After Shave dringt in meine Nase. Männlich. Erotisch. Hypnotisierend.

Die Anspannung zwischen uns ist beinahe greifbar. Noch nie war ich so nervös. Meine Finger zittern und sind kalt wie Eiszapfen. Ich kann nicht sprechen, meine Zunge ist wie gelähmt.

Auch Julian schweigt, doch ich spüre seinen Blick auf mir. Es gab schon früher Situationen wie diese, doch niemals waren wir dabei allein. Und das ist ein entscheidender Unterschied.

Ich darf meinen Gefühlen nicht nachgeben, so gern ich es auch möchte. Am besten denke ich an etwas anderes. Ans Wetter oder an Dinge, die ich erledigen muss. Wie Fensterputzen oder die Steuererklärung.

Dann passiert das, was ich vermeiden wollte: Unsere Augen treffen sich. Halten sich fest wie zwei Artisten am Trapez. Worte sind nicht nötig. Wir wissen beide, dass es nun kein Zurück mehr gibt.

Sanft zieht Julian die Nadeln, die zwischen meinen Lippen stecken, fort, und beugt sich zu mir. Ich halte den Atem an, als er mich an sich zieht. Sein Kuss ist zuerst zart, dann voller Leidenschaft, und ich bin sonnenwarmes Wachs in seinen Armen.

Unsere Kleidung pflastert den Weg in mein Schlafzimmer. Gierig fahren seine Hände über meinen Körper, setzen ihn in Flammen. Er stößt mich aufs Bett, ist im nächsten Moment über mir. Keuchen.

Das Lächeln des Eroberers. In seinen Augen funkelt es vor Verlangen.

Ob er Elena auch so ansieht, wenn er mit ihr ...?

Nein, ich will nicht an sie denken. Nicht jetzt, wo ich endlich Julians heiße Haut auf meiner spüre, seinem erregten Stöhnen lausche und von einer Woge der Lust davon gespült werde.

Schwer atmend liegen wir nebeneinander.

Julian räuspert sich und sieht mich eindringlich an. »Du darfst niemanden von uns erzählen, Celine, versprich es mir. Wenn Elena davon erfährt ...«

Er bricht ab.

Ich weiß, was er meint. Elena ist temperamentvoll und impulsiv. Sie wird kaum milde lächelnd darüber hinwegsehen, dass ihr Verlobter eine Woche vor der Hochzeit im Bett ihrer eigenen Schwester gelandet ist.

Ich schmiege mich an Julians breite Brust. »Keine Angst, von mir erfährt sie nichts. Und auch sonst niemand, das verspreche ich dir.«

Er küsst erleichtert mein Haar und drückt mich an sich.

Eine halbe Stunde später ist er fort. Zurück zu Elena, damit sie keinen Verdacht schöpft. Mir bleiben nur sein Duft, den meine Bettwäsche ausatmet, und die Erinnerung an den besten Sex meines Lebens. Ich verschränke die Arme hinter dem Kopf. Elena kann sich glücklich schätzen. Sie hat einfach alles: Einen Verlobten, der sie in jeder Hinsicht glücklich macht, und einen tollen Job, der sie ausfüllt.

Sie ist Modedesignerin und seit kurzem zeigt ein namhafter Designer Interesse an ihren Entwürfen. Wenn die Verbindung zustande kommt, hat sie ausgesorgt. Ich dagegen bin nur die Schneiderin, die ihre Ideen umsetzt. Ein kleines Licht.

Heimlich designe ich auch, doch bisher habe ich nicht gewagt, Elena meine Entwürfe zu zeigen. Sie hat so ein gewisses herablassendes Lächeln, das sie besonders häufig mir schenkt, ihrer minderbegabten Schwester. Es würde sie glatt umbringen, wenn sie wüsste, dass Julian sie ausgerechnet mit mir betrogen hat.

Ich stelle mir ihren schockierten Gesichtsausdruck vor und genieße diese kleine Rache. Sie entschädigt mich ein wenig für all die Momente, in denen meine Schwester mir mit Blicken, Gesten oder Worten vermittelt hat, ich sei nichts wert.

Julian sieht das offenbar ganz anders. Mit einem zufriedenen Lächeln kuschele ich mich tiefer in mein

Kissen und träume davon, dass Julian mich heiratet, nicht Elena.

Es ist fast Mitternacht, als das Telefon klingelt. Verschlafen melde ich mich.

»Ich bin's«, wispert Julian am anderen Ende.

»Celine, es ist etwas Schreckliches passiert!«

Sofort bin ich hellwach und setze mich auf. Schalte die Nachttischlampe ein und blinzle in die plötzliche Helligkeit. »Julian? Wovon sprichst du Was ist los?«

»Es geht um Elena. Sie ist ... tot.«

Obwohl ich instinktiv spüre, dass er die Wahrheit sagt, lache ich ungläubig auf. »Unsinn, du irrst dich sicher! Warum sollte sie ...«

»Sie ist die Treppe hinuntergestürzt. Wir haben uns gestritten, ich habe die Kontrolle verloren und - Celine, bitte komm schnell her. Ich weiß nicht, was ich tun soll!«

Eine halbe Stunde später öffnet er mir die Tür und ich schlüpfe in das schwach beleuchtete Haus. Am Fuße der Treppe liegt Elena, ihre Gliedmaßen sind merkwürdig verdreht.

Mit einem erstickten Schrei stürze ich auf sie zu und falle neben ihr auf die Knie. Streichle ihre Wange, während mir Tränen die Sicht verschleiern.

Ich umfasse ihr schmales Handgelenk. Suche ihren Puls. Doch da ist nichts. Absolut gar nichts.

Elena ist tatsächlich tot, ich kann es nicht fassen.

Obwohl wir uns nicht besonders nahestanden, sehr verschieden waren und oft gestritten haben, ist sie doch meine Schwester.

Meine elegante, erfolgreiche Schwester, die kurz davor war, sich all ihre Träume zu erfüllen.

Nun liegt sie leblos vor mir auf dem Boden.

Wie unbarmherzig das Schicksal zuschlagen kann.

Das Schicksal?

Julians Stimme dröhnt in meinem Kopf. »*Ich habe die Kontrolle verloren.*«

Mir wird speiübel.

Er räuspert sich neben mir. »Ich nehme an, sie hat sich das Genick gebrochen.«

»Wir ... wir sollten wohl besser die Polizei rufen«, sage ich unsicher.

»Kommt nicht in Frage! Dann lande ich im Gefängnis.«

»Das glaube ich nicht. Es war doch ein Unfall, keine Absicht.«

»Vermutlich wäre es Totschlag. Oder Körperverletzung mit Todesfolge, ich kenne mich da nicht aus. Wie auch immer, ungeschoren komme ich ganz sicher nicht davon.«

Julian geht in die Knie, nimmt meine Hände in seine und sieht mich flehend an. »Celine, du musst mir helfen.«


Im Wohnzimmer sinke ich erschöpft aufs Sofa.

Julian macht sich an der Bar zu schaffen, kommt mit zwei Cognacs zurück. Reicht mir ein Glas. Vorsichtig nippe ich daran.

»Ich weiß, was wir tun«, sagt er plötzlich und setzt sich zu mir. »Ihr seid Zwillinge, gleicht euch aufs Haar. Du schlüpfst einfach in ihre Haut! Heiratest mich in ihrem Namen und machst den Vertrag mit dem Designer. Wenn alles vorbei ist, fangen wir irgendwo ein neues Leben an. Nur du und ich. Für immer.« Er nimmt meine Hand. Lächelt zaghaft. »Was sagst du dazu?«

Ich starre ihn fassungslos an. Mein Traum fällt mir ein. Und der alte Spruch ‚*Sei vorsichtig mit dem, was du dir wünschst. Es könnte in Erfüllung gehen*‘.

Ich schüttle langsam den Kopf. »Das kann unmöglich dein Ernst sein.«

Er stellt unsere Gläser auf den Couchtisch und zieht mich an sich. »Ich liebe dich, Celine«, flüstert er und küsst meine Zweifel weg. Wie die Tropfen eines tödlichen Tranks träufelt er Worte in mein Ohr.

»Elena ist tot. Nichts kann daran etwas ändern. Wir müssen jetzt an uns denken. Es ist der einzige Ausweg, glaub mir. Tu es für uns, Celine. Für unsere Zukunft.«

Wir beerdigen Elena in einem Wald, mitten im Gehölz. Mit ihr vergraben wir meine Handtasche samt all meinen Papieren. Ich komme mir vor wie bei meiner eigenen Beisetzung. Fühle nichts. Es ist, als wäre ich in Watte gehüllt.

Der neue Tag dämmert bereits herauf, als wir zurück sind. In ihrem Haus, in ihrem Bett.

Während wir miteinander schlafen sitzt Elena auf der Bettkante und beobachtet uns. Ihre Miene zeigt unverhohlene Verachtung.

Ich kneife die Augen zusammen, aber meine tote Schwester lässt sich nicht verscheuchen.

Als ich endlich einschlafe, träume ich, dass ich lebendig begraben bin. Um mich herum sind nur dunkle Erde, faulige Blätter und Baumwurzeln.

Ich will schreien, doch sobald ich meinen Mund aufmache, ist er voller Erde und kein Ton kommt heraus. Ich gerate in Panik. Es ist so eng, ich kann mich nicht rühren. Todesangst wütet in mir wie ein scharfzahniges Monster, das mich von innen her auffrisst.

Ich schrecke hoch, keuchend und schweißgebadet.

Julian hat nichts gemerkt, er schläft friedlich.

Ich liebe ihn so sehr.

Während ich ihn betrachte, sein wirr in die Stirn fallendes Haar, die langen Wimpern, das kantige Gesicht, die Schatten auf seinen Wagen, beruhige ich mich langsam. Die eben noch ausgestandene Angst weicht einem leisen Glücksgefühl.

Ich lege mich dicht neben ihn, schlinge einen Arm um ihn und lausche seinem gleichmäßigen Atem.

»... und willst du, Elena Körner, diesen Mann lieben, ihn ehren, ihm beistehen in guten wie in schlechten Zeiten, bis dass der Tod euch scheidet, dann antworte mit: Ja, ich will.«

Der Standesbeamte nickt mir auffordernd zu. Julian hält meine Hände. Er versucht zu lächeln und sieht mich dabei beschwörend an. Ich kann seine Gedanken hören. *Sag es, Celine. Tu es, bevor jemand misstrauisch wird.*

Die ganze Situation ist bizarr. Wenn ich dieser Ehe zustimme, begebe ich mich in Julians Hände. Wir zwei und unser Geheimnis sind dann untrennbar miteinander verbunden. Für immer und ewig.

Soll ich das wirklich tun?

Julians Hände drücken meine, seine Augen sind fest auf mich gerichtet und auffordernd geweitet. *Tu es!*

Ich räuspere mich. »Ja, ich will.«

Vermutlich merke nur ich, dass seine angespannten Schultern erleichtert herabsinken.

»Dann erkläre ich euch hiermit kraft meines Amtes für Mann und Frau. Sie dürfen die Braut küssen.«

Nach der Trauung bitten wir unsere Gäste in ein nahegelegenes Restaurant.

»Wo ist eigentlich Celine?«, fragt mich Elenas Assistentin und Trauzeugin.

Ich sage automatisch mein eingeübtes Sprüchlein auf. »Ich weiß es nicht, etwas muss sie aufgehalten haben. Bestimmt kommt sie gleich.«

Natürlich taucht sie nicht mehr auf, doch bald fragt niemand mehr. Alle wissen, dass wir nicht so eng miteinander sind, wie es zwischen Zwillingen angeblich typisch ist. Niemand hier ahnt die skurrile Wahrheit. Lediglich unsere Eltern hätten Verdacht geschöpft. Sie waren die einzigen, die es schafften, Elena und mich auseinanderzuhalten, doch sie sind vor acht Jahren bei einem Verkehrsunfall gestorben.

Meine Schwester ist jetzt bei ihnen. Ich möchte lieber nicht wissen, was die drei denken, wenn sie uns von ihrer Wolke aus beobachten.


Während unserer Hochzeitsnacht ist Julian sanft und einfühlsam, dennoch kann ich mich nicht richtig entspannen.

»Es ist überstanden, Spätzchen«, sagt er und drückt mich fest an sich. »Niemand hat etwas gemerkt. Nur noch ein paar Tage, dann fängt für uns ein neues Leben an.«

»Ich habe Angst, Julian. Was ist, wenn der Designer merkt, dass ich nicht Elena bin? Ich habe keine Ahnung, worüber die zwei gesprochen haben.«

»Er wird nichts merken. Sag, dass du nicht viel Zeit hast, schau ab und zu auf die Uhr, unterschreib den Vertrag und fertig. Es gibt keinen Grund, um sich Sorgen zu machen.«

Als ich noch etwas einwenden will, verschließt er meine Lippen mit seinen. Als er sich von mir löst, lächelt er voller Zärtlichkeit und streicht mir sanft über die Wange. »Kein Wort mehr, Spätzchen. Du schaffst das. Und sobald der Typ das Geld überwiesen hat, düsen wir ab nach Südspanien.«

Ich liebe seine zuversichtliche Art. Es klingt alles so einfach, wenn er es sagt. Und auf Spanien freue ich mich ehrlich. In Andalusien, an der Costa de la Luz, haben wir eine kleine Finca reserviert. Doch erst, wenn wir dort ankommen, werde ich wieder entspannt durchatmen können, das weiß ich genau.

Meine Beine zittern, als wären sie aus Gummi, als ich - in einem selbst entworfenen Hosenanzug - den Designer und seinen aalglatten Anwalt in Elenas Atelier empfange.

»Was für ein elegantes Modell«, lobt der Designer und mustert mich und meinen Anzug wohlwollend oben bis unten. »Sehr stilvoll, gefällt mir. Das wäre etwas für unsere nächste Herbstkollektion.«

»Ich habe noch mehr Entwürfe«, sage ich und reiche ihm herzklopfend die mitgebrachte Mappe mit meinen Zeichnungen.

Während er durch die Unterlagen blättert und immer wieder zustimmend nickt, wünschte ich, Elena könnte diesen Moment miterleben. Ich bin richtig stolz auf mich.

»Ein ganz anderer Stil, als ich es von Ihnen gewohnt bin«, sagt er plötzlich und ich spüre, dass mir das Blut in den Kopf schießt.

Was soll ich darauf antworten?

Bevor mir etwas Sinnvolles einfällt, erinnert der Anwalt seinen Mandanten an einen weiteren Termin und holt den Vertrag hervor.

Ich atme auf und nehme den Stift entgegen, den er mir reicht. Zitternd beginne ich zu schreiben. Ich habe das C für Celine fast beendet, als mir siedend heiß einfällt, dass ich nicht mehr ich bin. Rasch und etwas ungelenk mache ich ein halbrundes E daraus.

Niemandem fällt etwas auf, aber mir steht der Schweiß auf der Stirn und meine Achseln fühlen sich ekelhaft feucht an.

Es ist geschafft! Wir schütteln uns die Hände und vereinbaren eine Option auf die Übernahme meiner nächsten Kollektionen.

Die beiden Männer verabschieden sich und wenig später mache auch ich mich auf den Heimweg. Ich bin viel zu aufgeregt, um noch länger im Atelier zu bleiben und den Leuten dort vorzuspielen, ich wäre meine Schwester. In diesem besonderen Moment will ich wieder ich selbst sein. Außerdem habe ich Sehnsucht nach Julian.

Als ich die Haustür aufschließe, empfängt mich der Klang seiner Stimme. Sie kommt aus dem Arbeitszimmer. Ich will eben nach ihm rufen, da höre ich ihn lachen. Es ist kein amüsiertes Lachen, sondern eines voller Zärtlichkeit. Ich erstarre und schließe geräuschlos die Tür. Mit steifen Beinen gehe ich zu der Tür, hinter der mein Julian mit jemanden spricht. Die Worte, die in meine Ohren eindringen und wie spitze Pfeile mein Herz treffen, klingen so liebevoll, dass mir schlagartig eiskalt wird.

»Ich vermisse dich auch, Spätzchen. Nein, nun dauert es nicht mehr lange. Schon morgen fliegen Elena und ich nach Spanien, wo sie wie versprochen einen kleinen Unfall haben wird.«

Ich stehe da wie erstarrt. Hat er das wirklich gesagt?

»Ja, die Finca liegt an einer Steilküste, da kann man leicht das Gleichgewicht verlieren.« Er lacht leise. »Genau. Sobald mit der Erbschaft alles geregelt ist, kommst du nach und wir fangen neu an. Nur du und ich. Für immer.«

Mir wird schwindelig.

Erstaunlicherweise interessiert mich nicht, mit wem er spricht. Mich macht nur dieser unglaubliche Verrat fassungslos. Ich habe für diesen Mann alles getan. Sogar mich selbst zu Grabe getragen.

Abgrundtiefer Hass beginnt in mir zu lodern.

Vorsichtig luge ich durch den Türspalt. Julian sitzt am Schreibtisch, mit dem Rücken zu mir, und sieht aus dem Fenster. Seine Finger spielen mit dem Telefonkabel.

Im Zeitlupentempo greift meine Hand nach dem antiken Bügeleisen auf der Anrichte neben der Tür. Es ist schwer. So schwer, dass keine Schädeldecke ihm etwas entgegenzusetzen vermag.


Spanien ist herrlich! Die Finca ist wunderhübsch und groß genug für eine vierköpfige Familie. Wer weiß, vielleicht habe ich die irgendwann.

Die Spanier, die ich bisher kennengelernt habe, sind reizend. Besonders Juan, der attraktive Makler, hat es mir angetan. Er erinnert mich ein bisschen an Julian, er ist ebenso leidenschaftlich und wild wie er. Ach ja, Julian. Er ist jetzt wieder bei Elena. Die zwei liegen nebeneinander in ihrem Waldgrab. Vereint. Für immer.

***

# Ein hochprozentiger Fall

Als Nina ins Büro stürmte, kochte sie vor Zorn. Wütend schmiss sie ihre Handtasche und ihre Mütze auf den Schreibtisch.

»Einen wunderschönen guten Morgen«, lächelte ihr Kollege Erik munter.

»Männer sind einfach unglaublich!«, schnaubte Nina und ließ sich auf ihren Stuhl fallen.

Erik lächelte geschmeichelt. »Ich weiß.«

»Im negativen Sinne, du Hornochse!«, entgegnete Nina verärgert. »Stell dir vor, Paolo will, dass ich möglichst bald viele kleine Bambini produziere und meinen Job gegen den Herd eintausche.« Sie schnaubte. »Ich hasse es, wenn er sich aufführt wie ein südeuropäischer Macho.«

»Schätzchen, er ist einer«, sagte Erik gelassen.

Das Telefon klingelte. Erik meldete sich und lauschte mit ernster Miene. »Gut, wir kommen«, sagte er und legte auf.

»Arbeit?«

»Jep. Wir müssen in die Schlossstraße.«

»Moin«, begrüßte Erik den Gerichtsmediziner Dr. Mey, der neben der Leiche kniete. »Haben Sie schon was für uns?«

Die Kälte des Novembermorgens machte ihrer aller Atem sichtbar. Nina fröstelte und atmete tief ein. Plötzlich stutzte sie. Roch es nach Alkohol?

»Sie wurde stranguliert, mit einer Wäscheleine oder ähnlichem«, berichtete Dr. Mey. »Hier wurde sie nur abgelegt. Todeszeitpunkt gestern Abend, vermutlich zwischen sieben und zehn, mehr kann ich erst nach der Obduktion sagen.«

»Was liegt da neben ihr?«, fragte Nina. »Das ist doch eine Flasche, oder?«

»Rum.« Dr. Mey zog die Nase kraus. »Die Leiche wurde damit übergossen.«

»Ach herrje«, ließ sich Erik leise vernehmen.

»Kommt Ihnen das nicht bekannt vor, Dr. Mey?«

Der Arzt nickte bedrückt. »Doch, natürlich.«

Nina sah von einem zum anderen. »Was soll das heißen?«

»Das kannst du nicht wissen, du bist ja erst seit Mai bei uns«, sagte Erik. »Dies ist der dritte Rum-Mord. Die erste Leiche wurde am Ostermontag des letzten Jahres am Nordertor entdeckt, also vor etwa anderthalb Jahren. Die andere lag am Neujahrsmorgen darauf in dem flachen Brunnen im Burghof.«

»Und die Parallelen sind Rumflaschen und Würgemale?«, vergewisserte sich Nina.

Dr. Mey nickte. »Und der Opfertyp. Alle drei waren in den Vierzigern, hatten dunkle Haare und eine schlanke Figur.«

»Der oder die Täter wurden bisher nicht gefunden?«

Die beiden Männer schüttelten den Kopf


»Was weißt du über Serienmorde?«, fragte Erik, als sie wieder im Präsidium waren.

»Nun, Serienmörder handeln nicht spontan, sondern geplant«, gab Nina wieder, was sie gelernt hatte.

»Sie suchen ihre Opfer gezielt aus. Meist gibt es keinerlei Verbindung zwischen Täter und Opfer.«

Erik lehnte sich zurück und nickte. »Was noch?«

»Der durchschnittliche Serienmörder ist männlich, zwischen zwanzig und vierzig, ledig und kinderlos«, fuhr Nina fort. »Er ist eher unterdurchschnittlich intelligent, meist arbeitslos und etwas verschroben. Die Kindheit war von Gewalt, Gefühlskälte oder Missbrauch geprägt.«

Erik nickte. »Der Rum und die Tatsache, dass sämtliche Opfer weiblich waren, könnten darauf hindeuten, dass unser Mörder mit einer Trinkerin zusammengelebt hat. Eine ehemalige Lebensgefährtin vielleicht, oder auch seine Mutter. Damit wäre eine unglückliche Kindheit auf jeden Fall gegeben.«

»Das ist ein vager Anhaltspunkt, aber besser als nichts.« Nina schnappte sich ihre Jacke. »Ich befrage mal die Anwohner der Fundorte.«

Weder am Nordertor noch in der Schlossstraße war Nina erfolgreich mit ihrer Frage nach einer dunkelhaarigen Frau mit Alkoholproblem, die vermutlich vor zehn bis zwanzig Jahren mit ihrem Sohn in der Gegend gewohnt haben könnte.

Erst im Burghof hatte sie Glück.

»Ach, da meinen Sie gewiss die Silvia Körner«, sagte eine Frau Andersen, die, wie sie stolz erzählte, bereits über dreißig Jahre im Burghof Nr. 5 lebte.

»Ja, die war andauernd betrunken. Sie hatte einen Sohn, so um die zehn war er damals. Arne hieß er, er war oft bei mir zum Essen. Der kleine Kerl hatte ja ständig Hunger. Seine Mutter kümmerte sich kaum um ihn.«

Nina hielt den Atem an. »Wo genau hat Frau Körner gewohnt?«

»Direkt über mir.« Die alte Frau zeigte an die Decke.

»Aha. Und wann war das ungefähr?«

»Hm, ich glaube, Mitte der Achtziger. Ja, ich erinnere mich, Silvester 86/87 lag sie volltrunken in dem Brunnen, unten im Hof. Und Arne versuchte, sie ganz allein da rauszuheben. Total verzweifelt war er. Mein Mann hat ihm dann geholfen, seine Mutter ins Bett zu tragen.«

Alma Andersen schüttelte seufzend den Kopf. »Kurz darauf sind die zwei ausgezogen. Ich hab nie wieder von ihnen gehört.«


»Gib Silvia Körner ein«, rief Nina aufgeregt, als sie im Büro ankam. »Ich glaube, dass sie die Mutter unseres Mörders ist.«

Eriks Finger flogen über die Tasten. Kurz darauf grinste er zufrieden.

»Volltreffer! Vorbestraft wegen Diebstahls. Sie war auch in der Schloss- und in der Norderstraße gemeldet.«

»Noch irgendwo?«, fragte Nina ungeduldig. »Wo lebt sie jetzt?«

»Moment.« Er drückte ein paar Tasten. »Sie ist 2002 verstorben. Ihr letzter Wohnsitz war die Norderstraße.«

Nina überlegte. »Und davor lebte sie im Burghof, und vorher in der Schlossstraße?«

Er prüfte es nach. »Ja, stimmt.«

»Okay. Wo wohnte sie, bevor sie in die Schlossstraße zog?«

»Worauf willst du hinaus?«

Nina setzte sich. »Die Morde geschehen offenbar in umgekehrter Reihenfolge. An Silvia Körners letztem Wohnsitz – in der Norderstraße - wurde die erste Leiche gefunden. Die zweite habt ihr in der Nähe ihrer vorletzten Wohnung gefunden, im Burghof.

Davor wohnte sie in der Schlossstraße, wo heute die dritte Leiche gefunden wurde.«

»Du meinst also, wenn es vor dieser noch eine Adresse gab, könnte eine weitere Leiche dort abgelegt werden?«

»Davon müssen wir wohl ausgehen. Also, wo war sie noch gemeldet?«

Erik schaute nach. »Von 1976 bis 1982 wohnte sie im Oluf-Samsons-Gang.«

»Das ist doch die so genannte ›Liebesgasse‹, oder?«

Er nickte. »Und zu der Zeit herrschte dort noch Hochbetrieb.«

»Mit anderen Worten, Silvia Körner war vermutlich eine Prostituierte«, folgerte Nina. »1987 war Arne Körner zehn Jahre alt, also war er zu der Zeit, als seine Mutter in der Liebesgasse aktiv war, bereits geboren.«

»Das klingt in der Tat nicht nach einer Bilderbuchkindheit«, konstatierte Erik. »Fast kann er einem leid tun.«

»Mir tut nur die arme Frau leid, die bald tot im Oluf-Samsons-Gang liegt«, sagte Nina düster. »Wir müssen Arne Körner finden.«

Dort, wo Körner gemeldet war, erfuhren sie nur, dass er ausgezogen sei. Die Nachbarin berichtete, er habe ständig mit geschlossenen Vorhängen in seiner Wohnung gehockt und nicht einmal Moin gesagt., wenn sie ihm im Treppenhaus begegnet war.

»Ich bin froh, dass er weg ist«, betonte sie.

Im Wagen klingelte Ninas Handy. Sie sah aufs Display und nahm den Anruf an.

»Was willst du?«, fragte sie kalt und lauschte den Entschuldigungen und Beteuerungen von Paolo, der sie zur Wiedergutmachung zum Essen einlud.

»Von mir aus«, knurrte Nina. »Aber es muss ein besonders teures Restaurant sein. Ciao.«

»Ist dein Paolo vom Macho zum Softie mutiert?«, fragte Erik grinsend.

Sie nickte zufrieden. »Sieht zumindest so aus. Er lädt mich zum Essen ein und ich werde verdammt großen Hunger haben. Er soll bluten.«

»Ich habe nachgedacht«, kam Erik auf den Fall zurück. »Heute ist der 17. November. Die ersten beiden Leichen wurden zu Ostern und am Neujahrsmorgen gefunden. Vielleicht hat der Mörder sich auch die Daten bewusst ausgesucht. Immerhin hat er seine Mutter am Neujahrsmorgen aus dem Brunnen im Burghof gefischt. Vielleicht finden wir unter diesem Aspekt heraus, wann er wieder zuschlägt.«

Ein Blick in den Computer gab Erik Recht. Arne Körner war am 16. November 1977 geboren worden, was bedeutete, dass die Frau, die sie am Morgen in der Schlossstraße gefunden hatten, an seinem Geburtstag getötet worden war.

»Aber hilft uns das weiter?«, zweifelte Nina. »Wann könnte er wieder zuschlagen?«

»Vermutlich hat seine Mutter ihn zu Ostern enttäusch, Silvester ebenso und an seinem Geburtstag«, überlegte Erik. »Welchen Feiertag hat sie ihm wohl auch noch versaut?«

Sie sprachen es gleichzeitig aus. »Weihnachten!«

Die Adventszeit brach an. In der Flensburger Innenstadt wurden Punschbuden und Wurststände aufgebaut, Lichterketten funkelten wie Millionen Sterne und praktisch alles, von der Bratpfanne bis zur Spielkonsole, verwandelte sich in Weihnachtsgeschenke.

Arne Körner blieb verschwunden. Sie hatten ein Foto aus der Datenbank, das einen fülligen Mann mit kurzen blonden Haaren zeigte, doch auch auf eine öffentliche Fahndung hin gab es keine Hinweise, die sie weiterbrachten. Es war wie verhext.

»In drei Tagen ist Heiligabend«, seufzte Nina. »Wir glauben, dass er dann wieder zuschlagen wird. Da die Fundorte nicht die Tatorte sind, wissen wir nur leider nicht, wo.«

»Uns bleibt vermutlich nichts anderes übrig, als den Weihnachtsabend im Oluf-Samsons-Gang zu verbringen«, murmelte Erik. »Tolle Aussichten.«

Nina seufzte. »Du sagst es. Paolo wird begeistert sein.«

Der Oluf-Samsons-Gang war klein und sehr schmal, ebenso wie die darin befindlichen Häuser. Am unteren Ende konnte man den Hafen sehen. Bei Tageslicht und Sonnenschein ein malerischer Anblick. An diesem nasskalten Abend jedoch sah man nur das feucht glänzende Kopfsteinpflaster im Licht der Straßenlampen.

Nina, Erik und sechs weitere Beamte hatten sich in mehreren Erdgeschosswohnungen postiert, deren Mieter zum größten Teil verärgert darüber waren, dass ausgerechnet am Heiligen Abend die Polizei ihre Wohnungen besetzte.

»Vielleicht liegen wir völlig falsch«, sagte Nina um zwei Uhr morgens. »Ich glaube, er kommt doch nicht.« Sie saßen im Halbdunkel am Fenster, nur in der Küche spendete eine Tischlampe etwas Licht.

»Oh doch, er kommt«, behauptete Erik mit ange-spannter Stimme. »Ich spüre es.«

»Wenn du Recht hast, ist wieder eine Frau ermordet worden und wir konnten es nicht verhindern«, flüsterte Nina bedrückt.

Eine knappe Stunde später hielt ein Wagen am obe-ren Ende der Gasse. Der Motor erstarb und die Scheinwerfer gingen aus.

Ninas Müdigkeit war wie weggeblasen. »Ich glaub, es geht los!«, sagte sie ins Funkgerät. »Alle Lichter aus!«

Sie sprintete zur Tür und zog ihre Waffe, während Erik die Lampe ausschaltete. Als es dunkel war, öffnete Nina die Haustür einen Spaltbreit und lugte hindurch. Erik stellte sich hinter sie. Sie hörte das bekannte Klicken, das ihr anzeigte, dass er seine Dienstpistole entsicherte.

Nina beobachtete, dass ein Mann aus dem Wagen stieg, sich prüfend umsah und etwas vom Rücksitz zog. Die Gasse war menschenleer.

Der Mann hievte sich seine Fracht über eine Schulter und schloss das Auto. Dann kam er, gebeugt von seiner Last, die schmale Straße herunter.

Seine schleppenden Schritte und sein keuchender Atem durchbrachen die nächtlichen Stille.

»Wir müssen warten, bis er sie hingelegt hat und verschwinden will«, wisperte Erik.

Nina nickte.

Der Mann näherte sich ihrer Tür. Nina schob sie fast vollständig zu, damit er sie nicht bemerkte. Ihr Puls raste. Der Mann ging vorbei und blieb wenige Sekunden später stehen. Dann legte er seine Last an einer Hauswand ab und holte etwas aus der Innen-tasche seiner Jacke.

»Er will sie mit Rum übergießen. Lass uns zumindest das verhindern«, flüsterte Nina bittend.

Erik nickte und hob das Funkgerät an seinen Mund.

»Zugriff! Jetzt!«

Sie stürmten hinaus.

Arne Körner sah erschrocken auf, als plötzlich mehrere Polizisten auf ihn zustürmten und ihm Pistolenmündungen vor die Nase hielten.

»Arme hinter den Kopf!«, brüllte Erik.

Nina fiel auf, dass Arne Körner ganz anders aussah als auf dem Foto. Er war deutlich schmaler, trug eine Brille, schulterlanges Haar und einen Vollbart.

Deshalb also war die Fahndung erfolglos gewesen.

Erik ließ gerade die Handschellen zuschnappen, als Nina ein heiseres Husten hörte.

Sie wandte den Kopf. Das Opfer gab ein würgendes Geräusch von sich.

»Sie lebt noch!«, rief Nina alarmiert. »Schnell, ruft einen Notarzt!« Sie hockte sich neben die Frau und wies einen Kollegen an, Wasser und eine Decke zu bringen. Dann betrachtete sie Arne Körners jüngstes Opfer. Wie die anderen war es schlank und hatte langes, dunkles Haar. Und auch diesmal verunstalteten Würgemale den Hals.

Die Frau atmete angestrengt und hustete.

»Du dreckige, versoffene Schlampe!«

Nina wandte sich abrupt um. Arne Körner starrte mit auf dem Rücken gefesselten Händen hasserfüllt auf die halb bewusstlose Frau hinab. Seine Mundwinkel zuckten, er verzog das Gesicht zu einer weinerlichen Grimasse und schließlich brach er in Tränen aus.

»Du sollst tot sein«, schluchzte er. »Warum bist du nicht tot? Warum?«

Als Nina nach Hause kam, war sie erschöpft, aber auch unendlich erleichtert, dass Körners letztes Opfer überlebt hatte.

Im Schlafzimmer sah sie zärtlich auf den schlafenden Paolo. Dann fiel ihr Blick auf ihr Kopfkissen. Dort lag ein festlich eingepacktes Weihnachtsgeschenk.

Gerührt nahm sie das Päckchen und öffnete es so leise wie möglich.

Darin war ein gerahmtes Foto von Paolo, auf dem er eine Polizeimütze trug.

Darunter lag ein Zettel. »*Für deinen Schreibtisch. Ti amo.*«

***

# *Dessert Surprise*

*Ich verstehe nicht, warum man so viel
Wesens um die Technik des Komödien-
schreibens macht.
Man braucht doch nur die Feder in ein
Whiskyglas zu tauchen.*

**Oscar Wilde**

# Eis mit heißen Kirschen

Maja verrückt das im Licht der Kerzen funkelnde Tafelsilber um zwei Zentimeter nach rechts, ordnet Servietten und Gläser noch ein wenig perfekter und tritt mit kritischem Blick auf den festlich gedeckten Tisch einen Schritt zurück.

Als es an der Haustür klingelt, zuckt sie leicht zusammen und atmete dann tief durch. Es ist so weit.

Beim Weg zur Wohnungstür streicht sie kontrollierend über ihr Kleid, wie schon mehrfach an diesem Abend. Sie ist so nervös. Wer wäre das nicht an ihrer Stelle.

Ihre Hand zittert, als sie die Tür öffnet.

Da steht er, gutaussehend und gepflegt wie immer.

»Hallo, komm rein«, sagt sie lächelnd. »Das Essen ist gleich fertig.«

Er tritt näher und hängt mit ernster Miene seine Jacke an die Garderobe. »Es war nicht nötig, dass du kochst.«

»Das hab ich gern getan«, versichert sie. »Hoffentlich hast du Hunger. Es gibt Bandnudeln mit Lachs und Erbsen. Geh schon durch, ich hole den Wein.«

Ihre Hände zittern, als sie mit dem Korkenzieher hantiert. Es ist so wichtig, dass dieser Abend so verläuft, wie sie es sich erhofft.

Lebenswichtig.

Der Korken flutscht aus dem Flaschenhals.

Maja atmet tief durch und geht ins Wohnzimmer.

Ulli sitzt da, wo er bis vor kurzem immer saß, und schaut ihr entgegen. Ohne Lächeln.

Ein schlechtes Zeichen?

Mit einem harmonischen Gluck-Gluck-Gluck findet der Wein den Weg in sein Glas. Wenig später hebt sie ihres hoch, um mit ihm anzustoßen.

Er zögert sichtlich, doch dann gibt er sich einen Ruck. Ein feines Pling durchbricht die Stille. Sie trinken.

Als er sein Glas absetzt, mustert er sie. Neugierig, forschend, ein wenig ungeduldig. All das kann sie seinen Gesichtszügen entnehmen.

Oh, wie gut sie ihn kennt!

»Ich hole jetzt das Essen«, sagt sie und steht auf.

»Bin gleich zurück.«

In der Küche füllte sie mit vor Aufregung rasendem Herzschlag dampfende Fettucini auf die angewärmten Pasta-Teller. Dazu kommen die Sahnesauce mit Hummercreme und Erbsen sowie die köstlich zarten Lachsstückchen. Zur Deko legt sie auf jeden Teller ein frisches Basilikumblatt.

Maja lächelt siegesgewiss, als sie die Teller aus der Küche trägt. Sie weiß, dass er dieses Essen liebt.

Sein zur Schau getragenes Misstrauen mindert nicht seinen Appetit. Mit offensichtlichem Genuss verschlingt er die Nudeln und den Lachs, rollt gar verzückt mit den Augen und versichert ihr, dass dies seine beste Mahlzeit seit Tagen sei.

Sie lächelt selig. Teil eins ihres Plans ist aufgegangen. Nun ist es Zeit für Teil zwei.

Ulli kommt ihr jedoch zuvor.

»Ich danke dir für die Einladung und das leckere Essen«, sagt er und tupft sich mit der Serviette den Mund ab. »Es würde mich aber interessieren, warum du mich eigentlich hergebeten hast.«

Mit einem abwartenden Blick greift er zu seinem Glas und trinkt, ohne sie aus den Augen zu lassen.

»Ich wollte dich daran erinnern, wie schön wir es zusammen hatten«, antwortet sie, nachdem sie den Kloß in ihrem Hals mit einem Schluck Wein hinuntergespült hat. Leise fügt sie hinzu: »Ich liebe dich immer noch, Ulli. Es muss doch eine Möglichkeit geben -«

»Sowas habe ich mir schon gedacht«, unterbricht er sie seufzend und schüttelt den Kopf. »Es hat keinen Zweck, Maja. Ich liebe Viktoria. Das, was zwischen uns war, ist ein für alle Mal vorbei.«

Ihr wird kalt. Wie kann er so hart, so gefühllos sein?

»Ist das dein letztes Wort?«, fragt sie und sucht in seinen Augen ein Zeichen dafür, dass er sie nur auf den Arm nehmen will.

Gleich wird er lachen, sie in seine Arme ziehen und sagen, dass niemand ihm wichtiger ist als sie.

Stattdessen schaut er betreten zur Seite. »Es tut mir ehrlich leid, aber ...«

Sie senkt den Kopf, steht schweigend auf und ergreift die beiden leeren Teller.

»Ich gehe dann wohl besser«, ruft er hinter ihr her, als sie mit weichen Knien zur Küche geht.

Sie hört, dass er seinen Stuhl zurück schiebt und dreht sich schnell um. »Bleib, ich habe noch Dessert für uns. Vanilleeis mit heißen Kirschen. Das magst du doch so gern.« Sie zwingt sich zu einem möglichst unbeschwerten Lächeln. »Bitte, tu mir diesen letzten Gefallen und lass nicht zu, dass ich alles allein aufesse.«

Sie kann sehen, dass er mit sich kämpft. Dass es ihn von ihr fortzieht. Nur sein schlechtes Gewissen ist der Grund dafür, dass er sich wieder setzt.

»Also gut.«

Sie atmet erleichtert aus. »Ich danke dir!«

Die Teller in den Händen verschwindet sie in der Küche, stellt sie ab und holt das cremige Bourbon-Vanille-Eis aus dem Tiefkühlfach.

Auf dem Herd stehen zwei kleine Töpfe. Sie wirft einen Blick hinein und lächelt zufrieden. Mit dem bloßen Auge ist kein Unterschied feststellbar.

Als sie seine Portion vor ihm abstellt, lächelt sie ihm zu.

Er schnalzt mit der Zunge. »Ist das mein Lieblings-Eis?«

»Aber natürlich.«

»Wunderbar!« Er greift zu seinem Löffel. »Da fällt mir ein: Hast du noch diese tolle Kaffeemaschine?«

Sie runzelt die Stirn. »Es ist erst zwei Wochen her, seit du mich ... seitdem du ausgezogen bist«, erwidert sie. »Natürlich habe ich sie noch.«

Bittend sieht er sie an. »Könnte ich einen Cappuccino haben? Der wäre perfekt zu diesem Dessert.«

Maja verkneift sich ein Seufzen und steht abermals auf. »Also schön.« Sie zeigt auf das Eis. »Fang an, bevor es schmilzt.«

Er nickt ihr dankbar zu.

Kurze Zeit später bringt sie ihm eine Tasse mit heißem Cappuccino. Auf den Milchschaum hat sie etwas Kakaopulver rieseln lassen.

Sie wirft einen Blick in seine Eis-Schale, während sie sich setzt. Eine halbe Portion hat er bereits vertilgt. Nun fängt auch sie an zu essen. Beobachtet ihn.

Er schaufelt genüsslich Eis und Kirschen in sich hinein und trinkt zwischendurch von dem Cappuccino. Noch scheint es ihm gut zu gehen.

Ihr Mund fühlt sich seltsam trocken an. Sie nimmt ihr Weinglas und trinkt einen großen Schluck.

Warum wird ihr auf einmal so heiß? Vermutlich wegen der Aufregung.

Ihr Herz rast, als sie sich einen weiteren Löffel Eis mit Kirschen in den Mund schiebt. Ulli ist bereits fertig. Er lehnt sich zurück und verschränkt die Arme. Betrachtet sie.

Der Ausdruck in seinem Gesicht gefällt ihr nicht.

Ihr wird immer heißer, ihr Herz galoppiert. Sie blinzelt, weil alles so merkwürdig verschwommen aussieht. Das Atmen wird zur Anstrengung.

Und mit einem Mal weiß sie Bescheid.

Sie spürt, dass sich Schweiß auf ihrer Stirn bildet.

»Ulli, du ... du hast die Teller vertauscht?«, ächzt sie.

Er hebt die Achseln. »Es war nur so ein Gefühl«, erklärt er. »Du bist erstaunlich ruhig geblieben, als ich dir sagte, dass es endgültig vorbei ist. Ich hatte erwartet, dass du mir eine Szene machst, immerhin kenne ich dich gut genug.«

Ihr fällt der Löffel aus den plötzlich kraftlosen Fingern. »Und da hast du ...?« Ihre Stimme geht in ein Krächzen über. Sie greift sich ans Herz.

»Ja. Sicher ist sicher, hab ich mir gedacht.« Er steht langsam auf. »Sind es Tollkirschen?«

Sie nickt schwach. »Ruf einen ... Krankenwagen«, fleht sie.

Er nimmt ihre saubere Serviette und beginnt, alles, was er berührt hat, gründlich abzuwischen. Dann steckt er ihrer beider Servietten in seine Hosentasche. Dabei mustert er sie kalt. »Nein, ich denke nicht.«

***

# Die Prophezeiung

*A lle Passagiere des Fluges 1107 nach Punta Cana werden gebeten ...«*

»Na endlich!« Max erhob sich und griff nach seinem Rucksack. »Es geht los, Komm!«

Tina klappte ihren Thriller zu, stopfte ihn rasch in die Umhängetasche und stand ebenfalls auf.

Sie reihten sich in die Schlange vor dem Schalter ein.

Eine Familie stand vor ihnen. Die etwa achtjährige Tochter hielt einen pinkfarbenen Trolley fest.

Plötzlich erstarrte sie und der Griff ihres Trolleys glitt ihr aus der Hand.

»Heb deine Tasche auf, Jule«, forderte ihr Vater sie auf, doch das Kind reagierte nicht.

»Jule! Du stehst den anderen Leuten im Weg. Nun komm schon!« Tina merkte, das Benehmen seiner Tochter war ihm äußerst unangenehm.

»Was ist denn mit dir los?«, herrschte er sie an.

»Nicht einsteigen«, murmelte Jule mit starrem Blick.

Da Tina direkt hinter ihr stand, konnte sie die leisen Worte verstehen. Sie runzelte die Stirn.

»Was redest du denn da!?« Jules Mutter lächelte und beugte sich zu dem Mädchen hinab. »Wir wollen doch in den Urlaub. An den Strand und -«

Jule sah ihre Mutter an. »Ich steige da nicht ein!«, verkündete sie.

Die Vehemenz in der Kinderstimme erstaunte nicht nur die Eltern. Auch Max und Tina sowie ein älteres Ehepaar tauschten einen verwunderten Blick.

»Wir werden abstürzen«, sagte Jule etwas lauter und mit sich überschlagender Stimme. »Ich weiß es. Das Flugzeug wird ganz doll wackeln, Sachen werden rumfliegen, alle werden schreien, etwas fällt von der Decke und dann ...« Sie brach ab und schluchzte auf.

Ihr Vater hob den Trolley auf und drängte seine Familie weiter zum Schalter. »So ein Unsinn! Hör auf mit dem Quatsch, du machst allen Leuten Angst.«

»Aber Papa ...!«

»Geh weiter!«

»Nein!«, rief Jule mit schriller Stimme. »Lass uns umdrehen, Papa, bitte!«

»Jetzt halt endlich den Mund und geh!«, schnauzte der Vater und ignorierte das zitternde Kinn und die tränengefüllten Augen seiner Tochter.

Die Umstehenden tuschelten verhalten. Hier und da lachte jemand nervös.

Tina schluckte. Dies sollte ihr erster Karibik-Urlaub werden und sie freute sich darauf. Sie litt ohnehin unter leichter Flugangst, und die Bemerkungen des Mädchens trugen nicht gerade dazu bei, dass sie sich wohler fühlte. War an ihrer Prophezeiung womöglich etwas dran?


Max räumte ihr Handgepäck in die Ablage über den Sitzen, während Tina beobachtete, dass das Mädchen verzweifelt auf ihre Eltern einredete.

Die Mutter versuchte, ihre Tochter zu beruhigen, doch Jule entzog sich ihr und schüttelte ungeduldig den Kopf. Ihre Lippen formten immer wieder das Wort »Aussteigen«.

Als ihre Eltern nicht reagierten zog sie am Arm ihrer Mutter, um sie dazu zu bewegen, das Flugzeug zu verlassen. Der Vater befahl Jule jedoch gereizt, sich hinzusetzen und endlich Ruhe zu geben.

Sie gehorchte widerwillig, vergrub das Gesicht in den Händen und weinte bitterlich.

Mit einem mulmigen Gefühl im Bauch setzte Tina sich neben Max, der entspannt aus dem ovalen Fenster schaute.

»Glaubst du, das Mädchen hat hellseherische Fähigkeiten?«, fragte Tina.

Max drehte den Kopf zu ihr und lächelte. »Nein, das glaube ich nicht. Wahrscheinlich hat sie nur irgendeinen Katastrophenfilm gesehen und kann Fiktion und Realität nicht richtig auseinanderhalten.«

»Ich hoffe, du hast Recht«, seufzte Tina.

»Ich habe bestimmt Recht.« Lächelnd drückte er ihre Hand.

Nach einem Bilderbuchstart sahen sie auf die weißen Wolken hinunter, die wie riesige Wattebäusche über Hamburg schwebten.

»Siehst du? Alles ist gut gegangen. Mach dir keine Sorgen.«

Tina nickte zögernd. *Noch sind wir nicht da,* dachte sie beklommen.

Als sie den Atlantik erreicht hatten, wurde ein Mittagessen serviert. Die Wolkendecke zeigte Lücken, über ihnen strahlte eine gleißende Sonne am blauen Himmel. Doch entspannt war Tina noch immer nicht, obwohl es keinerlei Anzeichen dafür gab, dass irgendetwas nicht stimmte.

»Auf unseren Urlaub!« Max hob einen Plastikbecher mit Sekt und stieß mit Tina an. Es knirschte leise.

Nach dem Essen wurde es ruhig. Viele Fluggäste dösten vor sich hin, andere lasen oder sahen fern.

Als plötzlich ein kräftiger Ruck durch das Flugzeug ging, zuckte Tina zusammen und krallte ihre Hände in die Lehnen. »Was ... was war das?«

»Nur ein paar Turbulenzen«, vermutete Max. »Luftlöcher, sonst nichts.«

Skeptisch sah Tina hinaus in den wolkenlosen Himmel. »Glaubst du wirklich?«

Im nächsten Moment sackte die Maschine mehrere Sekunden lang wie ein Stein in die Tiefe. Einige Passagiere begannen zu schreien. Tina hielt die Luft an und schloss die Augen. Ihr Herz hämmerte hart gegen ihren Brustkorb. Sie umklammerte die Armlehnen so fest, dass ihre Fingerknöchel weiß hervortragen. Die Bitte der Flugbegleiter, sich anzuschnallen, erreichte sie nicht. Stattdessen drang die hysterische Stimme des Mädchens an ihr Ohr.

»Ich habe es gewusst!«, kreischte Jule. »Warum habt ihr nicht auf mich gehört? Wir werden alle sterben! Alle!«

Der Flieger fing sich. Tina ließ die angehaltene Luft entweichen und wischte sich über die schweißnasse Stirn.

Eine tiefe Stimme erklang aus den Lautsprechern. »Hier spricht Flugkapitän Larson. Wir haben ein kleines technisches Problem. Bitte bleiben Sie ruhig, wir tun alles, um -«

Es knackte, dann war die Stimme weg. Stattdessen begann die Maschine zu schlingern und noch weiter nach unten zu sacken. Tinas Hände wurden feucht.

Hinter ihr erbrach sich jemand.

Schuhe, Bücher und Plastikbecher polterten über den Boden. Gellende Schreie begleiteten jedes Schütteln und jeden kleinen Ruck.

Tina klammerte sich an Max' Arm und begann zu beten. Nie war sie Gott näher gewesen als in diesem Augenblick.

Unvermittelt fielen Sauerstoffmasken aus den Fächern über ihnen.

Mit aufgerissenen Augen sah Tina zu Max, der ihr mit fahrigen Bewegungen eine Maske reichte. Seine Gelassenheit war einer nicht zu übersehenden Unruhe gewichen.

»Es ist alles eingetroffen, was das Mädchen gesagt hat«, rief Tina voller Panik gegen die Schreie der anderen Passagiere an. »Alles. Wir werden sterben, Max!«

Er erwiderte nichts, riss aber im nächsten Augenblick die Augen weit auf und brüllte seine Angst hinaus, als sie ungebremst auf den Atlantik zurasten.

Zitternd und schweißgebadet schrak Tina hoch.

Vögel zwitscherten und Sonnenstrahlen suchten sich einen Weg durch die Vorhänge. Sie blinzelte.

Eine Welle der Erleichterung durchflutete sie, als sie erkannte, dass sie sicher in ihrem Bett lag. Es war nur ein schrecklicher Traum gewesen!

Als sie zum Radiowecker schaute, fiel ihr Blick auf die beiden Flugtickets nach Punta Cana, die auf dem Nachttisch lagen.

\*\*\*

# Bäh!

»Eintritt in die Atmosphäre ... jetzt!«
Das ovale Raumschiff ruckelte kaum merklich und näherte sich dem blau-marmorierten Planeten.
»Coole Kugel«, meinte Zing.
Dong nickte zufrieden. »Neng, gibt es dort Leben?«
Eine liebliche Computerstimme antwortete. »Ja. Teile des Planeten sind sogar dicht bevölkert.«
»Wir müssen mehr über ihn erfahren«, sagte Dong aufgeregt. »Was kannst du feststellen, Neng?«
»Für detaillierte Informationen müssen wir näher an das Objekt heran fahren.«
»Gut. Tarnfunktion aktivieren.«
Es summte leise. »Ist aktiviert.«
»Landung vorbereiten.«
»Landung wird vorbereitet. Wir befinden uns direkt über einer großen Siedlung mit vielen Einwohnern.«
»Perfekt.« Dong rieb sich die silberfarbenen Knubbelhände und sah hinaus. Er erblickte hohe Gebilde, in denen die sehr unterschiedlich aussehenden Bewohner des Planeten vermutlich lebten, sowie viele merkwürdige metallische Dinger, die sich zwischen den Wohngebilden bewegten.
»Die Wesen hier sind technisch auf einem guten Stand, liegen jedoch weit hinter unseren Erkenntnissen zurück«, berichtete Neng.
»Also ein Haufen degenerierter Doofdeppen«, seufzte Zing und kassierte einen scharfen Blick von Dong. Neng fuhr fort. »Zwecks Lebenserhaltung werden pflanzliche und tierische Produkte verzehrt.«

277

Dong betrachtete die erklärenden Bilder auf dem Monitor.

»Die Lebewesen ernähren sich hautsächlich von so etwas. Sie nennen ihre Nahrung Gemüse, Obst, Getreide, Kühe, Schweine, Geflügel, Eier oder Fische.«

Dong nickte. »Interessant.«

»Soll das ein Witz sein?« Zing verzog angewidert das runde, glänzende Gesicht. »Schon der Gedanke ist widerlich.«

»In einigen Regionen gibt es Überfluss, so dass viel Nahrung vernichtet wird«, berichtete Neng weiter.

»In anderen Bereichen des Planeten jedoch gibt es viel zu wenig, so dass die Spezies dort extremen Leiden ausgesetzt ist und zu einem großen Teil sogar eingeht.«

»Die sind ja noch dämlicher als ich dachte«, murmelte Zing verächtlich.

Dong ließ sich nicht beirren. »Was gibt es noch?«, fragte er.

»Probleme, hauptsächlich Probleme«, antwortete Nengs heitere Stimme. »Offenbar ist die Spezies dabei, ihren Lebensraum und sich selbst langsam zu vernichten. Die Natur wird stückweise zerstört und die Einwohner töten sich gegenseitig in so genannten Kriegen.«

»Ich sag's ja: verkorkste Vollidioten«, sagte Zing mit Triumph in der Stimme.

»Für mich hört es sich nach einer Herausforderung an«, widersprach Dong gereizt. »Wir könnten die Wesen erforschen und ihnen viel beibringen. Außerdem hätten wir, nachdem unser Planet von diesem Meteoriten getroffen wurde, endlich wieder eine Heimat.«

Zing schnaubte. »Vergiss es, ich will hier nicht bleiben!«

»Regiert werden die einzelnen Bereiche von diesen Personen«, unterbrach Neng die Diskussion und zeigte erneut einige Bilder. Darunter standen jeweils Namen.

»Kim Jong Un, Merkel, Macron, Erdogan, Putin ...« Dong brach erschrocken ab, als Zing bei dem nächsten Bild aufschrie.

»Aaah! Was ist das für ein scheußliches Ungetüm?«

»Ein gewisser Donald Trump«, las Dong. »Der sieht in der Tat noch grausiger aus als die anderen Regierer.«

»Ich zitiere mal, was ich über ihn gefunden habe«, ließ sich Neng vernehmen. »Donald Trump ist ein Immobilien-Gigant mit unermesslichem Vermögen, einem eruptiven Selbstbewusstsein, einer Aufmerksamkeitsspanne wie ein Kleinkind mit ADHS und völlig verdrehtem Realitätsbewusstsein. Er ist homophob, sexistisch, kritikresistent und rassistisch. Diese Eigenschaften machen den mächtigsten auch zum gefährlichsten Mann auf der Erde.«

Zing schüttelte den Kopf. »Mach, was du willst, Dong, aber ich bleibe nicht hier. Am Ende werden wir ebenfalls zu so grimmig guckenden Gehirnallergikern.«

»Wir bleiben«, beschloss Dong energisch. »Sicher sind die meisten von ihnen fähig, zu lernen.«

»Das glaubst du doch selbst nicht! Schau dir doch die verständnislosen Blicke dieser hässlichen Hohlkörper da draußen einmal genauer an.«

Dong reagierte nicht, sondern wandte sich an Neng. »Fahr näher an einen beliebigen Bewohner heran, ich möchte wissen, wie sie sich ausdrücken und miteinander umgehen.«

Auf dem Monitor erschien ein voluminöser Bewohner mit hellem Kopfbewuchs, der auf einer breiten Sitzgelegenheit hockte. Der Blick war abwechselnd auf ein rechteckiges Gerät in der Hand und auf kleinere Ausgaben der Spezies gerichtet, die auf merkwürdig anmutenden Geräten herumkrabbelten.

»Ein sogenannter Spielplatz«, erklärte Neng. »Hier vergnügt sich der Nachwuchs und perfektioniert dabei seine Reaktionen und motorischen Fähigkeiten.«

Zing rollte mit den Augen. »Bis zur Perfektion ist es bei denen aber noch ein weiter Weg.«

»Zing, du übertreibst. Ja, sie sind anders als wir, doch ich bin sicher, wir können den Wesen hier aufzeigen, was sie tun können, um damit sich und ihren Planeten zu ret -«

In diesem Moment hob der aufpassende Bewohner den Kopf und brüllte mit schriller Stimme: »Mandy-Chantal, du verflixten Satansbraten, tu das wech, dat is bäh! BÄH!«

Zing warf Dong einen langen Blick zu.

Er räusperte sich. »Also gut, wir suchen weiter. Neng, Austritt aus der Atmosphäre vorbereiten.«

***

# Die Schrebergarten-Detektive

*»Schrebergarten-Detektei«*
steht an der alten Schuppenwand.
*»Bei Diebstahl, Mord und Gaunerei*
*bleiben wir total entspannt.«*

Dieses sind sie heut mitnichten,
denn sie haben abgemacht:
»Im Zuge der Ermittlungspflichten
wird hier die ganze Nacht verbracht«.

Jonas, Anne und Marie
- so heißen die drei Top-Spione -
sind so aufgeregt wie nie.
Aber ängstlich? Nicht die Bohne.

Luftmatratzen, Kerzenstummel,
Kuscheltier und Proviant -
Irgendwo brummt eine Hummel.
Schatten an der Schuppenwand.

Der Gartennachbar Norbert Schüber
verhielt sich jüngst extrem verdächtig.
Also schauen sie hinüber.
Die Sicht nach drüben, sie ist prächtig.

Norberts Frau war lang nicht hier,
angeblich wäre sie zur Kur.
Schon ein paar Wochen, etwa vier.
Doch glauben das die Großen nur.

Die Schrebergarten-Detektei
befürchtet eher einen Mord.
Bei Schübers gabs oft Streiterei,
und nun ist sie so lang schon fort.

»Bestimmt hat er sie umgebracht«,
verkündet Jonas feierlich.
Finster ist es jetzt, fast Nacht,
Noch fürchten sie sich jedoch nicht.

Sie lassen sich die Kirschen schmecken,
während am Himmel Sterne funkeln.
Kuscheln sich in ihre Decken,
als plötzlich sich was regt im Dunkeln.

Gebannt starren die drei hinüber
in den finstren Nachbargarten.
Dort verbuddelt Norbert Schüber
etwas zwischen den Tomaten.

Ich wusste es«, so flüstert Anne.
»Was sollen wir als Nächstes machen?«
Der Wind schleicht durch die Nachbarstanne.
Von irgendwo hör'n sie ein Lachen.

»Wir warten noch ein wenig ab«,
schlägt Jonas leicht nervös nun vor.
»Dann sehen wir uns an das Grab,
und hol'n die Leiche draus hervor.«

Marie und Anne schaun sich an.
Bei dem Gedanken frösteln sie.
»Ich weiß nicht, ob ich sowas kann«,
bringt zaghaft vor die Angst-Marie.

Jonas schnaubt und Anne meint,
es würde sicher nicht so schlimm.
»Vielleicht ist's anders, als es scheint.
Hier ist meine Hand. Komm, nimm.«

Und so schleichen alle drei
mit Herzklopfen und feuchten Händen
hinüber in Parzelle zwei.
Wo wird dies Abenteuer enden?

Vorbei an Blumen, Kohl und Bohnen
erreichen die Tomaten sie.
Jetzt werden sie sich nicht mehr schonen,
fallen mutig auf die Knie.

In der Erde, schwarz und kühl,
ihre dreißig Finger graben.
Sie spüren das Triumph-Gefühl,
einen echten Fall zu haben.

Als sie wirklich auf was stoßen,
kriegen dennoch sie 'nen Schreck,
und zwar einen mächtig großen.
Marie wird blass. »Ich will hier weg!«

Zurück im »Detektivbüro«
denken sie an Schübers Frau.
In der Tüte klappert's so.
Nun woll'n sie's wissen ganz genau.

Knochen scheppern, rasseln, klimpern
auf den alten Camping-Tisch.
Jonas reibt sich seine Wimpern.
»Das ist mal ein großer Fisch.«

»Und die Beweise sind erdrückend«,
nickt Krimileserin Marie,
Kirschen von den Stielen pflückend
und so nachdenklich wie nie.

Am Morgen kommt die Polizei
und nimmt sich rasch den Mörder vor.
Die Detektive sind dabei,
total gespannt und auch ganz Ohr.

Sie präsentieren den Beweis,
gemessen und mit stolzer Miene.
In der Laube ist es leis‹,
man hört das Summen einer Biene.

»Es ist nicht so, wie Sie jetzt denken«,
sagt Schüber, überaus empört.
»Würd‹ niemals meine Frau versenken.
Ich weiß, dass sich das nicht gehört.«

Und dann erzählt er von dem Leben
mit einer Vegetarierin.
»Sie wollt auch mir kein Fleisch mehr geben.
Nicht mal ein Würstchen war mehr drin.«

So nutzte er die Zeit allein,
um seiner Fleischeslust zu frönen.
Er aß Geflügel, Rind und Schwein,
schon der Gedanke lässt ihn stöhnen.

Und um die Spuren zu entfernen
vergrub er heimlich alle Reste.
Unter vielen tausend Sternen
gedachte er der Fleischesfeste.

»Heut kommt mein Weib zu mir zurück
und nichts soll ihre Stimmung trüben.
Kein Fleisch mehr, nicht ein kleines Stück.
Ab heut gibt's wieder Kohl und Rüben.«

Der Kommissar schüttelt das Haupt
und mustert drei rote Gesichter.
»Ihr Kinder habt also geglaubt,
der Mann hier endet vor dem Richter.«

Ganz kleinlaut sind die Kinder nun.
Ihr Gewissen meldet sich.
Sie würden es nie wieder tun
und schämten sich ganz fürchterlich.

»Wir wollten gerne Helden sein«,
gibt zu Marie, den Tränen nah.
»Nur darum war'n wir so gemein.«
Und plötzlich wird ihr etwas klar.

»Um ihre Frau nicht zu vergrätzen
wollen Sie aufs Fleisch verzichten.
Ich hoffe, sie weiß es zu schätzen,
dass Sie sich dazu nun verpflichten.

Sie sind für mich ein echter Held,
das gebe ich sehr gerne zu ...«
Von Ferne eine Stimme gellt:
»Norbertchen, wo bist denn du?«

Herr Schüber strahlt zum Kommissar.
»Dürft ich wohl meine Frau begrüßen?
Ist lange her, dass ich sie sah.
Das wird mir diesen Tag versüßen.«

Der Kommissar nickt voller Güte
und als der Nachbar ist verschwunden,
nimmt er die Knochen-Plastiktüte.
»Die werden meinem Hundchen munden.

Und ihr drei Helden, lasst euch sagen,
ich bewund're euren Mut.
Aber in den nächsten Tagen,
will ich, dass die Arbeit ruht.«

Und so pinnt an der Schuppenwand
schon bald ein neues Hinweisschild:
*»Das Kinder-Abenteuerland -*
*Wir sind fröhlich, bunt und wild!«*

Anne, Jonas und Marie
laden alle Nachbarn ein
zu Erdbeern, Gurke, Sellerie.
Es muss nicht immer Bratwurst sein.


ENDE

Wie schön, Sie sind hier angekommen! Das bedeutet hoffentlich, dass ich Sie mit meinen Geschichten gut unterhalten konnte.

Vielen Dank für Ihre Aufmerksamkeit.

Bedanken möchte ich mich auch bei meiner Familie, die mich geduldig unterstützt. Außerdem bei dem Autoren und Schreibcoach Ronny Rindler sowie den tollen Autoren vom Rindlerwahn-Autorenforum für Tipps und Inspirationen.

Niklas-Philipp Gertl danke ich für das schöne Cover und die gute Zusammenarbeit.


<u>Zum Schluss noch etwas in eigener Sache:</u>

Stellen Sie sich bitte vor, ein Schauspieler tritt auf die Bühne. Er ist nervös. Der Saal ist voller Menschen und die erwarten gute Unterhaltung.

Der Schauspieler gibt alles. Er verwächst mit seiner Figur, agiert brillant.

Dann ist das Stück aus. Der Akteur steht da, angespannt, schwitzend und mit zitternden Knien.

.Er sieht aufs Publikum hinunter. Und was passiert? Nichts! Kein Applaus, nicht das leiseste Klatschen. Nicht einmal Buh-Rufe oder Pfiffe sind zu hören.

Wie wird sich der Schauspieler wohl fühlen, wenn er von der Bühne abgeht?

Warum ich Ihnen das erzähle?

Nun, auch Autoren freuen sich über Reaktionen auf ihre Arbeit, z. B. in Form von Rezensionen bei Internet-Buchhandlungen. Sie sind sein Applaus.

Es wäre deshalb sehr schön, wenn Sie sich die wenigen Minuten Zeit nehmen und anderen Lesern erzählen, was Ihnen an diesem Buch gefallen oder nicht gefallen hat.

Vielen Dank für Ihre Mühe!

*Britta Bendixen, im Februar 2018*

## „HÖLLISCH HEISS"
**Kriminalroman, Boyens Buchverlag, 2014**

Zehn Jahre nach Ende der Studienzeit lädt Marius Schumann seine ehemaligen Mitbewohner und Mitbewohnerinnen zu sich an die Flensburger Förde ein. Doch was als lustiges Wochenende gedacht war, um die alten Freundschaften wieder aufleben zu lassen, entwickelt sich schnell zum Albtraum für alle Beteiligten.

Zunächst sind Marius, Kristina, Jan und Svenja froh darüber, nach so langer Zeit gemeinsam in alten Erinnerungen schwelgen zu können. Aber die Idylle bekommt schnell erste Risse. Die Vergangenheit ist nicht an jedem von ihnen spurlos vorübergegangen, und es gibt jemanden, der ein böses Spiel mit seinen Mitmenschen treibt. Schließlich wird einer der Gäste tot in der Sauna aufgefunden. Während die Polizei die Ermittlungen aufnimmt, herrscht in der Gruppe Misstrauen. Es ist klar, dass nur einer der Anwesenden der Täter sein kann …

## „DAS GEHEIMNIS DER ANHALTERIN"
Kriminalroman, Neobooks, 2018

DIE FORTSETZUNG VON „HÖLLISCH HEISS"

In Flensburg wird die schrecklich zugerichtete Leiche eines verwitweten Pensionärs gefunden.
Die Kommissare Andresen und Weichert ermitteln und kommen einer jungen Frau auf die Spur, die sich in der Nähe des Tatorts aufgehalten hat. Wie sich herausstellt, wurde sie als Anhalterin mitgenommen.

Kristina Wilbert und ihre Freunde sind auf dem Weg zu einer Hochzeitsfeier in Berlin, als sie auf die junge Frau treffen und sich um sie kümmern.
Kurz nach der Ankunft in der Hauptstadt ist Kristina plötzlich spurlos verschwunden …

LESEPROBE AB SEITE 296

## „DER KUSS DES PANTHERS"
**Kriminalroman, Boyens Buchverlag, 2017**

Ein neuer Fall für die Flensburger Kommissare
Carsten Andresen und Lutz Weichert. Eine Teil-
nehmerin des Krimi-Schreibkurses, bei dem
Weicherts Freundin Verena mitmacht, wird ei-
nes Tages erschlagen in ihrer Wohnung aufge-
funden.
Trotz rätselhafter Spuren auf der Mordwaffe ist
Lutz Weichert bald davon überzeugt, dass der
Kursleiter Thomas Kuhl die hübsche Studentin
ermordet hat. Kommissar Andresen - dessen
Privatleben von seiner Tochter und der neuen
Nachbarin auf den Kopf gestellt wird - ist ande-
rer Meinung.
Auch Weicherts Freundin Verena ist von der
Unschuld des attraktiven Kursleiters überzeugt -
was die Beziehung zu Weichert auf eine harte
Probe stellt und sie selbst unversehens in Gefahr
bringt...

„PATCHWORDS"
**Kurzgeschichten, Neobooks, 2015**

NUR ALS E-BOOK ERHÄLTLICH!

25 Kurzgeschichten aus den verschiedensten Genres - da ist für jeden was dabei.

Ein Serienmörder treibt sein Unwesen, eine Ballonfahrt fällt buchstäblich ins Wasser, Rotkäppchen nervt es, dass Großmama kein W-LAN hat, ein Baumarktverkäufer will unbedingt seine Traumfrau wiedersehen und ein Horoskop bewahrheitet sich auf schreckliche Weise.

Diese und viele andere Geschichten sorgen für kurzweilige Unterhaltung.

## „PATCHWORDS RELOADED"
**Kurzgeschichten, BoD, 2016**

Ein romantisches Dinner entwickelt sich völlig anders als gedacht, eine neue Spielshow verlangt ihren Kandidaten alles ab, ein geläuterter Ex-Knacki wird zu einem letzten Auftrag erpresst und der G7-Gipfel verlief vielleicht ganz anders, als man uns weismachen möchte ...

*"PatchWords - Reloaded"* von Britta Bendixen bietet spannende Krimis, rührende Dramen und amüsante, stets mit einem Augenzwinkern erzählte Geschichten für zwischendurch.

Die Themenvielfalt dieser unterhaltsamen Lektüre verspricht ein kurzweiliges Lesevergnügen für jeden!

LESEPROBE AB SEITE 305

## „FLENSBURG – UM DREI BEI EDUSCHO"
Geschichten & Anekdoten, Wartberg Verlag, 2016

Wer liest sie nicht gerne – Erinnerungen an Bege-
benheiten, die in der eigenen Stadt spielen?

Erinnern Sie sich an die Leierkastenfrau Mudder
Ömchen, an den legendären Winter 1978/1979, als
die Schneewehen mehrere Meter hoch waren, oder
an die Anfänge der SG Flensburg-Handewitt in der
Fördehalle?
Waren Sie in den goldenen 80er-Jahren an der Küste
unterwegs? Wie entstand überhaupt das Schuh-
Phänomen in der Norderstraße? Was ist aus dem
Nashorn geworden, das das Rathaus schmückte –
und wie kam es überhaupt dorthin?

Britta Bendixen nimmt Sie mit auf eine amüsante
und unterhaltsame Reise durch die jüngere Geschichte Flensburgs.

## „PUPPENSPIEL MIT DAME"
**Roman, Neobooks, 2014**

Als die junge Schauspielerin Jasmin Tyler die Hauptrolle im neuesten Steve-Conelly-Film erhält, ist sie überglücklich. Allerdings hat sie nicht damit gerechnet, dass der Regisseur so charmant und attraktiv ist. Die verwirrenden Gefühle, die sie für Steve zu entwickeln beginnt, bringen die Beziehung zu ihrem Verlobten in Gefahr.

Steve erwidert Jasmins Gefühle, erfährt jedoch, dass die ehrgeizige und erfolgreiche New Yorker Geschäftsfrau Linda Cooper, mit der eine kurze Affäre hatte, ein Kind von ihm erwartet, für das er auf jeden Fall Verantwortung übernehmen will.

Während die Dreharbeiten in London und Rom fortgesetzt werden, vertieft sich die Beziehung zwischen ihm und Jasmin, sie steht jedoch unter keinem guten Stern.
Auch Jasmins Freundin, die junge Sängerin Gina de Marco, hat Probleme. Sie bekämpft die Dämonen ihrer Kindheit, allerdings mit den falschen Mitteln. Das hat fatale Folgen...

LIEBE – HASS – INTRIGEN – SCHICKSALSSCHLÄGE

# LESEPROBE
## „DAS GEHEIMNIS DER ANHALTERIN"

## Prolog

**02. Mai**

Es ist merkwürdig, jemanden zu beobachten, der in wenigen Stunden tot sein wird und nichts davon weiß. Was würde er wohl tun, wenn er ahnen könnte, dass sein Leben bald vorbei ist? Sicher nicht Rasenmähen und in der Erde wühlen.

Er würde sein Haus aufräumen, seine Angelegenheiten regeln und sich von Nahestehenden verabschieden. Oder etwas tun, was er schon immer machen wollte. Fallschirmspringen oder seinem Chef auf den Schreibtisch pinkeln.

Während ich durch die Hecke luge wird mir klar, dass der Gedanke an seinen Tod in diesem Augenblick weit weg sein muss, denn um ihn herum tobt das Leben. Schmetterlinge tanzen in der Luft, die Vögel zwitschern und um ihn herum blüht und gedeiht alles. Selbst das Unkraut, das er gerade aus den Blumenbeeten zupft.

Die Sonne wandert bereits Richtung Westen, als er mühsam aufsteht - er hält sich das Kreuz, das vom vielen Bücken und Hocken zu schmerzen scheint -

und seine Gartenutensilien zusammenräumt, ehe er sie in einem kleinen Schuppen verstaut.

Etwas Zeit hat er noch. Genug für eine warme Mahlzeit und ein wenig Zerstreuung vor dem Fernseher.

Doch wenn es dunkel ist, komme ich zurück.

Dann ist es soweit.

Dann wird er sterben.

## Kapitel 1 – Krise & Karriere

*Es blitzt und donnert. An ihrem Rücken spürt sie den weichen Teppich.*

*»Endlich, Krissi!«, keucht Jan und dringt tiefer in sie ein. »Endlich!«*

*Eng umschlungen bewegen sie sich, finden ihren Rhythmus. Sein Stöhnen in ihren Ohren, seine glatte Haut auf ihrem erhitzten Körper ... Es ist so schön, doch sie kann es nicht genießen, weil sie spürt, dass ein Unheil naht. Eine furchtbare Katastrophe.*

*Wieder donnert es. Dann wird es mit einem Mal so hell, dass sie glaubt, ein Blitz sei eingeschlagen. Das grelle Licht blendet sie und ihr Herz beginnt so heftig gegen ihren Brustkorb zu hämmern, als suche es panisch einen Weg hinaus, raus aus ihrem Körper. Sie sieht zur Tür*

*Dort steht Stephan, die Hand am Lichtschalter, und schaut sie an. Seine Augen blitzen vor Wut und sein Gesicht verzerrt sich zu einer grässlichen Fratze ...*

Kristina Wilbert keuchte und setzte sich mit aufgerissenen Augen ruckartig im Bett auf. Ihr Puls raste.

Schon wieder dieser Traum! Würde er sie bis an ihr Lebensende verfolgen?

Schwer atmend vergrub sie das Gesicht in den Händen, bis sich ihr Herzschlag wieder normalisiert hatte. Dann fuhr sie sich durch das kurze dunkle Haar. Im Nacken war es feucht, ihr T-Shirt klebte am Rücken. Sie kniff die Augen zusammen und drückte ihre Zeigefinger gegen die Lider, bis bunte Punkte und Muster auftauchten wie surreale Lichtreflexe.

Sie ließ die Hände sinken, blinzelte und wartete ab, bis sie im Dämmerlicht die vertrauten Konturen erkennen konnte; das Fernsehgerät auf dem kleinen Regal, die Grünpflanze in der Ecke vor dem Fenster und die Umrisse des Kleiderschranks.

Müde schaute sie zum Wecker. Bis er klingelte, dauerte es noch eine halbe Stunde. Obwohl es noch so früh war, drang bereits die Morgendämmerung an den Seiten des Verdunkelungsrollos durch. Es schien wieder ein sonniger Tag zu werden. Für Mai war das Wetter direkt sommerlich gewesen in der letzten Woche und laut dem Wetterbericht sollte es zumindest noch bis zum nächsten Tag so bleiben.

Vielleicht sogar länger. Doch in diesem Jahr gelang es dem schönen Frühlingswetter nicht wie sonst, Kristinas Laune zu heben.

Sie hörte ein leises Schnarchen neben sich, vermischt mit kurzen Grunztönen, und wandte den Kopf.

Stephan lag auf dem Rücken, der nackte Oberkörper war unbedeckt, das Gesicht völlig entspannt. Er sah so friedlich und unschuldig aus. Kristina musste bei dem Anblick lächeln. In Momenten wie diesen war er ihr fast so nah wie früher.

Sie seufzte leise, legte sich wieder hin und starrte an die Decke. Gewiss würde sie nicht mehr einschlafen können. Statt sich in den nächsten dreißig Minuten unruhig herumzuwälzen, konnte sie genauso gut aufstehen. Vorsichtig, um Stephan nicht zu wecken, schlug sie die Decke zur Seite, setzte sich auf und verließ leise den Raum.

Kurz darauf durchzog anregender Kaffeegeruch die Küche. Kristina saß mit einem dampfenden Becher am Esstisch und starrte vor sich hin.

Die Morgensonne tauchte den Raum in warmes Licht. Klitzekleine Staubpartikel tanzten in den Sonnenstrahlen. Auf der Eiche vor dem Fenster zwitscherten Vögel ihre morgendliche Ouvertüre, von Ferne war ein vergnügtes Lachen zu hören und das übermütige Bellen eines Hundes.

Auf dem Tisch lag der Brief, den Jan ihr im März geschickt hatte. Sie erinnerte sich, dass noch tiefer Schnee gelegen hatte. Ein harter und langer Winter hatte Norddeutschland fest im Griff gehabt. Sie überflog das vor ihr liegende Schreiben noch einmal, obwohl sie es mittlerweile fast auswendig kannte.

Es sei ihm und Yvonne unheimlich wichtig, dass sie und Stephan zu ihrer Hochzeit kämen, schrieb Jan. Er wolle sich unbedingt noch bei Stephan entschuldigen und hoffe, dass sie wieder zurückfinden würden zu der Freundschaft, die sie einst verbunden hat.

*Das sagt sich alles so einfach,* dachte Kristina bedrückt und nippte an ihrem Kaffee, *doch genau das ist es leider nicht.*

Zu dem Zeitpunkt, als Jans Brief angekommen war, schien es noch eine Chance für Stephan und sie zu geben. Ihr Verhältnis zueinander war beinahe wieder normal gewesen. Sie hatte schon erleichtert aufgeatmet. Zu früh, wie sich herausstellte. Der Brief riss die fast verheilte Wunde wieder auf und mittlerweile hegte Kristina große Zweifel, dass es zwischen Stephan und ihr je wieder so werden könnte, wie es früher gewesen war.

Ihre Bitte, Jans Einladung anzunehmen und nach Berlin zu fahren, hatte die Sache nicht gerade besser gemacht. Stephan verspürte nicht das geringste Bedürfnis, zur Hochzeit zu fahren. Er war noch immer verletzt und wollte Jan keinesfalls wiedersehen.

Kurzzeitig hatte Kristina dann auch darüber nachgedacht, abzusagen und die Reise nicht anzutreten. Doch Stephans ständige vorwurfsvolle Miene und seine schlechte Laune riefen irgendwann Trotz in ihr hervor.

Sie war es satt, zu Kreuze zu kriechen. Außerdem *wollte* sie nach Berlin. Sie freute sich auf Jans unbekümmertes Grinsen, auf Yvonnes Herzlichkeit, auf Marius' ruhige, freundliche Art und vor allem auf Svenja, der sie mehr vertraute als sonst jemandem.

Am vergangenen Abend hatten Stephan und sie erneut diskutiert - nein, vielmehr gestritten - und schließlich hatte sie wütend gesagt, wenn er nicht mitwolle, könne er ja zu Hause bleiben. Sie würde auf jeden Fall fahren. Ende der Debatte.

Und das Ergebnis? Wieder einmal waren sie schlafen gegangen, ohne sich wie früher vorher zu versöhnen. Jeder fühlte sich unverstanden. Sie lagen zwar im selben Bett, doch zwischen ihnen befand sich eine Mauer, so hoch und unüberwindlich wie eine mittelalterliche Festung.

Kein Wunder, dass der Traum sie erneut gequält hatte.

Kristina leerte ihren Becher und vertiefte sich in die Einladung zur Hochzeit. Noch war offen, ob sie allein fahren oder ob Stephan sie begleiten würde.

Inzwischen war sie nicht einmal mehr sicher, ob ihr überhaupt daran lag, dass er mitkam.

»Morgen.« Stephan betrat schlurfend die Küche, in kurzen grauen Shorts und dem ausgewaschenen gelben T-Shirt, das ihn immer so blass und krank aussehen ließ.

Während sie Jans Brief zusammenfaltete, betrachtete sie ihn. Dunkle Schatten lagen unter seinen Augen. Er hatte offenbar nicht besonders gut geschlafen.

Recht so. Sie hatte schließlich auch keine angenehme Nacht gehabt.

Stephan goss sich ebenfalls einen Kaffee ein, dann setzte er sich ihr gegenüber an den Tisch.

Sein Blick fiel auf die Einladung und den Brief. Schweigend sahen sie sich an. Er nippte an seinem Kaffee und räusperte sich. »Ich habe darüber nachgedacht. Wenn du unbedingt hinfahren möchtest, dann komme ich eben mit.«

Sie wunderte sich über die Sinneswandlung, zuckte aber nur mit den Achseln. »Wie du willst.«

Stille. Eine einsame Fliege schwirrte umher, ansonsten war nur das Geräusch der Küchenuhr zu hören und das Zwitschern der Vögel im Vorgarten.

»Es ist dir egal, oder?«

Er bemühte sich sichtlich, seine Erschütterung über diese offensichtliche Tatsache vor ihr zu verbergen, doch sie kannte ihn zu gut, als dass es ihr entgangen wäre.

Sie hob das Kinn und sah ihn geradewegs an. »Ganz ehrlich? Ja. Es ist mir gleich. Denn so, wie es im Moment zwischen uns beiden läuft, wäre eine Pause vielleicht sogar ganz gut.«

»Das könnte dir so passen!« Stephan stand so abrupt auf, dass die Stuhlbeine auf dem Fliesenboden einen misstönenden Laut erzeugten. Er lehnte sich an die Arbeitsplatte, funkelte sie wütend an und verschränkte die Arme. »Damit du dich ungestört mit Jan auf irgendeinem Teppich wälzen kannst. Oder mit einem anderen. Vergiss es!«

Kristinas Hände, die sie um den leeren Kaffeebecher gelegt hatten, verkrampften sich, so dass ihre Fingerknöchel weiß hervortraten.

302

»Zum hundertsten Mal: Ja, ich habe einen Fehler gemacht«. Und ich habe dafür bezahlt, verdammt noch mal! Seit Monaten lässt du mich am ausgestreckten Arm verhungern, egal wie oft ich dich um Verzeihung gebeten habe.«

Er schwieg. Traurig schaute sie ihn an. »Ich kann nicht mehr, Stephan. So geht es nicht weiter. Entweder, du kommst langsam darüber hinweg und gibst unserer Ehe noch eine ernsthafte Chance, oder wir müssen den Tatsachen ins Auge sehen.«

Seine Augen wurden schmal. »Redest du von Scheidung?«

Sie lehnte sich auf dem Korbstuhl zurück und nun war sie es, die die Arme verschränkte. »Zumindest von einer räumlichen Trennung, ja. Denn wenn es so zwischen uns weitergeht, macht es uns beide früher oder später kaputt.«

Stephan schnaubte und riss empört die Arme hoch.

»Entschuldige vielmals, dass ich nicht gleich wieder zur Tagesordnung übergehen kann, wenn du dich nackt mit deinem ‚alten Freund' auf einem Teppich herumwälzt wie eine billige -«

»Das reicht!« Kristina stand auf, so schnell, dass ihr Stuhl um ein Haar umgefallen wäre. In scharfem Ton fuhr sie fort. »Ich habe keine Kraft mehr für diese müßigen Streitereien. Und jetzt entschuldige mich, ich muss die Kinder wecken. Wenn sie von dem Lärm noch nicht aufgewacht sind.« Ohne ein weiteres Wort rauschte sie an ihm vorbei und verließ den Raum.

Nachdem Marco und Leonie ihr verschlafen versichert hatten, sie würden gleich aufstehen, verdrückte sich Kristina ins Bad. Dort starrte sie in den Spiegel.

Sie hatte alles kaputt gemacht. Hatte sich von Jan einlullen lassen wie eine fünfzehnjährige graue Maus, die um Aufmerksamkeit buhlte. Wollte einmal im Leben nicht vernünftig sein. Und was hatte es ihr gebracht? Immer wiederkehrende Alpträume von dem Moment, in dem ihr Mann sie in flagranti erwischt hatte, und eine Ehe, die auf der Kippe stand. So sehr, dass sie fast Bodenkontakt hatte.

Tief in ihrem Inneren ahnte Kristina, dass das Wochenende bei Jan und Yvonne eine Entscheidung bringen würde. Entweder wäre danach alles vorbei, oder sie und Stephan würden wieder zueinander finden.

Im Augenblick war sie geneigt, von Ersterem auszugehen.

***

LESEPROBE ENDE

## Blütengeflüster

Die Tür des Restaurants gab ein leise quietschendes Geräusch von sich, als sie eintrat.

„Marie! Hier bin ich."

Marie wandte den Kopf und sah ihre beste Freundin winkend an einem Tisch am Fenster sitzen.

„In diesem Restaurant war ich noch nie", gestand sie, nachdem sie Eva begrüßt und sich hingesetzt hatte.

„Der Laden ist klasse", sagte Eva. „Ich war schon oft hier. Tolles Essen, netter Service."

Marie sah sich um. Das Lokal war gemütlich eingerichtet und gut besucht.

Eva beugte sich vor. „Jetzt erzähl. Wie war der Mallorca-Urlaub?"

„Sehr schön, obwohl Daniel nicht mitfahren konnte. Aber vielleicht können wir die Flitterwochen dort verbringen."

Ein Kellner trat an ihren Tisch. Er hatte strohblonde, verwuschelte Haare und blitzende blaue Augen.

„Hallo. Haben Sie sich schon entschieden?"

„Ich nehme den Blütensalat mit Putenbruststreifen", sagte Eva. „Und ein Mineralwasser."

„Blütensalat?", wunderte sich Marie und überflog die Speisekarte. „Was ist das denn?"

„Oh, der ist köstlich, du musst ihn unbedingt probieren. Essbare Blüten sind der letzte Schrei."

„Wenn du meinst …. Also gut, warum nicht." Marie klappte die Karte zu und wandte sich an den Kellner. „Das nehme ich auch."

„Gute Wahl", nickte er und lächelte ihr zu.

Zwanzig Minuten später wurde das Essen serviert. Nach einem prüfenden Blick auf den bunten Teller spießte Marie eine orangefarbene Blüte auf. „Sieh mal, Eva, so eine hast du gar nicht."

„Sicher schmeckt sie trotzdem", beruhigte ihre Freundin sie.

Gespannt schob sich Marie die Blüte in den Mund und begann vorsichtig zu kauen. Sie schmeckte wirklich gut.

Eva trank einen Schluck Mineralwasser. „Hat Daniel dich denn gestern angemessen empfangen?"

Marie nickte langsam. „Er schien sich zu freuen und hat Spaghetti für uns gekocht."

Eva hob verwundert eine ihrer perfekt geschwungenen Augenbrauen. „Er *schien* sich zu freuen?"

„Na ja, er war mit seinen Gedanken oft woanders. Bestimmt bei der Arbeit. Diese Kampagne hat es in sich, schließlich konnte er deswegen nicht mal seinen Urlaub antreten. Sicher gibt es Probleme, mit denen er mich nicht belasten will."

Eva senkte den Blick auf ihren Teller und stocherte im Salat herum. „Gut möglich." *Wie naiv sie doch ist. Was wird sie wohl sagen, wenn sie erfährt, dass Daniel, statt mit ihr nach Mallorca zu fliegen, mit mir nach Sylt gefahren ist?*

Verwirrt blinzelnd betrachtete Marie ihre Freundin. „Was hast du gesagt?"

Eva hob den Kopf. „Ich sagte: Gut möglich, dass er dich nicht mit seinen Problemen belasten will."

„Hast du nicht noch etwas mehr gesagt? Irgendwas mit Mallorca und ... Sylt?"

Eva schüttelte nachdenklich den Kopf. „Nein. Bestimmt nicht." *Hab ich etwa laut gedacht? Hoppla, ich muss besser aufpassen!*

Marie starrte ihre Freundin mit offenem Mund an.

Eva legte ihre Gabel hin und ergriff die Hand ihrer Freundin. „Marie, Liebes, was ist denn auf einmal mit dir? Du bist ja ganz bleich." *Besonders braun ist sie im Urlaub sowieso nicht geworden. Hat sich wahrscheinlich nur im Schatten aufgehalten. Na ja, empfindlich war sie ja schon immer.*

Marie entzog Eva ihre Hand und stand auf. „Ich glaube, ich – muss mal zur Toilette."

„Tu das." Eva lehnte sich zurück. *Hoffentlich hat sie keinen Virus aus Spanien mitgebracht. Ich muss mir gleich mal die Hände waschen gehen.*

Marie sah die Frau auf der anderen Seite des Tisches an wie eine Fremde. „Entschuldige mich", murmelte sie und ging mit weichen Knien auf die Waschräume zu. Sie schloss sich in eine der Kabinen ein, ließ sich auf den Toilettendeckel sinken und versuchte herauszufinden, was gerade geschehen war.

War das ein kosmischer Scherz? Wieso konnte sie hören, was Eva dachte? Und was sollte der Unsinn, dass Daniel mit ihr auf Sylt gewesen sei? Er mochte sie nicht mal besonders und nannte sie immer nur ‚die zickige Eva'.

Marie massierte sich die Schläfen. Gedankenlesen! Das war doch verrückt. Hatte sie sich irgendwann den Kopf angeschlagen und diese akustischen Halluzinationen waren die Folge einer nicht auskurierten Gehirnerschütterung? Hoffentlich war es so. Die Dinge, die sie zu hören geglaubt hatte, waren erniedrigend und boshaft gewesen. Und Eva war doch schließlich seit langer Zeit ihre beste Freundin. Hatte sie sich all die Jahre in ihr getäuscht?

Das konnte nicht sein. Sicher war das eben nur Einbildung gewesen. Das war die einzige vernünftige Erklärung für dieses … diesen … was auch immer das war.

Sie wollte gerade aufstehen, als sich die Tür zu den Toiletten öffnete. Jemand näherte sich und verschwand in der Kabine neben Marie. Sie rührte sich nicht, ohne zu wissen, warum. Sie hörte, wie die Tür verriegelt wurde, dann das Rascheln von Kleidungsstücken und ein leises Seufzen.

*Gleich werde ich es ihm sagen. Oh Gott, ich wünschte, ich wüsste, wie er reagiert. Wenn er mich zu einer Abtreibung überreden will, drehe ich ihm den Hals um.*

Marie starrte mir aufgerissenen Augen an die Kabinenwand. Offenbar konnte sie doch Gedanken lesen, nicht nur Evas, sondern auch die von anderen.

Das war zuviel! Mit zitternden Fingern betätigte sie die Spülung und verließ eilig den Waschraum. Der blonde Kellner kam ihr entgegen. *Ah, da ist die hübsche Dunkle ja wieder. Aber warum sieht sie so verstört aus?*

„Geht es Ihnen gut?", fragte er besorgt. „Ist der Salat nicht in Ordnung?"

Marie starrte ihn an. „Doch, er ist ... danke. Alles gut", stammelte sie und ging weiter.

Alles gut!? Nichts war gut, absolut gar nichts!

Eva sah ihr mitleidig entgegen. „Geht's dir besser?" *Was hat sie denn nur? Sie sieht ja furchtbar aus.*

„Danke", murmelte Marie verärgert und ließ sich auf ihren Stuhl sinken. „Mir ist wohl was auf den Magen geschlagen." *Vermutlich deine hinterhältige Verlogenheit!*

Sie widmete sich wieder ihrem Salat und beobachtete aus den Augenwinkeln ihre Freundin, die genüsslich ihren Salat verspeiste. Dabei hielt Marie die Ohren gespitzt. Sie brauchte nicht lange zu warten.

*Hoffentlich sagt Daniel ihr bald die Wahrheit. Ich halte diese Heuchelei nicht mehr lange aus. Nach Feierabend werde ich ihn anrufen und ... ach, Mist, dann ist Marie ja zu Hause und wir können nicht reden. So geht es nicht weiter, ich ...*

„Was hat sich denn bei dir in der letzten Woche so getan?", fragte Marie und rang sich ein Lächeln ab.

Sie hatte Evas Gedanken einfach unterbrechen müssen. Noch eine Unverschämtheit mehr und sie wäre ihrer ‚besten Freundin' an die Kehle gesprungen!

„Oh, nicht viel. Alles wie immer." Eva sah auf ihre Armbanduhr, trank ihr Glas leer und tupfte sich den Mund mit einer Serviette ab. „Du, tut mir leid, aber ich muss los, meine Mittagspause ist gleich vorbei." Sie stand auf und gab Marie einen Kuss auf die Wange.

*Genau wie Judas,* dachte Marie angewidert.

Erst am späten Nachmittag kam sie zu Hause an. Sie war noch im Stadtpark spazieren gegangen, und wenn jemand an ihr vorbei gekommen war, hatte sie auch dessen Gedanken gehört. Wo kam diese plötzliche Fähigkeit her, zum Kuckuck?

Sie sah wieder den netten Kellner vor sich, hörte ihn fragen, ob der Salat nicht in Ordnung sei. Der Salat! Lag es daran, an diesen Blüten? Vielleicht an der einen, die Eva nicht gehabt hatte?

Sie hörte Daniels Schlüssel im Schloss. Langsam stand sie auf und ging ihm entgegen. Ihr Herz raste.

„Hi, Schatz", sagte er fröhlich, schloss die Tür und gab ihr einen Kuss.

*Noch ein Judas* , schoss es Marie durch den Kopf.

(…)

LESEPROBE ENDE